丛书主编　陈平原

·文学史研究丛书·

文学史的书写与教学

陈平原 编

图书在版编目(CIP)数据

文学史的书写与教学/陈平原编.—北京：北京大学出版社，2018.8

（文学史研究丛书）

ISBN 978-7-301-29564-9

Ⅰ.①文… Ⅱ.①陈… Ⅲ.①文学史研究 Ⅳ.①I109

中国版本图书馆 CIP 数据核字(2018)第 116692 号

书　　　名	文学史的书写与教学 WENXUESHI DE SHUXIE YU JIAOXUE
著作责任者	陈平原　编
责任编辑	艾　英
标准书号	ISBN 978-7-301-29564-9
出版发行	北京大学出版社
地　　　址	北京市海淀区成府路 205 号　100871
网　　　址	http://www.pup.cn　新浪微博:@北京大学出版社
电子信箱	pkuwsz@126.com
电　　　话	邮购部 62752015　发行部 62750672　编辑部 62756467
印　刷　者	北京中科印刷有限公司
经　销　者	新华书店
	880 毫米×1230 毫米　10.375 印张　227 千字 2018 年 8 月第 1 版　2018 年 8 月第 1 次印刷
定　　　价	49.00 元

未经许可，不得以任何方式复制或抄袭本书之部分或全部内容。
版权所有，侵权必究
举报电话：010-62752024　电子信箱：fd@pup.pku.edu.cn
图书如有印装质量问题，请与出版部联系，电话：010-62756370

目　录

"文学史研究丛书"总序……………………陈平原 /1
小　引…………………………………………陈平原 /1

人文学者的命运及选择…………………………………… 1
"中国三十年代文学研究会"与日中文化交流…………… 18
文学复古与文学革命……………………………………… 36
海外中国学的视野………………………………………… 69
想象中国的方法…………………………………………… 129
文学史的书写与教学……………………………………… 175
都市研究·香港文化·大众传媒
　　——陈平原、陈国球、李欧梵三人谈………………… 210
"跨媒介"如何对话………………………………………… 221
中国现代文学研究的方向………………………………… 278
"拼命写，直到写出我想写的一切"………………………… 307

"文学史研究丛书"总序

陈平原

中国学界之选择"文学史"而不是"文苑传"或"诗文评",作为文学研究的主要体式,明显得益于西学东渐大潮。从文学观念的转变、文类位置的偏移,到教育体制的改革与课程设置的更新,"文学史"逐渐成为中国人耳熟能详的知识体系。作为一种兼及教育与研究的著述形式,"文学史"在20世纪的中国,产量之高,传播之广,蔚为奇观。

从晚清学制改革到"五四"新文化运动展开,提倡新知与整理国故终于齐头并进,文学史研究也因而得到迅速发展。在此过程中,北大课堂曾走出不少名著:林传甲的《中国文学史》(1904)还只是首开纪录,接踵而来者更见精彩,如姚永朴的《文学研究法》、刘师培的《中国中古文学史》和《汉魏六朝专家文研究》、黄侃的《文心雕龙札记》、吴梅的《词余讲义》(后改为《曲学通论》)、鲁迅的《中国小说史略》、胡适的《五十年来中国之文学》和《白话文学史》、周作人的《欧洲文学史》和《中国新文学的源流》,以及俞平伯的《红楼梦辨》、游国恩的《楚辞概论》等。这些著作,思路不一,体式各异,却共同支撑起创立期的文学史大厦。

强调早年北大学人的贡献,并无"唯我独尊"的妄想,更不会将眼下这套丛书的作者局限在区区燕园;作为一种开放且持久的学术探求,本丛书希望容纳国内外学者各具特色的著述。就像北大学者有责任继续先贤遗志,不断冲击新的学术高度一样,北大出版社也有义务在文学史研究等诸领域,为北大向世界一流大学迈进呐喊助阵。

在很长时间里,人们习惯于将"文学史研究"理解为配合课堂讲授而编撰教材(或教材式的"文学通史"),其实,"海阔凭鱼跃,天高任鸟飞",此乃学者挥洒学识与才情的大好舞台,尽可不必画地为牢。上述草创期的文学史著,虽多与课堂讲授有关,也都各具面目,并无日后千人一腔的通病。

那是一个"开天辟地"的时代,固然也有其盲点与失误,但生气淋漓,至今令人神往。鲁迅撰《〈中国小说史略〉序言》,劈头就是:"中国之小说自来无史。"后世学者恰如其分地添上一句:"有之,自鲁迅先生始。"当初的处女地,如今已"人满为患",可是否真的没有继续拓展的可能性?胡适撰《〈国学季刊〉发刊宣言》,以历史眼光、系统整理、比较研究作为整理国故的方法论,希望兼及材料的发现与理论的更新。今日中国学界,理论框架与研究方法,早就超越胡适的"三原则",又焉知不能开辟出新天地?

当初鲁迅、胡适等新文化人"整理国故"时之所以慷慨激昂,乃意识到新的学术时代来临。今日中国,能否有此迹象,不敢过于自信,但"新世纪"的诱惑依然存在。单看近年学界之热心于总结百年学术兴衰,不难明白其抱负与期待。

在20世纪的最后一年推出这套丛书,与其说是为了总结过去,不如说是为了面向未来。在20世纪中国,相对于传统文论,"文学史"曾经代表着新的学术范式。面对即将来临的新世纪,文学史研究究竟该向何处去,如何洗心革面、奋发有为,值得认真反省。

反省之后呢?当然是必不可少的重建——我们期待着学界同仁的积极参与。

1999年2月8日于西三旗

小 引

陈平原

在专业化大潮浩浩荡荡的当下,选择十次学术对话结集成书,当然是别有襟怀。对话者大都是文学研究专家,对话又基本上围绕"文学史的书写与教学"展开,故以此为书名。参加对话的,有美国学者、日本学者,但仍以中国学者为主;大部分对话现场是北大五院,自然以北大中文系教授的声音最大。仅在我主持且有现成文本这一范围内选择,可想而知,论述的广度及深度大受限制。或许更重要的是,"对话录"这一文体本身,决定了其必定是随意挥洒、生气淋漓,但不成体系。

三十年前,钱理群、黄子平和我在《读书》杂志上发表影响很大的《二十世纪中国文学三人谈》,当时就有高人讥之为"鸡零狗碎"。其实,作为思想草稿的学术对话,本来就是这个样子,若有条不紊、严丝合缝,反而显得可疑。这一文体的规定性,导致其更倾向于众声喧哗,各说各的话,且都点到为止,无法深入展开,与专业化时代"窄而深"的主导风气格格不入,因而被很多学术杂志拒之门外。

作为专业研究者,平日里参加各种学术活动,与同道对话多多,但不见得都形诸文字。大部分声音随风飘逝,偶尔因报纸或杂志需要,方才根据录音整理成文。某种意义上,是发表园地制约着整理者的思路与笔墨。比如,报纸篇幅限制,只能是摘录,钱理群《岁月沧桑》出版座谈会上,陈徒手、贺照田、耿化敏等人的精彩发言就没有保留下来(还有孔庆东的书面发言);相对来说,收入《现代中国》的五篇近乎有闻必录(连带笑声),琐琐碎碎,更能体现现场的氛围。

这就说到北大二十世纪中国文化研究中心主编的《现代中国》集刊,前五辑由湖北教育出版社推出,第六至十五辑由北京大学出版社刊行。第六辑(2005年12月)专门设立"对话"专栏,且在"编后"中称:"在正襟危坐的论文之外,建立'对话'栏目,容纳若干很有见地但未必符合学院派脾性的'言谈',也算是有张有弛,相得益彰。作为文体的答问、对话、座谈、演讲等,不可能像专业论文那样精雕细刻,但其'逸笔草草',也自有其特殊魅力。"第九辑(2007年7月)的"编后"则言及:"作为研究集刊,《现代中国》一直标榜民间性及学术性,因此,刊发高水平的专业论文,是其主要职责。但这回有点特殊,我更想推荐给读者的,是一场学术对话。那就是本辑殿后的《海外中国学的视野》——几位主讲人的意见固然值得参考,更重要的是同学们的提问,因其蕴涵着年轻一代学人的困惑与求索。"第十三辑目录(2010年11月)更是将四则对话与笔谈放在开篇,理由是:"将'对话'这一很不严谨但以视野开阔见长的专栏,提到最前面,也算是别具一格。学问内容千差万别,表现形式更是五彩缤纷,若以为只有注释20个以上(此乃香港某教授的规定)且进入'核心期刊'的,才值得认真对待,那就更大错特错了。"

除了自家主编的《现代中国》,还幸亏有《上海文学》《当代作家评论》《明报》(香港)、《学术月刊》《北京青年报》鼎力相助。此外,《中国现代文学研究的方向》虽中文本在先,日译本在后,但此次"鼎谈"的发起者是代表日本爱知大学现代中国学会《中国21》编辑部的黄英哲教授。

诸多著名学者参与对话,贡献了许多精彩的思考及判断,这点读者在阅读文本时大都会留意。容易被忽略的,是以下文字整理者(依各文顺序排列):杜玲玲、汤莉、彭春凌、张春田、倪咏娟、陈艳、许诺、杨琼、刘紫云、黄念欣、陈子谦、陈伟华、张丽华、滨田麻矢、小笠原淳、王勉。这些当年的研究生或年轻教师,如今大都在各自的领域里卓有成就。虽然文稿最终经过发言者本人的校订,但最初的整理工作相当辛苦;值此结集之际,也向各位文稿整理者致谢。

除了"文学史"这一共同话题,读者或许会注意到,全书起讫之间,有某种精神上的呼应。从1993年的"彷徨无地",到2016年的"拼命写作",虽有记录及发表的偶然性,但历史舞台上一代人的生存空间与表演姿态,借此得以呈现,也算是一种机缘巧合。

2017年1月31日(大年初四)
于京西圆明园花园

人文学者的命运及选择

时　间：1993年4月30日
地　点：北京大学蔚秀园
主持人：陈平原
对话嘉宾：钱理群、吴福辉、赵园、陈平原
文字整理：杜玲玲

陈平原：去年以来，面对迅速崛起的商品经济大潮，最难适应的可能是人文学者。相对来说，自然科学家因有可能把他们的研究成果变成专利用以开发，故转型比较容易；学经济的、学法律的，也就是社会科学这一摊子，也比较容易转型；跟整个市场经济距离最大的，或者说将来最难立足的，可能是人文学者。把论题限定为"人文学者的命运及选择"，目的是想撇开那些关于"下海不下海"之类的争论。就谈"现在时"的人文学者，"前学者"不算；不考虑那些以前做文史研究，而现在已经从政或下海的朋友。因为我觉得那是另外一条路子，如果要涉及诸如"要不要下海""从不从政"，问题就太多了。我们现在考虑的，是还愿意在书斋里面做文史哲研究的这些学者们的命运，以及将来可能的出路。谈"命运"是对现状的估计，谈"出路"或"选择"很大程度上带有一种预测性。我们可以谈学界的现状,也谈自己的选择,随便谈就行了。

当初拟定这个题目,是因为我特别注重人文学者的转化,也就是人文学者的重新定位的问题。从历史上考察,晚清以下,中国的读书人已经从传统的士大夫转化为专业的学者,相对来说,转化得比较成功的是搞自然科学的,因为其学术背景基本上就是西方的。人文学者受中国传统士大夫"天下兴亡,匹夫有责"那一套价值观念影响比较深,容易有"经世致用"的愿望。再说,几十年来,人文学者在整个社会动荡中发挥了比较大的作用,因此还依然保持着所谓"经天纬地"的人格理想。其实我们或多或少地都还遗留那一种东西,跟宋元明清的读书人还有很多血脉的联系。自然科学的学者比较容易转过弯来,变成学有所长的"专家"。而由于我们从事传统文化研究的缘故,关注的是精神、价值、观念等等。这很容易给我们造成一种错觉:以为我们仍然还控制着这个社会的价值系统,仍然还能对民众发号施令,仍然还在启蒙,仍然还在维持着这个社会的良心和道德。这样,人文学者向真正意义上的"专家"的转化就比较慢。这两年在市场经济的冲击下,好多读书人走出了书斋。我猜想同样说"下海",搞自然科学的(从事基础研究的除外)、搞社会科学的,心理障碍都没有我们那样大。如今搞人文科学的人同样面临这个"转轨"的时代,普遍感觉问题比较严重,疑惑较多。这跟我们以前对自己的估价——我认为不甚合适的估价——有点关系。所以我说"重新定位"——我们到底是做什么的?我们还能做些什么?

钱理群:人文学者的地位由中心位置向边缘位置转移,恐怕是跟整个中国走的历史道路有一个很大的转折有关。从"五四"以来,甚至可以说20世纪以来,中国一直走着一条首先通过"思想革命",制造舆论,启发和动员群众,然后发动"政治革命",以图中国社会根本变革的道路。1949年以来,更是长期坚持"以阶级斗争为纲",意识形态的作用被无限地夸大,文学艺术、人文学科也因此被视为"晴雨表"而始终处于时代的中心。这种人为的"中心地位"在中国知识分子,特别是中国作家、人文学者中造成了可悲的幻觉,仿佛我们自身也真的成为社会结构中的主体。这种"自我神化"使得我们长期以来失去了对于自我生存状态的真实性体味,我们不能(不愿,也不敢)正视:这种所谓"中心"位置,是以我们自身的被"改造"、扭曲,以屈从于权力意志、大众意志与时代意志为代价的。现在,历史的发展又对我们开了一个玩笑:20世纪末的中国,一改走了大半个世纪的老路,走上了"经济兴国"的新轨道,而且看来不可逆转。这样,人文学者地位的边缘化,就不是商品经济一时的冲击的结果,而是一个历史的新选择所形成的发展趋势,因此,我们必须有一个长期(甚至永远)"坐冷板凳"的精神准备。在我看来,这未尝不是一件好事,它至少从客观上提供了一个历史机遇,使得我们有可能从自命为"时代的主宰"的英雄主义、理想主义、浪漫主义的幻觉中惊醒过来,正视我们现实的生存境遇、实际地位,弄清楚我们能够做什么,不能做什么,并且能够做到什么程度,发挥多大作用,这样,就能够获得一种清醒的、比较符合实际的自我体认与自我评价。现在,有的人仍然念念不忘当年处于"中心位置"的"雄风",今昔对比,不胜感慨之至;其实,当年的"雄风"并不值得羡慕,我们千万不要再陷入鲁迅所说的"想做奴隶而不得"的"悲哀"里去。

陈平原：不过，中国现代知识分子恐怕也并非始终处在奴隶状态。我曾经把这一百年中国的学术（以及相应的学者地位）分成三个阶段：从世纪初到1940年代大概是个体学术阶段，从1950年代到1980年代是计划学术阶段，从1980年代末到现在以及以后一段时间可能是市场学术阶段。一二十年代（1940年代因处于战争状态，不太典型了），大学教授们的待遇比较优厚，可以凭他们的兴趣、凭他们的良心、凭他们对学科发展方向的理解来做他们愿意做的研究工作。那时候既没有一个国家规划，也没有一种特别强烈的经济压力，学术研究基本上是学者们自作主张、随心所欲。从1950年代开始，知识分子的生活由国家"包"起来了，一直到1980年代，都是一方面"被养"，另一方面就被要求"服务"。国家规定你的学术研究方向，规定你的学术选题，甚至规定你学术研究时所使用的理论框架，你必须按照这个规划从事你的研究工作。1990年代以后——其实从1980年代后期开始，从"丛书热"开始——学术界出现一种新动向，借用经济学术语，是"订货"与"供货"。以后我们从事写作不是因为自己的学术冲动，也不是国家下达科研任务，而是有了出版社的"订货单"。"订货"的前提是假设"学术"可以而且已经进入市场，或者说读者需要什么我们就该写作什么。以后可能会形成这么一种格局，在这种格局下，学者的研究很大程度上受制于读者以及代表读者需求的市场。假如真的这样，相对来说好处可能是思考的自由度大了，不一定直接受制于哪一个政府官员或者哪一条临时政策；不好的地方是，我们被另一只手控制了，即被以经济效益为代表的市场这一只手控制了，或者说，我们的学术研究将被读者的趣味所左右了。所以说以后所面临的问题，与前面时代面临的问题不太一样。

赵　园：我同意平原的这种说法。近几年的商业化，影响于学术文化，是几百年未有之变局，或许不止"几百年"。但对此可以从多方面估价。比如，是否提供了新的可能性，即如所谓"纯学术"（当然，"纯学术"这名目本身可以讨论）。既然有一些人在搞他们自以为的"纯学术"，正是利用了经济进程所提供的自由度。这名目在十几年前是犯忌的。

我相信在这种情势下，继续从事文史研究者，他们彼此之间会更清晰地区分开来，所谓学术分途、文化分流，有更专业化的研究，也有跟时务较接近的研究……

钱理群：你说的"时务"指什么？

赵　园：就是跟现实比较贴近。

陈平原：就是咱们说的"文化批评"。

赵　园：以及较为通俗化的，适应更为大众的文化需求的研究。我想，倒是在这种情况下，平原常说的学者的"职业化""专业化"，才成为可能。商业化会"澄清"，使诸种选择间的区分更显明；商业化还会"淘汰"，不只使有些应当生存的学科、学术门类面临困境，也会淘汰那些无对象的、既不适于学术尺度也不适于一般价值尺度衡量的、几乎不适应任何社会需求的所谓"学术"。文化市场会为自己造就人才，除写作庸俗出版物、适应不良趣味的人才外，也会造就用较通俗的方式普及学术文化的人才。这种人才不是新的，自晚清新闻出版业发展以来，文化市场就大量地造就过这种人才。而且我注意到，二三十年代，文人并不严守雅、俗分际，仍有中国文人传统的那种通脱。对于文化市场需求的适应,也是一种生存努力。现代史上的文人,卖文、靠版税为生、靠报章文字生活的,就不乏其人。我在日本的书店里看到的,大量的是较通俗的学术出版物……

陈平原:日本学者似乎特别欣赏中野美代子的研究?

赵　园:对。当然,"分途"与"淘汰"都不会轻松,可能很严酷。这一过程的正面与负面效应都会有。不可能指望"市场"去维持"专家之学"。当然,对"专家之学"也仍不妨作不同估价。顾炎武、王夫之对汉代的专家之学评价就不同。"市场"并不公正,不可能鼓励学术上的公平竞争,但可能有助于摆脱某种依附。长期以来,"养起来"不但制造平庸,也使文人丧失了某些本有的生存能力。我明白市场、钱是一种权力,但全无所待是不可想象的。对于中国的文人,多一点选择余地没什么不好。不要危言耸听,谈论这类问题不要过分地道德化……

陈平原:"危言耸听"本身也可能就是商业行为。

赵　园:对。对于文化,市场是一种破坏性的,也是建设性的力量,尤其现在。一个文盲充斥的国家,又在长期的禁锢之后,市场的文化品味之低是不奇怪的。市场的文化水准也有待提高。这需要过程,这一过程也须有文人的参与。

我这里说"文人",而没有用平原的提法,因为我在研究机构,生活与工作方式更近于传统文人。我觉得"文人"这角色就很值得作批判性的审视。顾炎武一再引宋刘挚的话,"士当以器识为先,一命为文人,无足观矣"。鲁迅也好引这段话。明清之际,到近现代,关于文人的批评很多,其中有些批评包含了自嘲。我感到几十年来,文人自身在退化,文化素质、精神品质都有退化。而由清末到近代,尤其19世纪、20世纪之交,文人这一传统角色是经历了改造的(包括他们的生存方式、写作行为等等),因而才有可能出现鲁迅那一批有独立的批判态度的文人。

半饥半饱地被养起来,造成了对权力、对豢养的依赖,使文人丧失了曾经有过的独立地位(当然,这种说法将问题简化了,实际的因果要复杂得多)。

钱理群:我仍然相信鲁迅的判断:中国文人(大部分现代文人恐怕也包括在内)不过是"官"的"帮忙"与"帮闲"(其等而下之者就是"扯淡"了),以后又成了"大众"的"帮忙"与"帮闲"。当前中国社会正在发生的历史变动本身,不会从根本上改变中国文人的历史困境,甚至还会造成新的陷阱和危机。例如,在新的社会格局中,我们一方面不可能从根本上改变对政治权力的依附,却同时增加了成为"商人"的"帮忙""帮闲"与"大众"的"帮忙""帮闲"的危险。

赵　园:商业化、经济冲击、文人的相对贫困化,在一段时间里(恐怕这段时间会相当长)还会造成人才的流失、精神产品文化品味的普遍下降。在这期间,"文人"这名目将更像是讽刺。我们自己就在这困境中。1989年以来,我个人就一再遇到学术著作出版上的困难。解决这些问题,大约只能用不少国家的模式,由一些基金会提供资助;尤其由企业界提供较少附加条件、较少学术限制的研究基金。企业界与文化界已开始建立某种联系,我对此持乐观态度。如前面说过的,至少在目前,多一条生路没有什么不好。

我个人是要继续搞学术的,在这方面也依旧文人习气,考虑的并非社会需求,而是个人的精神满足。但至少在理论上,我认为应当调整思路,面对变革中的社会,不要动辄即用"一概之论",使问题没有讨论余地。道德问题在中国就常常是这样不可讨论的问题。即使不下海,也不必谈市场、谈卖文即色变,以为事关贞操。对多种取径、多元文化,大可以"广大之旨"待之,放弃"明道""救世"一类夸张的使命感,重建学术文化的价值自信。学术从来是少数人的事业;它是庄严的事业,却没有什么特别的高贵。少一点文化偏见,对变动中的社会文化保持敏感和理解力,我想也是维持学术生气的条件。

吴福辉:可以想见将来的学术文化,很难纯"独立",而是一种间接附,但一定会舍弃直接依附。商人拿钱办基金会,基金会委托一个学院或科研机构,学院或科研机构找一些文人,这样已隔了好几层。这种间接依附是完全可能的。不妨回忆一下整个20世纪的学术、文化状况,你们讲的人文学学术、文化由中心地位逐渐向边缘地带转移。一个很有趣的现象是当学术文化处在中心地位时,它完全是一种直接依附性的,实际上是因为政治占了中心地位,才给了依附于它的学术文化以一定的"假象",好像一言可以兴邦似的。但慢慢地向边缘地带转移时,就可能出现间接的依附,反而取得了某种独立性。尽管这种独立性很有限,开初也不稳定,但这是唯一可以乐观、可以庆幸的地方。

平原说的三个阶段的问题,可以简化一下,换个角度来说。在20世纪前五十年,学术文化基本上是为现实服务的,却是多元的。同时在这种多元的、为现实服务的学术文化中,还包含一部分经院文化。我觉得经院学术文化是这里唯一带有自由性的,除此而外就很难谈了,基本都是直接依附于哪个党派或哪种政治力量的。20世纪下半叶(1949年)到1980年代以前基本是一种单元的、直接为政治服务的学术文化。到了"文化大革命",发展到极致,讨论海瑞、李秀成、孔夫子都成了路线斗争,古人、死人都被我们当"枪"使。1980年代以来,可能出现多元的、商业和政治混合类型的文化,今后的中国可能就是这么个商业、政治混合的社会。在这种情况下,间接依附的文化会大量发展,其中我寄希望于经院文化能继承二三十年代的传统,能真正地形成气候。今后相对比较独立的学术文化,要以经院文化为主。到现在为止,我们分析各种阶段的学术文化类型里面,只有经院文化取得了某种自由度,虽然它的背后也有其他力量。

钱理群:但经院文化以什么为经济基础呢?

吴福辉:这要靠国家养,或者商业养,这是比较可能的。像北大,就可以扎扎实实搞经院文化。这与报刊专栏作家不同。像我在作家协会,作协想的是出书或者办刊物,它的创研室或现代文学馆的研究室,都很难不围绕着文学评论界的现实情况来写作。我觉得将来的学术文化可分两部分:一部分是经院学术;另一部分就是把高级的学术文化普及,专栏评论家干的就是这个事情。

钱理群:就是跟大众文化传播联合起来。

吴福辉:这两部分人结合起来,就有可为。过去我们的学术文化跟政治靠得太近,也就失去了学术本身。这一段离政治稍远一些。如果学术能跟商业、政治都保持一定距离的话,那学术的独立性就会慢慢呈现出来。从事的人数肯定要比过去少得多,但学术文化的质量、价值,会逐渐提高,这是21世纪的事。从这个角度来看,可以说比较乐观,但现在很难说会成什么样子。我们现在谈"命运"的问题,"选择"过一会儿再谈。

钱理群：对经院文化我考虑这样一个问题，就是经院文化有一个陷阱。我觉得学术、文学，特别是文学艺术，它与生活和人应有一种联系，如果搞成一种纯粹的东西，容易失去活力。这就有一个学术和现实的关系问题。我现在对这个问题的考虑是，一方面学术要关注现实；另一方面学术对现实的关注不一定像过去那样，直接为现实问题做出答案，提出解决方式或方法，带有很大操作性和直接实践性。今天，当然也需要有这个东西，但我们现在所说的经院学术却不是对现实直接提供某种答案、操作方法。它给现实提供的是一种高层次的、未来的或对人性、对人的生存的根本性进行的关注。这是更高层面上对现实进行关注，对现实产生影响。我理想（追求）的文学研究应有双重关注：一种是现实性的关注；一种是形而上的人的生存境遇、人性的关注。或者说，研究的原初动力来自现实，思考与探索则要进入"超越"的层次。"五四"以后，周作人曾经写过一篇题为《贵族的和平民的》的文章，提倡文学艺术与学术研究的"贵族精神"，而他所说的"贵族精神"，就是"一种超越的追求"，是从"无限的超越的发展"出发，对现实的更高层次的否定与批判。这是一个比较复杂的问题，过分和现实拥抱，追求学术的现实效果，忽视了对现实的"超越"，肯定降低学术品格；但是完全与现实脱离，尤其是文学研究，就会变得受不得磨砺，这是经院学术容易碰到的一个问题。

吴福辉：经院学术文化可以有多种构成，其中有一部分是特别超前的，是为未来写作的。比如过去文学史、学术史上有些卓绝的文人，他们在当时非常寂寞。真正超前的东西在当时一定是非常寂寞的。那些人又很清贫——凡·高的画，当时卖多少钱？现在卖多少钱？可现在"倒"他的画却可以成为百万富翁。在今后的社会，清贫这方面可以稍微好一点儿，社会能保证起码的温饱，不会连稿纸都没有。但是寂寞是肯定的，因为经院文化的核心是为未来写作的，和当前现实有什么关系呢？它和未来的现实有关系。未来的人会发现你的价值，承认你的水平，但现在却是不被承认的，因为它不能马上转化为生产力。当然，这部分文化最完善、最系统，整个民族文化的质量在某些方面就是由这些经院文化决定的。如果没有意识到这一点，没有极少数人坚持这一点，那就完了，这个民族的文化就无法向前推进。过去常常有经院文化变得僵硬后，由民间文化来冲击、激活的历史事例。但民间文化有"落后"的一面，有"向后看"的一面，鱼龙混杂，泥沙俱下，在质量上有局限。

此外，又有大部分人在把高级的学术文化向大众传播，通过报纸、刊物作为媒介。有的人可能两栖。但有一点是肯定的，搞经院文化的人必须耐得住寂寞，耐不住寂寞是不行的。

赵　园：老钱刚才说了"贵族精神"，这里当然还有一个学者的"贵族化"问题，这个题目是可以发挥的。当然，只有在比较合理的社会里，才可能培养起来一批这样的人，问题是经由什么样的机制才能发现这样的人才并把他们养起来。

陈平原：刚才来之前我正在翻雅斯贝尔斯的《什么是教育》，里面说："本真的科学研究是一种贵族的事，只有极少数人甘愿寂寞地选择了它。"精神贵族，和社会贵族又不一样，他们注重对人生和现实生活的超前思考。老钱刚才讲的关于学术跟现实人生的关系，涉及对经院派学术的看法。我们所说的经院派学术，只不过相对地脱离政党利益而作比较独立的思考，脱离一时一地的社会需求而从事比较纯粹的学术研究。当代中国的大学教授们，或者说真正有出息的"学院派"，他们的灵感和思考很大程度上受制于当时当地的社会现实，除非纯粹搞考据。即使考据，也有个选择考据对象的"前理解"，不存在完全与世隔绝的学问。只不过学院派不大讲经世致用，常被断为"来做神州袖手人"。其实陈三立的"袖手"，也是一种寄沉痛于悠闲。

钱理群：我说的是陷阱。任何一种选择都有一种陷阱，我觉得经院学者们的陷阱就是可能脱离社会生活。当然我不希望这样。实际上也很难这样。但是是有可能这样完全脱离社会生活的。这里我自己就有一个矛盾，一方面我觉得中国需要提倡更纯粹的思想，超前的、更抽象（更远离现实，不具有现实实践性）的学术，因此，我在最近写的《堂吉诃德和哈姆雷特的东移》这部书里，提出了"还思想于思想者"的主张；但另一方面，我又担心经院学术脱离了社会人生而失去了学术的生机。所以我又提出了"双重关怀"的要求。

陈平原：从理论上讲，老钱的预测是有意义的，即对一个经院学者来说，可能出现的陷阱是什么，我们尽量绕开。我们一直在警醒着，会不会有一天走到闭门读书、不闻窗外事的地步。但在中国目前来说，我们这些人很难达到这个地步，我们的"门"关不住。"关门"有几个条件：优厚的环境、清静的社会氛围等等。在中国，好长时间里，对我们这些大学教授来说，主要的问题不是因为"关门"而忘记了门外的风声雨声。中国有两千年的士大夫关注现实的人文传统，同时社会现状也没有给我们营造一个可以躲进去避风雨的小楼。有两种对我们特别大的诱惑：一个是下海，经济造成的压力；另一个是或正面或负面地与政治权威对话。即因为经济上的压力或因为政治的诱惑而放弃纯粹的学术追求。目前,闭门读书而成为苍白书生的可能性还不很大,这种危险到了下一代也许会有。像欧美学者,我们与他们讨论的语境不一样,他们的问题是怎样冲出校园。我们是想从街头走回书斋,他们是想从书斋奔向街头。但有一点,力图沟通学术和人生,这"大思路"是一致的。

吴福辉:学术文化要独立,还是要经济支持。没有经济做保障,学术文化很难达到独立,不是依附于这个就是依附于那个。我们现在到底感受到多少商业文化的冲击?

陈平原:很大。

钱理群:我们这批人目前还基本上可以按自己的意愿研究,比我们年轻的学者就只能看出版社愿出什么就写什么,不能随心所欲地写作,这是有很大差别的。将来这也是一种研究,即以出版社为中心。中国总会出现有眼光的文化企业家的,一些兼有学者品格的文化商人,由他们组织文化研究,那也是一条路。

吴福辉:高级商业文化。

赵　园:现在中国的企业家还停留在希望你的研究直接为他的生产服务的阶段。

陈平原:企业投资文化事业,在目前情况下大都是一种变相的广告,等于是另外一种投资,现在还没到纯粹的学术或文化做支撑的地步。而且,将来到了那个地步,优先考虑的是经济决策、国际战略,诸如此类。文史哲是无关紧要的,无法对他们的企业有什么作用,大众传媒也不大关注。我们如果办一个国际战略讨论会的话,很多人会投资;但如果我们考虑办一个文史研究会,那没有多少宣传效果,没人愿意投资。所以我说将来文史哲是最惨的——其他都容易拉到赞助,就这些不行。

钱理群:另外一条路,就是学者自己办杂志、出版社、书店,像二三十年代的鲁迅、巴金、叶圣陶他们那样。学者与文化事业的结合,尽管不能从根本上解决问题,但可以使我们稍微独立一点。

陈平原:你们现在考虑的是经济和政治的冲突给文人的活动带来一点自由度,但有没有想到如果两者共同对付你,你要权没权,要钱没钱,那怎么办?你们刚才还谈到了"精神贵族",不错,有钱不一定能培养出精神贵族,但精神贵族必须是有钱的,文化和教养都与钱有关。也就是老话说的,发家致富以后,起码三代才可能培养出一个贵族,一两代人是不行的。另外,有人说20世纪本来就是一个没有"大家"的时代,这是世界性的现象。也许现代化的过程是以人类精神的平庸化为代价的。中国人将来有钱了,文化普及了,大家都有教养了,可不一定就能产生文化思想艺术的"大家"。"大家"可能跟文化上的等级制度有关。

钱理群:当然大思想家、大学者不一定以个体出现,可能是一个群体、一批人,不以某个远远高出其他的个体为代表。从科学发展来讲,科学发展得很快,一个人很难掌握那么多方面,但一批人、一代人或者一个群体可以。

陈平原:我的意思是,我们现在发展的方向是专业化,专业化一个最大的弊病是"不通"。这个世纪专业分工已经越来越细了,那种特别大的东西不一定适合于生存。专业化以后我们就很难达到过去所谓"通人"那样的博和通。学术上的大气度很大程度上跟学科之间的贯通、古今中外的理解,以及由此而产生的气魄、胸襟、眼界各方面的"大气"有关。社会的发展,和18世纪、19世纪不一样,"通人"大概只能"心向往之"。

钱理群:我想完全的专业化也可能只是一个阶段,以后转向"通人"也有可能。现在有一个趋向是边缘学科越来越多。

陈平原:但边缘学科、跨学科研究已说了很多年,国内国外都是,这正说明了单一学科的局限性。并非对专业化持否定态度,只是说日渐专业化的倾向使过去那种博和通很难达到。从某种意义上,"杂家"易找,"通人"难求。学科越分越细后,每个学科的专业训练都要用很多的时间,一个人把文史哲三门都读得差不多,那也垂垂老矣。

赵　园:但学术境界也仍有不同。比如余英时,我不知道他到底西学精通到什么程度,但目前这样已相当不错了——受过严格的史学训练,搞中国文化研究,涉及的面很广,从具体问题考据到比较大的命题的论证。

陈平原:接下来一个问题,就是人文学者如何跟大众传媒建立关系。倘若没有政府或基金会的支持,我们又必须出书,希望文化产品为广大读者接受,完全排斥大众传媒是有问题的。学院派往往看不起那些常常上电视的"明星学者",如果考虑学术普及,这其实也是一条途径。我相信以后社会正常运转,学者和大众传媒的关系是一个很重要的问题。中国将来会有一大批为一般知识界写作的"文化人",这条路会很有前途。做纯粹的学术研究的人会越来越少;好多人转而写作一般读书人而非专业圈内关注的东西,有学问,也有文笔,接受的读者面较宽。

赵　园:这其实很有意义。

钱理群:尽管现在是一个行动大于一切的时代,年轻人仍是有种种精神追求的。不管叫不叫启蒙,应该满足有知识的年轻一代(随着社会的发展,这样的人会越来越多)的精神要求,提高他们的精神境界。

赵　园:就学术发展本身来说,这是很必要的,没有这个环节是不可想象的。

钱理群:比较难的是既畅销又有学术价值。畅销做不到,但如果拥有一定的超出本专业范围的读者,还是可以做到的。

赵　园:这种畅销很大程度上也靠文体,靠组织材料的技术,如黄仁宇的《万历十五年》。这种书更难写。

吴福辉:今后的学术文化可能是一个三角的关系。依附于政治的继续存在,依附于商业的继续扩大,同时也形成"纯学术"自己的小圈子。这样,就构成了政治学术文化、商业学术文化、纯学术文化的三角关系。我估计整个 21 世纪文化将是这样。其中根基还是纯学术文化,整个世纪文化的质量、水平都要看它。它在商业文化、政治文化中间可以形成多层次的构造,有介于纯文化与商业文化之间的,有介于纯文化与政治文化之间的,在这中间还有很大空间,可以分成很多段。另外,一定的经院文化必将构成一种学派。如果不成为学派,它将站不住脚,而且影响也小。纯学术文化对商业、政治文化产生很大的渗透作用,也要借助于学派的名望、权威性质。

赵　园:其实学派就是以刊物为阵地形成的大致相近的取向或追求。

吴福辉:必须有一个权威性的刊物。如果一个学术学派要形成,没有一个有影响的刊物是很难的。讲到这里,一个搞纯学术文化的人的选择,便很明显。当然,搞政治文化、商业文化也需要一批人。后者的人数可能更多些。

赵　园：最后，我还想强调一点：我们彼此之间从来就有诸种差异，但又始终有相互的理解，有呼应，有事实上的互补。我们说了对不同取向的理解，但我们自己并没有打算改变角色。北京的可贵、可留恋，就在有这么一大批顽梗的文人。最近写了篇短文，说南方经济力量北上，北京的文化南下。看看南方报刊的作者阵容就可以知道。仅仅据此也可以相信学术文化的价值。

钱理群：我给自己规定的几条：一、适合自己的选择就是最好的。二、每个选择都有弊病。包括我自己做的选择，我很清楚弊病（危机、陷阱）是很多的，而且都是一些不可解决的矛盾。再就是要自尊自重，也尊重别人的选择。今后的历史是多元发展的，也应该有多元的价值观，要习惯于这一点。在多元选择中，尤其要注意保护少数人的逆向选择。我们的社会太容易趋从于某一种共同的倾向。对年轻人来说，还有选择的余地，发现选择不对就要赶紧转向。但对我们就不一样了，大概只能一条道走到黑了。

陈平原：结论是经商咱们赚不了钱，从政咱们救不了世，只能待在学校里读读书，发点无伤大雅的议论。

钱理群：这种选择在很大程度上是被动的，是被安在这个位置上，动也动不了了。有点像鲁迅说的遇到歧路与穷途，就姑且选一条大致可以走的路走走看吧。因此很难谈得上是主动的选择。只不过在这个位置上怎样调整，我们还有一点自主权，是很有限的。

（初刊《上海文学》1993年第9期）

"中国三十年代文学研究会"与日中文化交流

时　　间：2004年9月7日下午3：00—5：30
地　　点：北京大学英杰交流中心第二会议室
主讲人：丸山昇
主持人：陈平原
参加者：日本"中国三十年代文学研究会"2004年北京交流访问团全体成员，北京大学中文系部分教师、研究生
对话嘉宾：丸山昇、严家炎、孙玉石、费振刚、乐黛云、钱理群、陈平原等
文字整理：汤莉、彭春凌

丸山昇：各位老师们，各位教授们，各位朋友们，今天能到这里来，有这个机会我觉得非常高兴，而且我现在的心情是比较复杂的。我头一次来北京大学是1982年，那时我是因为关于日本译的发行一年半的《鲁迅全集》和人民文学出版社有需要商量的事情，所以和东京都立大学的饭仓照平先生以及日本出版社的人一起来的。可是那时候——现在说起来完全是笑话——我真的怀有一种担心，我向中国申请入境，中国是否允许我入境？

有没有可能在空港机场就被直接赶回去？可是到了北京就知道我的不安完全是"杞忧"。意外的是，那时候在北京大学学习的日本留学生尾崎文昭先生（现在是东京大学东亚文学研究所的教授），他说北京大学中文系希望我访问，做一个讲演。我惊讶了，我没有特别的准备，完全没有，所以如果可以的话，我想推辞。可是，北京大学是我很尊敬的大学，如果北京大学中文系叫我来讲话那是再光荣也没有的事了，所以我冒昧地在没有准备的情况下讲了一遍"战后日本的中国现代研究界"。意外的是，那时候，王瑶先生也特意来参加这个会。我太紧张了，原来就不好的汉语说不出口，所以那时我用日语讲话，尾崎给我翻译，这是我第一次访问北京大学的记忆。那以后1986年参加鲁迅学会的时候，也来北京大学开了一个座谈会，包括日本的竹内实先生、美国的李欧梵先生在内，王瑶先生也在内。

那时北京大学和东京大学的学术交流已经非常活跃了，我们在1982年就邀请了袁行霈先生来东京大学做客座教授，第二年邀请了孙玉石先生，那以后孙静老师、费振刚老师，还有其他的，现在已不可胜数了。我的记忆是，现在记不全的很多很多的老师们来东京大学帮助我们的教学工作，个人的交往也越来越活跃。1988年，北京大学中文系给我一个很难得的机会，他们特意邀我到北京大学做两个星期的交流研究工作。我住在勺园，除了在北大、社科院文学所做了两三次讲演以外，也头一次去看了圆明园、颐和园等，过了很愉快的两周。1999年秋天又趁着北大和樱美林大学共同举办的学术讨论会的机会来北京，承蒙各位老师、朋友们款待。隔了五年，这次是我第六次访问北大。

老实说最近我手上主要是我的论文集的工作,看校样、改正什么的工作,所以今天没有特别的准备,在这样隆重的会上讲不出有学问性的话,真对不起。我就谈谈个人的经验和体验,以及各个时期的我对中国和中国文学的感觉是怎么样的,以供各位参考;如果对各位有参考价值,对我来说是意外之喜了。

我开始学汉语是在1948年,旧制度的高等学校入学的时候偶然让我进了学习中国话的一个班,那时候对于汉语和中国的了解在日本是很少的。老实说,我开始学习汉语的时候还不知道鲁迅的名字,以后渐渐地知道中国有鲁迅这样伟大的文学家,可是他在什么地方、什么方面是伟大的,这个问题那个时候我完全没有认识。到了文学部中文科以后,关于鲁迅,还不过是随便读了几篇小说、杂感等,谈不上"研究"鲁迅。我在文学部的毕业论文的题目是关于丁玲的。那时候在日本,丁玲有不亚于鲁迅的名声,她解放以前已经是著名的文学家,以后改造自己成为人民作家,被看作是新中国知识圈子思想改造的模范和典型,不少学生,包括后来成了古典文学专家的在内,都选择了丁玲作为他们毕业论文的题目。

追溯来说,我开始学习汉语的第二年——1949年,中华人民共和国成立了,我也渐渐增加了关于中国、中国现代史的知识,支持、尊敬新中国的想法在我的内心渐渐地明明白白地生长了。可是我对中国的尊敬和完全支持的想法渐渐地转为疑念、疑虑不安,那是1955年"胡风事件"的时候,特别是暴露他个人的信件作为根据定他为"反革命"这样的做法,我很难理解。但是那时候我没有积极反对批判胡风,当时我的想法是这样:中国共产党和毛泽东他们说胡风是"反革命",可能是还有尚未公开的确实可靠的证据。可是过了两年,"反右派"斗争开始了,特别是丁玲、冯雪峰、艾青什么的,在战后的日本知道的人比较多并且怀有敬爱、喜爱之情的文学家被批判为"右派",那是很难理解的,尤其丁玲是我的毕业论文的题目。批评丁玲的论文我读了,我用还很幼稚的汉语能力读了丁玲的文字和很多很多人批评丁玲的文章,可是读得越多,我的不满、不信越是增长,特别是那些批判文章的逻辑、想法、手法让我怀有一种反感。不过那时候我还没有直接发表我的意见,没有发表的自信、把握。所以以后的几年,关于中国当代的文学我不发言,只继续解放以前的特别是鲁迅那样的中国革命道路的研究。当代中国的情况,我没有特别的看法,自己没有自信。可是呢,中国从战争以前那样的贫穷状况,结成抗日统一战线,得到胜利,变为新的国家、新的民族,这个过程还是让我感到有非常大的魅力,而且我想这样的行为、经历正是我们需要认真学习的。

但是,中国的现状不断变化,到了1960年代,各位都知道的"文化大革命"开始了。那时候我的感觉,是"不能理解":中国发生的是怎么样的问题、怎么样的运动、怎么样的结果,信息也不充分。那时候在日本,特别是爱中国,对中国怀有亲密感觉的人,大半欢迎、支持了"文革"。有些人在"造反有理"的口号和"红卫兵"的运动中看出民主精神之萌芽,中国现代文学研究家里也有对"文革"感到同情的人。原因之一是"文革"刚开始时,从外面来看,好像是从周扬批判开始的,而且,批判的主要对象就是关于"两个口号"的论战的评价问题。对于在"反右"以后提出的只有国防文学的口号正确,民族革命的大众文学的口号是叛徒胡风、右派分子冯雪峰他们提出的错误口号的看法,在日本学者看来,是不能同意的。所以,这种看法被否定的事实,让一部分人想:"文革"虽然复杂、难理解,但可能也有合理的方面。

可是我还是不能同意这样的看法。照我来看,当时的干部批判不是从下向上的民主的批判,而是以毛泽东的权威和毛泽东的思想为绝对的正统,把和正统不完全一致的一切思想、理论看作不应该容许的想法。"红卫兵"与其说是民主批判运动,不如说是在正统的旗帜之下,对所谓异端、异己、不完全一致想法的全面否定。这是我最不喜欢的。我学生时代也参加了一部分学生运动,也经历了1950年代初日本共产党的"左"倾冒险主义。当然,我那样的经历不过是一个人小小的经历,但这样的经历也不容许我赞成"文革"。

不过毛泽东和共产党是中国的权力核心,对他们的信赖在日本还是很大的,而且在我的内心中也是很大的,所以我不敢轻易地发表我的意见。可是,作为一个鲁迅研究家,我完全不能同意那时候关于"两个口号论争"的看法,对鲁迅过度崇拜的现象,让我怀有一种嫌恶的感觉。还有一个是"文革"时候有名的《林彪同志委托江青同志召开的部队文艺工作座谈会纪要》,对1930年代文学完全否定。这两个方面我绝对不能同意,而且不能不发言,我先针对"两个口号论争"问题写了两三篇论文,以后不仅文学方面,对"文化大革命"的政治问题也发了一点言。所以那时候有一部分人骂我是反中国分子,不能理解"文化大革命"的人没有资格研究现代中国,这样的话在日本也非常红火。

正是在这样的情况下,1976年夏天,我的医生告诉我一两年内需要做人工透析。我是1956年患的肾脏病,一直受医生的监督和指导。那时候,一般人以为做透析能生存的时间也不过几年。那时我首先想,我终于一辈子不能去中国了。其次我想,我不要死,无论如何要活到中国共产党承认"文化大革命"是错误的那一天。那时完全想不到过了两个月"四人帮"就被逮捕了。

以后的变化是大家都熟悉的,我不多说。对我个人来说,1970年代末让我高兴的事有两件:第一件是日本的报纸上有很小的通讯说,北大、北师大、北师院三校的现代文学专家集合,在研讨1930年代文学,这个报道给了我很大的希望和鼓励。第二件是今天在座的白水纪子(她是1976年末作为留学生来北京大学的,还是受在座的乐黛云老师所指导的很幸运的学生。九州大学毕业后,来东京在东京大学研究生院学习),有一天来我的研究室说,乐黛云老师来信谈到北大召开关于"两个口号论争"的研讨会,那时候作为参考资料,翻译了我"文革"期间写的一篇论文,对我的结论基本同意,这对我来说简直是高尔基的诗里报春的燕子。

那以后中国的发展变化当然也有不小的曲折和困难,可是中国克服了,特别是中国知识分子克服了很多的困难、障碍,建构了现在辉煌的研究成绩。在这样的情况下,我们能来访问北京大学,而且受到今天这样很热烈的欢迎,开一个这么隆重的座谈会,让我讲话,令我怀有很大的感慨。我个人没有价值的发言占用大家可以交谈的机会,浪费了宝贵的时间,真感到抱歉。可是我讲的是现在个人的真实感觉,中国的老师们学生们如果因此对日本学者的理解有所加深,对双方交流有一点参考价值,我觉得非常高兴。谢谢!

陈平原:今天的座谈会,是以北大中文系的名义,跟日本的"三十年代文学研究会"合作召开。我们的前几任系主任都到了,还有好些老先生,以及年轻的朋友,很难得。现在,就先请严家炎老师发言。

严家炎:实在没准备发言,我来是想见一些老朋友。听说丸山昇先生好像是前一年跌过一跤,所以我对他的健康状况很挂念。今天能够见到老朋友,我很高兴。像芦田肇先生,我称他为永远年轻的教授,好像岁月在他身上没有留下什么痕迹,我们认识十七年了,但是看不出他有什么变化,还跟十七年前一样,永远年轻。(笑)我见到很多老朋友非常高兴,这是我想说的第一句。另外呢,我刚才听了祖父江昭二教授的报告,觉得非常感动。就像丸山昇先生刚刚讲的,自己对中国文学许多认识的变化有一个复杂曲折的历程——讲得很精彩一样,祖父江先生的报告我觉得也是非常精彩的。他们两位都体现了一种学术上的良知,都体现了实事求是这种非常可贵的精神。记得我1991年第二次访问日本的时候,曾经在一个会上做过一个发言,我表达了对丸山昇先生那种学术态度、学术精神的敬佩。我觉得他学术上最可贵的精神就是讲实话,敢于凭实际的材料讲话,不管有什么权威人物讲了一些什么东西,不管当时的风是一种什么样的风,哪怕是处在"文革"这样一场风暴当中,会被扣上这样那样的帽子,但是该说的话还是要说,敢于讲真话,敢于根据实际材料来说,我觉得这是一种很了不起的精神。所以我当时说过"我觉得丸山昇先生这种治学的态度,可以说是实事求是的典范"这样意思的话。祖父江先生今天这个报告,我觉得同样也是体现了这样一种精神,体现了日本人民的一种良知。在第二次世界大战的一些国家当中,德国我觉得它的民族精神有了不起的地方,就是全民族的相当一部分人都能够反省,有一种反省的精神。它的领导人到波兰去向波兰人民请罪,可以看出德国这个民族确实有很了不起的地方。而在日本一些当权的势力里面,确实有一部分是不敢正视自己的问题的,对于在第二次世界大战中的侵略行为,缺少一种直面的精神,缺少一种正视的态度。但是日本人民里面有相当一部分,特别是日本知识分子里面有相当一部分是有正义感的,有远见的,贯穿着实事求是精神的,有反省的良知的,我觉得这种精神特别可贵。所以我刚才一边听着祖父江先生的报告,一边很感动。"前事不忘,后事之师",历史的教训要永远牢记,不管是国际问题,还是国内问题——包括中国的"文革"在内,都不应该遗忘。我想说的就是这些,谢谢。

孙玉石:首先,对今天光临北大中文系的日本"三十年代文学研究会"的朋友们,表示我个人衷心的感谢。因为我二十年前在日本东京的时候,跟这拨朋友算是"哥们儿",大都很熟,得到了很多人的照顾,而且从他们身上学习了不少东西,在这儿我要表示一下自己这样感谢的心情。其次呢,原来给我的话题,要谈的是一个中国学者眼里的"三十年代文学研究会",今天因为时间的关系呢,我学习佐治,(笑)就不谈了。

(按:在学术讲演开始之前,大家让日本的"中国三十年代文学研究会"的领导佐治俊彦教授发言,佐治俊彦教授大约当时想将时间更多地留给祖父江昭二教授和丸山昇教授的讲演,说自己就不讲了。两位教授的精彩讲演结束,轮到我说话的时候,我向佐治教授学习,表示了同样的意思,因而当时没有说什么。近日,为了整理学术讲演活动"纪要"的需要,或是否想如阿Q被杀头时那样要把圈儿尽量画得圆一些,王风发来邮件,要我补充上那些自己想说而没有说的话。于是我遵命,根据过去说过的一些话,和这次"合宿"活动结束时在友谊宾馆告别会上说的一些话,捏在一起,算是我当时应该说,也想说,而没有说出来的一个"伪发言"吧。)

日本"三十年代文学研究会"的一些成员,算是我多年的老朋友了。对这里面的一些学者,我一直是以"哥儿们"看待的。1983年4月初,我到东京大学讲学,便开始同他们有了很多的接触。那年7月里,我与他们到丸山先生的别墅小住,"晴游雨读",一起读陈建功的小说《飘逝的花头巾》,一起游览"湿的高原"和火山遗迹"鬼押出",还参加了他们暑假里在长野县"春日旅舍"召开的合宿会,应邀发表了讲演。在东京大学一年半的时间里,我得到了丸山昇先生和他的朋友们的很多关照。以后二十多年里,我们之间的交往,非常密切,相互的理解和认识,也在逐渐深化。特别是1995年初神户大地震的时候,他们对于处在震灾中心的我们,超乎寻常地关心、照顾,并进行"抢救"的转移,使我们深受感动,终生铭记于心。这次他们一起到北京来"合宿",进行学术研讨与交流活动,并在北京大学中文系发表讲演,不仅是在日本"三十年代文学研究会"与北京大学中文系关系的历史上写下了新的一页,就是对于我个人来说,也再次增加了对"三十年代文学研究会"的了解和认识。

20世纪30年代到40年代发生的那场日本军国主义者发动的侵华战争,给予中国作家精神上深刻的冲击,在中日文学家关系上引起的微妙变化,一直是近代中日文学关系研究的一个重要话题。祖父江教授,就是在这个大的历史背景之下,根据他新的研究思考,展开自己的学术讲演的。他的讲演,以尊重事实的历史眼光、丰富翔实的原始材料、冷静思索的学术姿态,认真梳理了战争开始之后,郁达夫的老朋友、日本作家佐藤春夫如何由叛逆的左翼立场转而歌颂侵略战争,并用他杜撰的"历史"小说《亚细亚的孤儿》,无耻地充当歌颂战争的喉舌。郁达夫对于佐藤春夫的政治逆转所表现的大义与决断,他的痛斥佐藤春夫为文学"娼妓",闪烁着中国作家坚贞的民族气节和高尚的精神光辉。这是中国学者研究中的老话题,由一位日本学者思考写出来,却梳理与阐释出了新的意义。听了祖父江教授的讲演,确实使我很感动,也很敬佩。我在他的讲演中,不仅看到了日本老一代知识分子葆有的政治和学术的良知,也透过这种学术良知,看到了日本人民对于中国人民的深层理解与割舍不断的情谊。在当今中日关系趋于低谷、扭曲历史的逆流甚嚣尘上的时候,能够听到一位过去我并不熟悉的日本老一代学者发自内心的这样的声音,更加感觉是弥足珍贵的。

丸山昇教授的讲演,讲述了自己如何走上中国文学研究和鲁迅研究的过程,谈了自己经历的种种坎坷、斗争,与自己研究中国文学的心理动机和精神寻求,也介绍了"三十年代文学研究会"发起的动因和发展的历程。虽然只是娓娓而谈,没有什么崇弘议论,却能将作为一代日本汉学研究的代表者的内在世界、精神闪亮与人格光辉,展示得朴实生动、亲切自然。他的讲演,述说的是他自己,却完整地展现了以将学术研究与现实关切紧密联系起来为重要特征的一代知识分子的心灵历程。这是渴望寻求精神守护与历史答案的一代的跋涉历程。他们沿着这条心灵之路,在学术上攀登的高度,为后人留下了甚至不可逾越也无法复制的界碑。

听了讲演之后,似乎使我对于丸山昇先生这一代战后大反思中生活过来的知识分子有了进一步认识。丸山昇先生生于1930年代初年,成长于日本战败之后的五六十年代。大学教育和民主运动,是他积极投身的两个课堂。先生经历过反对美日"安保条约"的斗争洗礼,"无罪"地在囹圄中完成了基于对民族命运思考的博士论文。他对于鲁迅,对于中国文学的研究,一开始就是和反思自己民族的战争责任、思考中国人民的命运密切联系在一起的。从"竹内鲁迅"到"丸山鲁迅",虽有如何关注历史研究学术本体性与实证性的微妙变化,从政治关怀更多转向学术关怀,从"六经注我"到"我注六经"(这可能是一个不恰当的比喻式的概括说法),然而他们的这种以自身民族历史责任的反思为起点,在鲁迅的著作思想、中国文学创作的深层蕴藏,以及中国社会的急剧变化与复杂前途中寻找答案的理性动因,却是一以贯之的。竹内先生与丸山先生的研究,都在发掘和强调鲁迅一生中那些"不变"的东西,我想这可能也是他们在鲁迅研究中的一个最可贵的"不变"的东西吧。他们的学术研究中,包含了更大的关于整个亚洲民族命运和人类终极关怀的思考。丸山昇先生从鲁迅出发,到萧乾,到王瑶,再到后王瑶一代中国知识分子精神道路的论述,又将这种思考引向了新的富有立体感的历史深度。

从他的平实朴素的讲演中,我更加感觉到埋在我心底里的这样一个认识是符合实际的:丸山昇先生、伊藤虎丸先生等学者,不愧是日本近代中国文学研究中有历史责任感、有担当精神、有思想家深度的一代学人的杰出代表。

丸山昇先生是"三十年代文学研究会"的主要发起人之一。他是这个学术群体自发起诞生,逐步发展,开展活动,一直坚持三十余年至今的最有力的见证人。关于这个方面,他一直讲得很少。他和他的同事们是一贯如此的。1984年在东京,我曾写过一篇文章,向中国文学界介绍过"三十年代文学研究会"。这里我就自己一些皮毛的了解,对这个研究会作一点简略的解读,算是一个外国人眼里对于一个日本学术群体的"扫描"吧。

(一)开顶风船的角色。中国"文革"期间,丸山昇先生和他的朋友们,对于他们所热爱的国度里所发生的事情,感到极大的困惑。富有怀疑精神的这些人,对于江青炮制的《部队文艺工作座谈会纪要》里彻底否定1930年代文艺,鲜明地持反对的态度。为了弄清事实,还历史本来面目,丸山昇、伊藤虎丸、尾上兼英等先生们一起,发起成立了这个读书会性质的研究会,并开始了对于"左联"及1930年代文艺深入认真扎实的研究。他们分工合作,除鲁迅以外,还分别研究了1930年代许多相关作家,当代的作家,如茅盾、巴金、周扬、丁玲、冯雪峰、胡风、沈从文、萧乾、田汉、周作人、林语堂、冯至、钱杏邨、萧军、赵树理、艾芜、王蒙、宗璞等等。他们不接受任何权威强行做出的结论,坚持要在事实中求得对于历史真实的认识。我1984年时在一次会上对他们说,你们当得起中国"文革"中一篇有名的短篇小说题目所说的,是"开顶风船的角色"。

(二)师生合作,培养青年,造就人才。这个研究会的参与者,一直是老中青结合,有著名教授,有年轻的学者,也有许多正在读书的研究生。我在日本的时候的许多参加者,还都是听我讲课的硕士或博士课程的研究生,现在他们已经是知名的学者教授了。而现在又有不少研究生,参加读书会的活动。这个研究会,为日本中国现代文学研究,已经造就了两三代学者。丸山昇先生身体不好,每周需要两三次去医院做血液透析,还要上六至八小时的课,能几十年如一日,坚持参加每周四下午的读书会,已经成为这个读书会的灵魂人物。丸山昇先生的弟子"小四人帮"们,于自己繁忙的教学之外,对于研究会的具体工作,也非常负责任。有了这样一个精神集体,一代一代的青年学子,在这里凝聚、成长,也就是自然的了。

(三)坚持阅读原作的读书活动。他们注意搜阅原始材料,坚持对于三四十年代杂志和重要论著的文本阅读。每周四下午举行一次读书会,三十余年里,除寒暑假期休息外,从未间断。我在东京大学时,他们正在读茅盾的《我的文学道路》,后来多年里一起读《现代》杂志,现在据说在读《文学杂志》了。为参加读书会,大家都认真阅读,精心准备,每次由一两人负责报告,包括解释名词典故、人物史迹等,并做出翻译,然后进行讨论。研究会除其他学术活动外,每年举行一次"合宿"会,主要是集体读书、书评活动、发表报告和进行专题讨论。有时也读一些当代最新的著名小说和有争议的作品。他们还将研究与翻译的成果,或独自写成论文,或集体编著翻译,付诸印刷出版,做出影响更多人的集体成果。

(四)友好与开放的襟怀。他们没有派别之见,没有小圈子意识。参加读书会的,除东京的一些大学的师生以外,还有关西、九州、东北地方的一些大学的教授和青年人。如我所熟悉的关西大学的北冈正子教授等人,就是这个研究会的成员。每次有中国学者去东京,或讲学,或访问,他们都要请去做讲演,进行学术交流。这次他们来北京"合宿",在社会科学院文学研究所、鲁迅博物馆和北京大学中文系,进行多次的交流与讲演,更是一个超越一般友好往来与开放性的学术交流的大举动、大手笔。

这篇拉拉杂杂的"伪发言",就"说"到这里吧。

费振刚:跟孙玉石一样,我非常怀念在东京大学工作的两年时间。我特别感念的是,当时丸山先生作为我们那一期中文研究室的主任,对我以及对我太太细心的关照。我在东大的两年是中国政治上发生很大变化的两年,我是1988年4月赴任,到1990年3月离开日本。这期间我深深感到了刚才丸山先生所说的他自己对中国文学研究的坚定的、学者的态度,而在1989年中国政治风波中所表现的也正是一个学者的风格和气度。在那个时候,东京大学整个校园都沸腾了,我也亲自听到丸山先生当时在东大的演讲,非常严厉地对于应当批评的事情予以批评,我很感动。丸山先生走过的中国现代文学的研究历程表明了一个学者坚定的信念和坚定的认识,我是非常佩服的。但是在东大更使我感动的是丸山先生和平山九雄教授对我们的关照,在风波以前,东大也发生过学生的罢课,当时丸山先生特别关照我,可以不去上课,以免与罢课学生发生冲突。风波当时,他更要我不要在一些活动中露面,以免以后遇到不必要的麻烦。东欧剧变之后,同有共产主义追求的丸山先生,还同我和我的太太,在他们研究室讨论过共产党执政以后怎样才能保住本色的问题。十五年过去了,丸山先生率领他更多的年轻同好再次来到中国,访问北京大学,我能体会丸山先生的心意,希望中日两国的学术交流在新世纪更加发展,更希望丸山先生永远健康、长寿。

乐黛云:我们今天处在一个非常困难的时期。上一世纪,我们都曾经梦想过21世纪将是比20世纪更美好的和平与发展的新世纪,然而,风云突变,人们突然面临一个战争和暴力威胁着全人类的严重局面,帝国霸权和原教旨主义在人们面前展示了前所未有的危机,许多有识见的知识分子都不能不忧虑着地球和人类的未来!

伊拉克之战使欧洲出现了强烈的反战情绪,知识分子表现出空前的团结,振兴欧洲的热情高涨。哈贝马斯(德)与德里达(法)发表了联合署名的文章《论欧洲的复兴》,强调从社会团结出发的制度规范,主张在控制与减少军事暴力的基础上加强联合国的作用,建立一种有效的世界内政。他们的主张得到了广泛的响应。

与此同时,在巴西多次举行了数万人参加的"世界社会论坛",他们的口号是:"另一个世界是可能的""世界不是商品"。在法国召开的第一届世界公民大会,提出建立一个"负责、协力、多元"的社会,并主张在"联合国宪章"和"人权宪章"之外,建设第三个宪章——"人类责任宪章",以保护地球,保护人类。

总之,要建成一个多极均势的、反对暴力的"社会世界",让人类远离灾难,就需要有过去从未有过的智慧,需要为人类开辟一个多元发展的、文明开化的、不同于任何时代的新时代。在这个过程中,知识分子可以起很大的作用。一些西方知识分子已经提出要摆脱现在的困境,人类精神需要发生一次"突如其来的跃进",一次"人类心灵内在性的巨大提升",他们认为知识分子可以在欧洲,在美国,在亚、非、拉,动用一切可以动用的力量,设法制止暴力和野蛮势力的恶性发展。

过去,较少听到亚洲知识分子的声音,从我自己来说,更多感到的是知识分子的边缘化,做不了什么事,也许只能像鲁迅所说的那样,"躲进小楼成一统,管它冬夏与春秋",万分无奈。今天听了丸山先生和祖父江先生的发言,我觉得日本知识分子正在探索,正在思考,正义的声音还在,在知识分子中,仍然有正义、有热情,他们始终在考察、在研究、在思考做一些事情。我觉得我们应该向他们学习,在这样一个险恶的形势下面,能做什么就做什么,尽一分微力,帮助这个世界走向一个比较好的前途,而不是归于毁灭。我想就讲这些,谢谢。

钱理群:今天到会的都是一些老朋友、老前辈了。每回见到这些真诚的日本朋友,这些非常热爱中国,热爱中国文学,把自己全部的生命都献给了中国的这样一些老朋友,作为一个中国人,作为一个中国学者,我经常感到非常惭愧。因为我们没有把我们的国家搞好,我们一次一次地让我们的日本朋友们失望,这样就使得他们处在一个非常尴尬的局面。我能理解这点,而且我很惭愧,就是我们没有把事情搞好。当然我们自己是无能为力的,但是我们应该做更多的工作,应该不要使中国弄成这个样子,让很多真正的朋友们失望。这是我本来不想讲的话,但忍不住要表达这么一个意思。而且正像刚才乐老师所讲的,我们今天处在一个非常困难的时期,而且我也感觉到包括中日关系,也处在一个非常困难的时期,而且还很难预计将来会怎么样发展。在这个时候,我想,我们可以相信,无论是中国还是日本,都有一些很真诚的有良知的知识分子,真正在促进中日之间友好的知识分子。我想这次"三十年代文学研究会"的朋友来,实际上是给我们提供了这样一个信息,也是表示一个态度。我想不管将来的世界发生什么变化,不管将来中日关系发生什么事情,我们大家是可以感觉到彼此之间——用我非常喜欢的话来说——是相濡以沫的。虽然我们力量很有限,但是我们一定要尽我们最大的努力,做我们应该要做的事情,一起面对已经、将要发生的一切。我就说这些。

陈平原:我做一个补充。刚才说到丸山昇先生喜欢谈社会主义,引起我的联想。昨天刚拿到北大出版社新版《二十世纪中国文学三人谈·漫说文化》,其中收录了1986年丸山昇先生到北京大学和我们对话的记录稿,很有趣,大家可以看看。记录稿中,丸山昇先生再三追问老钱和我:20世纪中国文学的最大问题,是社会主义,你们为什么避而不谈?我们很尴尬,因为,那时正在批判资产阶级自由化思潮,好多话没法直说。然而,丸山昇先生不管这些,再三说:这个问题是回避不了的。我相信丸山昇先生的思路是对的,这个问题确实无法回避,希望在适当的时候深入讨论。丸山昇先生的文集,我们正在组织翻译,已经做了两年了,中间有一些困难,包括意识形态方面的问题。有的必须做一些技术处理,很遗憾;这书大概明年才能出来。

时间差不多了,会议就开到这儿。晚上聚餐时,还有机会个别交流。谢谢。(掌声)

附记:丸山昇(1931—2006),日本著名中国现代文学专家,著有《鲁迅》《鲁迅与革命文学》《现代中国文学的理论与思想》《一位中国特派员》《"文革"的轨迹与中国研究》《上海物语》《检证中国社会主义》《鲁迅·文学·历史》等著作。2005年11月1日《鲁迅·革命·历史:丸山昇现代中国文学论集》(王俊文译,北京大学出版社)出版,同年11月25—26日北京大学召开"左翼文学的时代"国际学术研讨会,丸山昇出席并接受诸多老朋友的问候与祝贺。

(初刊《现代中国》第六辑,北京大学出版社,2005年12月。)

文学复古与文学革命

时　　间:2004年10月29日下午3:00—5:30
地　　点:北京大学中文系一楼会议室
主讲人:木山英雄
主持人:陈平原
对话嘉宾:王得后、钱理群、孙歌、赵京华、董炳月、高远东、王风、
　　　　姜涛、程凯、季剑青、张丽华、林分份、葛飞、崔问津、
　　　　祝宇红、陈平原等
文字整理:张春田、倪咏娟

陈平原:木山先生的学术座谈会现在开始,今天我们的专题是"文学复古与文学革命",这首先是构成木山先生思考框架的两个基本范畴,其次是他一篇重要论文的题目,再次还是刚刚由北京大学出版社出版的木山先生论文集的书名。所以我们讨论的范围很有弹性。今天来的有《文学复古与文学革命》这本书的译者,也是木山先生的弟子赵京华先生,有《文学复古与文学革命》这篇文章的译者孙歌女士,他们两位今天还有一个任务,就是在需要的时候为木山先生口译;另外还有木山先生的老朋友王得后先生、钱理群先生;有董炳月先生、高远东先生;姜涛、

程凯——这在我们专业是最年轻的学者了。至于各位同学,等发言时再做自我介绍。想给诸位比较多讨论的机会,所以木山先生您可以讲得比较短,后面我们不断来提问和回答。

木山英雄:各位好!这次,北京大学出版了我的论文集的中译本,借此机会我接受了来中文系为诸位研究生同学讲座的邀请,这当然是非常光荣的事情。可是,不仅没有研究上的进步,甚至连有关以前的研究工作的记忆也渐渐淡薄了,在这样的状态下,我能讲些什么呢,实在是有些困惑的。于是,我向在论文集出版和邀请讲学两方面都起了推动作用的陈平原教授请教,自己这样老迈的研究者在北京大学中文系的才子俊秀面前,讲些什么好呢?结果陈先生出了一个题目,就是成了这本论文集书名的关于"文学复古"与"文学革命"的问题。陈先生说,有不少学生读了这篇文章,但还有进一步深入讨论的余地吧。这让我想起了一件事情。刊载这篇文章于《学人》的1996年,正是我在附设于北京外国语大学的日本学研究中心工作的时候,那年春天刚刚来北京赴任,就得到陈先生给《学人》写文章的约稿邀请,到了秋季便发表出来了。正如文末附记所说的那样,当时因为很忙,便请孙歌女士赶紧把离开日本之前为日本东方学会英文期刊所作的论文译成汉语,与英文版同时发表了。就是说,那篇文章起草伊始便考虑到英文翻译和读者,又加上是文学史论式的题目,因此,从文风到内容作为我的论文都属于例外。如果是仅有的例外的一篇反而引起了反响的话,那可见我的研究要算"路线性的失败"了。(笑)

论文发表出来时,还是研究生的王风教授时常来我所下榻的友谊宾馆聊聊,表示对此文有不小的兴趣。不过,那是因为正巧和他准备做的学位论文题目有关联的地方吧。总之,据我的记忆,那个时候中文系为我召开座谈会之际,包括我和出席者都没有把那篇文章作为话题。那以后不觉之中又过去了八年,这期间那篇文章是怎样被阅读的,又如何被指定为这次讨论会的题目,我无从知道。在此,我略感不安的是,刚才讲到这篇文章作为我的文字属于例外,如果它在文学史方面得到了关注,那么实际上我未曾想到要把文学史这门学问作为自己的问题。这大概与这样的情况有关系:我是一个不称职的研究者,只把研究当作读书的延长来看待,平常阅读的作家作品也非常偏。更严重的是,这次时隔八年重读拙文,除了感到很难客观地阅读自己的文章这个一般的困难之外,还感到所写的具体部分很烦琐,读起来甚至有疲劳之感。这如果是由于上了年纪精神上更单纯地考虑死生大事,那还有希望,然而,事实上,这只是老化的结果罢了。于是,今天我自己跑到这里来究竟有什么意义呢,实在是没有把握的。不过,这已经是离开了我手的文章,如果在中国文学之本国,年轻的同学们自由地阅读,提出各种我不曾想到的问题,而刺激我去重新思考,那实在是值得感激的。反正这已经是连我自己也感到有些疏远了的论文,所以,无论怎样请尽管严厉地批评,丝毫不要客气。

在讨论之前,中文系要求我先谈几个问题。可是依我看来,如果有问题的话,问题都在文章里,不在现在我的脑子里。(笑)所以,勉强提出两三个补充说明:

第一,刚才,我说拙文在中国不知是怎样被阅读的,而实际上就连在日本是怎样被阅读的我也不知道。原来东方学会委托丸山昇来编辑英文期刊的"中国文学专号",丸山则要我这个不是会员的人也写点儿什么，于是就有了那篇文章的写作。我将日文草稿交给他，便马上来了北京。而在我离开日本期间，那个草稿经丸山和丸尾常喜的手，投给了东京大学"中国文化与社会"学会的会刊，不过至今几乎没有听到什么反响。这如果不是我并非那个学会会员的缘故，大概就是因为对清末思想感兴趣的多是搞思想史的研究者，文学研究者除了小说以外或许对其他并不感兴趣。朋友中，已经去世了的伊藤虎丸特别对拙文表示了欢迎，并且好像向钱理群等先生做了宣传。他的理解是，我们——即包括伊藤和我自己在内的——以鲁迅为基本轴线思考过的亚洲近代的问题，终于在拙文中与中国的传统接上了关系。我不记得在拙文中做过这样了不得的议论，不过，伊藤的这种读法从他毕生的想法来看，其理由是可以理解的。

第二，若问是以怎样的关切来写那篇文章的，可以说我自觉的动机有两个。一个是"五四"新文学的语言问题。一直以来，我对语言问题很关心，好像友人认为我是很超前的，其实，我的观点与所谓的语言学转向(linguistic turn)那样时髦的话题没有关系，我只是重视将中国过去所称为的"语文问题"，和"五四"新文学理念的具体化，也可以说是本土化相关联起来。我觉得新文学具体化最关键性的过程就是"五四"退潮期周氏兄弟的苦斗，包含了兄弟俩通过追溯清末的体验，从而超越"五四"新文化运动或者文学革命运动的努力。在此，应该因"五四"而被超越的清末旧的逻辑，倒成了超越"五四"新逻辑的契机。事实是对这个问题的兴趣终于与那篇文章的课题联系起来了。另外，顺便一提，如果是出于我单纯的无知也无妨，有关传统与现代化云云，居多的不也是同样的论争在不断反复吗？比如，"五四"新文化运动的礼教批判和文学革命的打倒旧文学,其全盘否定的过激性,翻来覆去被当成问题,这反而又立即招来对文化保守主义的反驳,等等。这里,提出问题的人如果充分参照了我现在所说的运动的当事者本身超越"五四"的过程,那么,议论就会更有生产性。然而,事实如何呢?另一个动机是,当时我受到聂绀弩等人所作旧诗的刺激,感到有加强处理这个问题的理论武装或者说自我正当化的必要,总之,是某种思想准备之必要。就是说,在由于政治强力的干涉而公开的一切表现手段都被剥夺了的情况下,与个人素养仅有一点联系的旧文学形式却得以重新发挥力量。面对这种使新与旧、洋与土、左与右等固定观念混乱起来的问题,我越发感到了使思考弹性化的必要。不用说,与围绕中国文学现代性的各种议论相关联,其中还有应该大胆思考的问题吧。不过,眼下将这些问题留给常识,我在文章中,只是就历史的一个特殊局面,试图具体而集中地考察新与旧、洋与土等等复杂交错,有时甚至互相取代的状态,如此而已。

第三,对文章中所举例的几个事项加以补充说明。一个是,在语言观上,从康有为到吴稚晖的谱系与章炳麟到周氏兄弟的谱系这一问题。两个谱系的对峙是相当明显的,不过,对于这个对峙恐怕也是不要固定地去思考为好。如果称前者为普遍主义的,后者则可以说是差异主义乃至特殊主义的。在此,存在着超出语言观的更大范围的思考方法的对峙,即前者与对立于自然且欲统治自然的人类总体之经营的"文明"相连通,后者则与和各自固有风土相适应的个性生活样式的"文化"有相通之处。据说,"文明"与"文化"在英国和法国没有那么严格的区分,但19世纪后期的德国因对自己的落后性有觉悟,故强烈意识到两者的区别,而特别重视语言和诗歌,对国民文化之探索有了长足的发展,这有理由给面对西洋而产生了落后意识的亚洲以强烈的影响。还有一个例子是,同样这个问题在日本的江户时代也有过,因为"中华文明"本来是普遍主义的,当时日本的儒学家都在研究,其中代表官方哲学的朱子学派一向权威主义地崇奉普遍的"天理"。到江户时代末期,渐渐发生一种"国民意识"似的东西——他们自己所信仰的儒教的"圣人"和"天道",竟是别的国家的东西。所以,他们这种萌芽的"民族意识",在理论上需要有一定的操作,于是想了"时""处""位"三个概念。"时"和"处",简单地说指的是时间和空间,"位"是指人的主体条件那样的东西吧。其中"时"和"位"在中国儒学史上已有十分的发挥,而"处"是日本独有的反朱子学的实学派所特别热心讨究的概念。他们用此强调了"水土之变",亦即真理的本土性。

在中国,周氏兄弟对"国民性"自我批判倾注了热情,章炳麟坚持把"历史的民族"或"国粹"视为救亡的精神保障,正是同一个志向的正反两面。对此,为了拯救落后的祖国,在观念上使中华传统的普遍主义与先进的西洋同化的,恐怕是康有为和吴稚晖吧。因此,从清末的状况考虑,可以说内心深藏着尖锐的抵抗意识的章炳麟和周氏兄弟其差异主义乃至特殊主义,比起有精神胜利法味道的康有为、吴稚晖的普遍主义,更深深地与现实的危机相适合。而这也正是今天的问题。比如,美国这个国家在国内政治方面以尊重少数人的生活方式的文化多元主义为原则,但在国际上却坚持要把美国式的民主主义普遍地推行到世界去。对此,高举文化个别性的主张而予以抵抗的法国,在国内于普遍理性之产物的共和主义面前,以全体国民的一元的平等为原则,最近还以法律的方式禁止阿拉伯裔国民的女子戴遮掩面部的头巾进入学校,因为这是在公共场所的特定宗教行为。还有,在美国内部,不断坚持理性的体制批判的著名语言学家乔姆斯基,众所周知,其语言学理论是彻底的普遍主义的。如此这般,普遍主义和差异主义乃至特殊主义,根据情况的不同,各自的意义甚至相互关系都是可以变化的。

第四,还有一个,就是尼采的问题。我在文章里提及过鲁迅在清末受到尼采相当强烈的影响,对这个问题,可以思考一下。尼采的思想,和马克思一样,对西欧近代的市民社会内部批判产生了很大的作用,但当时的中国正在走向市民社会。尼采认为,既然"神"已经死了,那么"人"就应当超越自己,进化到"超人"。可是鲁迅追究的目的是"立人"(这是王得后先生的专长),他认真地思考,我们怎样从"人"以前的状态,进化到"人"。从普通的发展阶段理论来说,鲁迅受到尼采的影响,可能大有议论之余地。(比如,最近中国正在大搞现代化运动,可同时也已经有后现代的理论即所谓"后学"被搬进来,惹起了是非。)那么尼采对鲁迅的影响如果有效,其保障在哪里呢?具体一点说,鲁迅把以尼采为代表的西方新的思潮,拿进自己所固有的物极必反的"偏至"史观的框架里头,这是一个条件吧。还有,鲁迅当时并不把"神死了"这样的命题作为自己的专门问题,然而他眼看着中华文明之衰落,作为肩负价值转换的独立精神来接受尼采的思想,后来则经过一番挫折更亲切地体会了像尼采那样的"积极虚无主义"之意义。这样,鲁迅并不是机械地把西洋的最新的思潮照搬来的。而且,把尼采、章太炎、鲁迅并列起来看,他们之间好像还有一个相似的地方。尼采有他自称"心理学"的方法,其最显著的例子是对"弱者的怨恨"的解剖,这是与他对基督教的批判联系在一起的。读章太炎当时在《民报》上发表的《革命之道德》这篇文章,大意是,在中国地位越高的,道德性越低;道德性最强的,反而是最下层的民众。而鲁迅也终生思考某种可以称之为"奴隶心理学"的问题,尤其是在支配与被支配的权力关系中发现的人的心理现象。三个思想家对此都非常敏感。

在这儿,介绍没在论文中引用的资料,都是有关尼采的。一个是章太炎的《答铁铮》:"王学(按,即王阳明)深者,往往涉及大乘(按,即大乘佛教),岂特天人诸教而已。及其失也,或不免偏于我见(按,指执着于自我)。然所谓我见者,是自信而非利己(按,即信任自己而不是自私自利)(宋儒皆同,不独王学),犹有厚自尊贵之风。尼采所谓超人,庶几相近。"当时章太炎这样比拟尼采的思想,这是值得注意的。"但不可取尼采贵族之说",他反对尼采的贵族主义,这是他根据佛教的平等观而说的。"排除生死,旁若无人,布衣麻鞋,径行独往,上无政党猥贱之操,下作懦夫奋矜之气,以此揭櫫,庶于中国前途有益。"他大概是就明治日本流行的"尼采热"而言。(当时在日本有翻译的尼采文件,而中国学者都用梁启超所谓的"和文汉读法",那时日本文章汉字用得很多,所以他们以为日文比较容易读,不懂的也有留学生翻译。)他描述的是对尼采《查拉图斯特拉[如是说]》的印象吧,这里的查拉图斯特拉完全被政治化、道德化了。

第二个是鲁迅《文化偏至论》里的:"若夫尼佉,斯个人主义之至雄杰者矣,希望所寄,惟在大士天才;而以愚民为本位,则恶之不殊蛇蝎。意盖谓治任多数,则社会元气,一旦可堕,不若用庸众为牺牲,以冀一二天才之出世,遽天才出而社会之活动亦以萌,即所谓超人之说,尝震惊欧洲之思想界者也。由是观之,彼之讴歌众数,奉若神明者,盖仅见光明一端,他未遍知,因加赞颂,使反而观诸黑暗,当立悟其不然矣。一梭格拉第也,而众希腊人鸩之,一耶苏基督也,而众犹太人磔之,后世论者,孰不云谬,顾其时则从众志耳。"鲁迅对尼采的所谓"贵族主义"有相当的共鸣。后来鲁迅的反庸众的天才主义,经过辛亥革命后崩溃了,那种失败者的意识非常强烈。到了1924年前后,鲁迅写的作品里,有一个失败以后还要向前走的人的意象,就是《野草》里的"过客",这可以与章太炎所理解和描述的尼采比较一下。

我的开场白完了。

(掌声)

陈平原:木山先生本来讲只说几句话,一说就说了一个小时,了不起。

木山英雄:对不起!(笑)

陈平原:木山先生这篇文章在《学人》发表以后,不少中文系现代文学专业的老师、学生都很欣赏。为什么?这有我们的学术背景。王瑶先生早年有篇文章《论鲁迅作品与中国古典文学的历史联系》,提出这个问题。后来王瑶先生去世前,老钱(按,钱理群)帮着整理另外一篇文章在《北京大学学报》上发表,讲"五四"新文学与古典文学的关系,又重提这个问题。在中国现代文学界,北大——因为王瑶先生的关系——历来比较关注现代文学与传统文学的关系。后来我写《现代中国的"魏晋风度"与"六朝散文"》,接着那条线往下做。再后来王风做刘师培、章炳麟,后面还有几个学生,洪焌茭、葛飞、季剑青、张丽华,一直都关注这个问题。具体说,第一,是现代中的传统,或者说现代中国中的传统中国。第二,文学革命中散文的意义,一般是关注小说、诗歌,我们关注散文,因为这跟语体转变有关系。第三,语言问题和文体问题。第四,鲁迅、周作人及其师长。最后,连起来就是晚清和"五四"。晚清和"五四"是连在一起的,不是以前讲的"从五四开始",也不是王德威所说的"没有晚清,何来五四"。在我们这个学术传统里,晚清和"五四"是合在一起讨论的,主要就是因为周氏兄弟和他们师长的关系。最近,夏晓虹在主持编一本书《文学语言与文章体式——从晚清到五四》,把这些年我们关注这个问题的文章收在一起。为什么您的文章一出来,王风就到处"鼓吹",因为您的文章和他的一些思路契合,所以我们特别容易接受您的想法。等一下我希望我们的老师们提出问题之外,学生也能提出问题,看更年轻一代怎么来看这个问题。先请孙歌女士谈谈吧,她是译者,又是"外来的和尚"。(笑)

孙　歌:我翻译这篇文章时,关注的点可能和你们不一样,但是受到的震撼也许是差不多的。这些年读木山先生的著述,有一个很强烈的感觉,木山先生始于观念,但是他总是能从观念中脱出来找到自由。这是我们很难做到的,而且在座的同学们可能也会遇到这样的麻烦。我们这代人进入学术,很大程度上是借助于观念,我们会把"文学复古""文学革命"看成是两个东西,当然北大一直在破这个,把它们看成是一个过程不同的两个方面,甚至是更多的方面,会在晚清到"五四"的时间脉络里,以多层的结构呈现。所以你们也不赞成是简单的"从晚清到五四",而是复合的多种要素。"从晚清到五四","复古"与"革命"这些要素的关系可能有所调整,但是它们并不是以时间先后为序的,所以很难用时间去表示。认识到这些,我觉得还是很难做到木山先生这样的程度。尽管木山先生经常开玩笑,说你们觉得我这外面的学生作文做得很好,要表扬。(笑)实际上,最难做到的,是不被概念所掌控,但同时你又有理论思维的突破。我们很容易走到另一个极端,就是试图不被观念掌控,那么就去做材料,就事论事。木山先生的这篇文章没有做更多的分析,但他给出了一个结构,一个历史的结构,而不是观念的结构,从里面感到很多往前延展的可能。我在翻译这篇论文的时候,学到了很多感觉历史的方法。后来我在研究中也是把木山先生作为榜样,就是我们能在历史中去提炼那些实际是理论的问题,但不用理论的方式把它拿出来,甚至在很多情况下我们也不需要拿出一个结论。如果文章有这样一种理论感觉的话,那么整个结构是一时一地又超越一时一地的。

陈平原:其实很多中国学者都认为日本学者的理论思维不太好,可我反而觉得像木山先生、伊藤虎丸先生,都是理论很好的,而且他们的思考没有脱离具体的历史语境。就像孙歌刚才说的,他们不是从理论往下推,而是从具体的资料中抽象出来,又没有完全脱离历史的"泥土"感觉。我读起来,有两点体会特别深。一个是"学术感觉"很好,知道这个东西可以表达。二是有"文人性",我接触的好多日本学者有传统文人的气质,反而是现在中国文人学者没有这些了,所以他们在表述体会时感觉很好。

刚才得后跟我说先让年轻的朋友发言,他们后面再谈,那么抓紧提问吧。

季剑青：我最近读这本书，有一个特别有启发的地方，就是木山先生谈鲁迅发表在《新青年》上、收入《热风》里的那些文章，提到鲁迅很少用人道主义这些当时的观念来讨论，都是用比较直感的形象来发表他的看法。他有一个启蒙姿态，但很少用预定框架。周作人也是这样。看了木山的书，觉得这与章太炎有关系。从这个角度理解现代散文，很有一些意思。1930 年代，很多人写杂文，鲁迅和阿英，同样反驳林语堂，文章风格就不一样。陈子展、曹聚仁他们，往往排列很多史料，用知识和观念的方式来谈问题，但鲁迅始终不是这样，他还是保持了一直以来的摆脱观念、依赖自我感觉的方式来表达。木山先生的论述，对我重新理解鲁迅的散文以及现代散文，提供了启发。

木山英雄：是问，章太炎与周氏兄弟之间的影响关系？

陈平原：他是在表扬您的研究。（笑）孙歌刚才评价您不被概念控制，而能给出一个结构；季剑青注意到您对鲁迅论述特征的观察，就是不用观念来论述。我替他们问一个问题，您思考和表达问题的方法，是不是也受了章太炎和周氏兄弟的影响？（笑）

木山英雄：既然跟他们有多年的交往，不会什么影响也没有，然而如果这影响确实当得起称之为影响的话，那我就会比现在的我优秀得多吧，对不对？（笑）

张丽华：我就《文学复古与文学革命》提一个问题，希望得到木山先生关于方法论上的指导。周氏兄弟本身都有对章太炎的回忆以及关于所受影响的自述，我注意到，他们自己的回忆和您的论述之间是有缝隙的，您如何看待这之间的裂缝呢？

木山英雄：在你提到的文章里我没有直接利用鲁迅和周作

人自己写的回忆录之类,更没有长篇地利用。后来我写过一篇很短的文章,是题作《"太炎先生的二三事"——什么是思想的新与旧》的,在那篇里头涉及有关鲁迅回忆的问题。

陈平原:不是,不是这个意思,张丽华说得太快了。木山先生,我给您解释她的问题在哪儿,就是学术界再三强调章太炎对鲁迅、周作人有很深刻的影响,但是周氏兄弟的回忆文章并没有这么表述,他们会说我当时听了,全都忘记了。比如说,我只记得《说文解字》,其他我全都忘了;然后周作人还有"谢本师"等等。也就是我们现在学术界强调的鲁迅、周作人受到章太炎的深刻影响这个命题本身,在周氏兄弟的文章里面好像不太是这样。那么研究中如何处理他本人怎么说?然后我们怎么看这个问题?

木山英雄:《文学复古与文学革命》是就着一个时代讨论有关文学的种种因缘的。因此可以说,在那儿,当年的他人文章比后来的本人回忆重要得多。一般地说,我也不太看重他们的回忆本身,尤其鲁迅的回忆,不可信任。(笑)他的回忆,不是为回忆而回忆的,而是常常浓厚地反映着他写作时当下的想法和感情,所以他的回忆最不能相信。我并不是否定他文章的价值,相反我看重那种写法。这些作品的读者并不都是研究者,普通的读者看他写的文章,不知道同背后的事实与历史上的事实有怎么样的关系,这些不是普通的读者都思考的,只有文学研究者考虑这些问题。

林分份:您的书里面有几处提到周作人和鲁迅的比较,我的感觉是您在论述周作人和鲁迅的时候主要倾向于找共同点的方面。这样一种视角让我想到胡兰成对周作人、鲁迅有这么一个评价,他以为,周作人与鲁迅是一个人的两面,但是为什么两个人的晚年会差这么远,因为周作人是寻味人间,鲁迅是生活于人间,他有着更大的人生爱。我想问的是,对此您有什么看法,或者为什么您更强调他们共同的一面?

木山英雄:他们虽说是兄弟,但究竟是独立的两个人,当然有不同的。关于"五四"新文学,他们有很多相同的地方,但是他们是一个人的两面这种说法我没有采用。在叙事上,我谈他们两个共同地方的时候多,他们不一样的路向谈得比较少,这是事实。这大概与我对1920年代的兴趣比1930年代多一点的偏向有关系。而我所以主要找他们的共同点的理由也是要强调他们共同开拓的新文学之可能性。至于他们的气质、生活、思想等等的复杂关系,这我在《北京苦住庵记》的后记里曾经写过,以后我将要写他们兄弟间的戏剧、家族的戏剧,想写,可是惭愧后来没有了下文。(笑)

陈平原:木山先生又欠我们一篇文章。(笑)好吧,其他同学。

葛　飞:木山先生,读了您的文章我发现,周氏兄弟、语言与文学的关系等问题,一直贯穿于您的研究。但是,从晚清到1920年代,您一直是把周氏兄弟放在一起论述,到了1930年代则基本只谈周作人而不谈鲁迅。我们知道,周作人在1930年代的散文,是文言笔记一类的东西,并且认为文言经过一番洗涤以后,仍是可以用的;鲁迅则赞成"大众语"与汉字拉丁化。可否认为您是有意避而不谈,并且包含着一定的价值判断?比如说认同周作人的观点。

木山英雄:我几乎没有写过有关1930年代的鲁迅,我自己也明显地意识到的。1930年代最重要的是革命、政治和文学。开始周氏兄弟面对文学和革命的题目时,有比较相似的理解,他们否定了文学和革命的关系。可是之后,鲁迅与周作人有相当大的差异。他们都把问题简单化了,所以鲁迅说,一首诗吓不走孙传芳,一个大炮轰走了。我有一篇文章《实力与文章的关系》讨论了这个问题。他们大概是故意简单化的,问题的本质也恰恰是简单的。1930年代政治关系越来越复杂,我想,鲁迅仍然是在1920年代思考的基础上应对1930年代复杂的关系。虽然左翼的革命在中国着实进行,在日本则没有,可是左翼文学运动中提出来的问题,倒彼此差别不大,所以我的兴趣不大提得起。

陈平原:他那个问题还有一个方面就是,1930年代除了文学与革命之外,语言问题仍然是一个很重要的问题,语言问题里,周作人的问题你还关注。可是,1930年代,不止文言白话,还有大众语、拉丁化等问题,可是你不再谈鲁迅了,你谈周作人,可见你有选择。如果考虑1990年代以后你关心旧体诗词,大家会觉得可能你潜意识里对鲁迅提倡大众语什么的不以为然,所以故意不说他。(笑)

木山英雄:鲁迅并不全面信任所谓的"文学语言"。《野草》里被人看作最难解的《墓碣文》,里面有一段用古文写的知识分子内心的苦闷和矛盾。"墓碣文"当然是用古文写的,可是它同时也有用古文写出了知识分子的一种极限状态的意义,因为在下一篇《颓败线的颤动》里,还有另一个矛盾用不同的方式表达出来。有一个卖自己身体来养育孩子的女人,等孩子长大后倒受孩子们的嫌弃,然后她走进荒野之地,发出"人与兽的,非人间的,所以无词的言语"。生孩子、养育孩子,这是最原始的、人的最起码的生产活动,然后,她也被自己的劳动的结果惩罚。这与知识分子书斋中的苦闷是完全不一样的。在历史中,往往有因为自己生产的结果而受处罚这样的例子,大概老百姓那样的人,他们所担负的矛盾,不是可以用普通的文学语言表达的。这个老女人发出的"无词的言语"甚至可以说是对《墓碣文》那样的文学语言本身的一个诘问。这是鲁迅最厉害的地方。我以为这个老女人的非语言的语言,比鲁迅所推动的大众语更是彻底的。还有,《故事新编》中有一篇《补天》,非常抱歉,也是1920年代的作品,女娲以非常天真的生命的冲动,创造了人,有认真的,也有马马虎虎的,那些人在小小的木板上写着古怪的文字,我感觉那是鲁迅在讲中国文学的传统,(笑)他好像保持深刻的怀疑。从这些例子来说,大众语论战,其一半的意义在围绕劳动人民与文学这一题目的思想(观念形态)斗争,是不能看作百分之百的语言问题的。顺便说,在大众语论争当中,鲁迅表达了这样的意思:有人说越到古代言和文越是一致的,可是我怀疑在汉字发生的时候,已经同口头语言有很大差异了。鲁迅的直感果真准确与否,可以交给那方面的学问(虽然凡是问事物起源的思考究竟不能证实),重要的是他作为文学作家对汉字文明抱有一个根本性怀疑的事实。让我说一点时髦话吧,那个德里达有关声音语言与书写语言的讨论,本来是以西欧哲学的形而上学传统的批判为目的的,所以诗人郑敏引它来非难新文学运动的"声音中心主义",就未免有些怪错了对象,不,应该说用错了武器,她非难的对象即文言还是白话的僵硬的二元对立观,则的确是有问题的吧。我对旧体诗词的关心,也与此是有关系的。然而这并不就意味着对鲁迅提倡大众语不以为然。

陈平原：张丽华刚才提问没说完，所以还在举手，那你赶快。（笑）

张丽华：还是《文学复古与文学革命》这篇文章，我感觉到，您在文学语言和文学形式的思考背后，有着"文明论"的潜流，让我有很大的启示，同时也感到了震撼。但是您在文章最后，谈到周氏兄弟从"文言一元论"到"一元化口语"时，说一个重要原因是"王朝制度的最后崩溃所引起的危机的深化"，您从语言层面直接跳到了文化层面，这对我来说理解起来有点困难。您能否对此做些解释说明？

木山英雄：那一段说明我也觉得太简单了。也可以说，关于鲁迅个人也罢，知识界一般也罢，辛亥革命到文学革命时期中的问题，其内涵较为丰富，然而我们谈得不够。然而，科举的废止这一制度上以至文化上的转变对知识分子语言生活的影响，不是实在深刻的吗？反正我希望，说明不足的地方，请由你的研究来给我启发。

程　凯：我注意到木山先生在您讨论鲁迅与周作人的文章中经常交替使用"散文"和"诗"这样的概念。关于"散文"，木山先生似乎特别关注它的"老狯性""松散性"，并且把这种文章的特性与周作人这样一个人的特性，乃至他面对时代的选择与调整融合在一起。比如，"他那极为冷静的幼儿般的个性，只有依靠散文的老狯性才能得以长久持续的表达"，以及"进入1930年代之后，在散文本身之松散性和新文学特有的反权力主义，以及对艺术至上主义的放弃，或者对于自我的那种自发性限制上，而开拓出来的达到相当稳定境地的文章，则最值得我们注目"（《周作人——思想与文章》）。而对于"诗"，木山先生也曾谈到它的两层含义:"一层是身处封闭状态当中所发出的叫喊之高音调与尖锐性,另一层是其本质上的素朴性。"(《〈野草〉主体构建的逻辑及其方法》)而这更多地是与鲁迅的文章相连的。木山先生并且直接提到过鲁迅身上有一种"诗化英雄主义",它"是鲁迅于清末民族革命中为恢复日见衰微的古老文明而寄希望于'精神界之战士'的叛逆诗人之出现以来,从气质上支撑其虽经历曲折与成熟的阶段而不曾放弃的民族自我批判使命乃至其过激性的不可忽视的要素"。但他又能在与外界的格斗中"得以将来自事件的冲击加以如此程度的散文化亦即对象化"(《正冈子规与鲁迅、周作人》),于是"诗化英雄主义"与"彻底的散文式的战斗"在鲁迅这里一定时期内可能构成一种"互为表里的形式"。

显然"散文"和"诗"在这里不是单纯的文体概念,或者说它们不是知识性的词汇,它们的含义随着针对个体的不同,其意义也在游动。但我还是想就此问三个问题:一、在周作人那里,有没有鲁迅意义上的"诗"的气质,那种尖锐性、素朴性的东西?在他身上是否也有"诗"与"散文"的交织,"散文"对于他是否也有"战斗"的意义?他是否也曾将这两种"文"的属性与自己的文化政治选择对应起来?二、关于鲁迅的问题,如何看待他在1930年代之后的选择,即基本放弃小说和散文诗、杂感的创作而专门致力于写作杂文?"杂文"是否意味着一种更彻底的"散文式的战斗",而放弃诗和相当程度上放弃小说对鲁迅又意味着什么?三、最后,与周氏兄弟都相关的:如果说周作人是更根本地散文性的,鲁迅则兼有诗的素朴与散文的老狯,那么,这种差别是如何产生的?除了个性方面的原因外,与他们经验的历史处境和他们的理解、处理方式有着什么样的关系?

木山英雄:感谢您这么仔细地阅读敝著,但是您提出的问题,我感觉大都只得由您自己去解决了。我在这儿只能勉强就第二个问题说一句有些别扭的话,就是,《野草》的诗与哲学给了鲁迅以在1930年代可以不写诗的自由。小说的问题,可要看怎样理解《故事新编》。至于周作人,他的散文的成熟,好像就不外乎把他自以为是诗的东西排出去的结果,与此相关,他后来喜欢写旧体打油诗乃至杂事诗的问题似可以一起讨论吧。对不起,我回答得实在太简单,反正我文中所用的诗与散文的概念,并没有那么严格的。

崔问津:我在读您的论文的时候,一直感到非常紧张而且痛快,不太恰当的说法,有点像在看枪战片一样。

陈平原:枪战片,还是警匪片啊?(全场笑)

崔问津:这样的阅读快感在我很难得,非常感谢您。另外赵京华先生的翻译也非常有魅力。令我感到震动和佩服的是,您突破文学样式的限制,把文学与政治的关系置换为文章与实力的关系,我觉得这可能是理解鲁迅包括周作人整个创作生涯的关键。而作为文章的散文,它的独特的生命力也因此得到了很好的展现,这些都使我深受启发。而且也正因为这样,我对木山先生对杂文的论述非常有期待。之所以有这样的期待还有另外一个原因,因为鲁迅在不同的文学样式,包括诗、小说、散文中都取得了很大的成绩,而您对他这种各类文学样式的并置似乎也是非常注意的。

我有两个问题。我注意到您在《〈野草〉主体构建的逻辑及其方法》接近末尾的时候写道:"我当必须另设一个外篇,去论述历史中的鲁迅,或者鲁迅中的历史,就成熟的散文式杂感及历史小说《故事新编》等讨论其方法。"因为我在这本论文集中没有看到类似论述,所以我想请教的是,您在这里所说的"历史中的鲁迅"和"鲁迅中的历史",这两个概念具体的含义是什么?

另一个问题,这个"成熟的散文式杂感"的文体标准是什么,为什么是"散文式"的杂感?您在《实力与文章的关系》一文中总结了这样的过程,即从《新青年》"随感录"到"语丝体"的连续与发展,经由《野草》的超越,之到1930年代《伪自由书》《准风月谈》《花边文学》这三部杂文集,成就了鲁迅"散文自由度"的"顶点",您特别提到了这三本杂文集"后记"中"逸闻野史式的纪实性",您用这样一个词来形容《准风月谈》,说是"最具杂文性"的一个短评集。这些比如"成熟的散文式杂感""最具杂文性"等等的说法,让我觉得您对什么是杂感、杂文有明确的概念,所以非常想听听您的进一步讲解。

陈平原:说得太长太长了……(笑)

木山英雄:哦,你自己已经有研究了吧……(笑)

崔问津:另外我觉得这是您基于对《野草》的论述达到的基本判断,在《庄周韩非的毒》一文中,提到鲁迅独有的"批判和嘲骂"唤起了一种"文学创作式的效果"。这样的观点似乎与您对《野草》逻辑的推演密切相关,也体现了您对鲁迅各种文学样式的交错论述的风格,是这样一种感觉。

木山英雄:我自己曾经考虑过,将来有机会的话,把我从《野草》里读出来的东西带到鲁迅后来的活动(包括生活和写作)中来研究,事实上这几乎等于写一部鲁迅传,可是,或者可说所以,后来失了机会。原因不一而足,最大的当然要推"主观能动性"问题,更到后来,连体魄都成了问题。总之,谈鲁迅的书已经太多了,至少对我来说,为了要屋上架屋,非得有绝大的自负与热情不可。

祝宇红:我主要提一个问题,就是看您《〈野草〉主体构建的逻辑及其方法》,有这样一种感觉。因为我原来曾经看过竹内好先生(的书),他讲到《野草》的时候有"回心"这样一种表述。我当时觉得似乎感觉到他在讲些什么,但又捕捉不到,不知道他所指的具体的内涵。这次看您的这一篇对《野草》的解读,我是跟"回心"联系起来读的,我不知道这种联系有没有帮助,或者是说,您谈到的《野草》构建的逻辑,就是他这种往复运动,从一个极端到一个极端去寻找那个好像不是内核的核心,是不是和竹内好先生那个"回心"有互相印证的关联,可不可以这样来看呢?

木山英雄:竹内好所谓的"回心"问题同我的"往复运动"有怎样的关系?噢,很难啊……(笑)请不要太认真地看那个东西,写那篇文章的时候我自己的思想非常混乱,是心里混乱的体现。(笑)

孙　歌:那时候就是木山先生"回心"的极致。(全场笑)

木山英雄:不不不,那时"竹内鲁迅"的影子当然不会不在我的脑子里面,而且用"回心"那个本来用以描述宗教体验的概念来解释鲁迅那样一以贯之的伦理性显著的文学家,是很有根据和说服力的一种方法。然而当时我少年血气,有一种想法,既然大家都捧竹内鲁迅,那么无论怎么说鲁迅,我就是不用"回心"。(全场笑)其实呢,他的"回心"说,毋宁说是他通过鲁迅抉择了一个思想态度,因而本来不适于像什么优势的学说那样去追随的。至于拙文,只不过尽可能虚心地去读《野草》的本文,读出一连续诗性思维过程罢了。

孙　歌:他是通过解释鲁迅,通过他自己的方式,其实是——他没有那么讲,但实际上是这个意思——他的一种自我实现。就是说你总是要通过你的讨论对象来表达你自己的看法。

木山英雄:原来竹内先生写那部《鲁迅》时,他自己也曾经受过影响的左翼运动几乎完全溃灭,先行的马克思主义者也陆续地转变,甚至变成积极鼓吹法西斯主义的右翼分子了。眼看着那种情况,加以征兵也早晚要轮到自己,在这样的紧张中,他对文学,一面要求比随时可能转变的观念形态更为可靠的意义,一面也要求既不逃避时代的政治或启蒙课题,又能不失其自律的保障,是这样的,他从鲁迅思想的核心看出还是设想一次决定性的体验即"回心"吧。竹内鲁迅的魅力就在于有这一个不动的中心。与此相比,我当时想,在《野草》里展开的一个连续思维过程本身,也许可能替代那个中心。以过程代中心,这个想法刺激了我的兴趣。因为我感觉,没有中心这一事态倒似能说明《野草》里非常起眼的在两极之间往还而深化思考的运动,以及与此相应的"光明与黑暗""过去与未来""友与敌""爱者与不爱者"等等两极观念之组合的来源。另外还有鲁迅谈到自己时爱用的"人道主义与虚无主义——据说这'虚无主义'本作'人间的无治主义'——的两种思想的消长起伏",和"庄周韩非的毒"那一类说法也似不无关系。再说,这一连串的语言特征,或者进而和譬如酷爱对仗的传统思维方式有关系也未可知。在这儿,我并不十分"虚心",就按照自己这样的兴趣,首先从《野草》

以前的种种文本里,描述出了没有特定的中心,然而一切地点都可以成为痛苦的焦点的,一个封闭的世界像。为了要说明那个世界像,说也滑稽,我甚至拿出天文迷少年的时候啃过一点的四维宇宙的非欧几里得几何学模型来打譬喻了。然后把《野草》里我刚才提到的那一连续的过程,当作有一个失败的超人主义者在其绝望里仍然要挣扎,终于觉悟到时间(时代)上是过渡性的、空间(社会)上是媒介性的,总之与其说实体毋宁说关系的自我,从此恢复生之意义这么一段故事,而敷衍下去了。凡是这些,我认为都属于文本上的问题,所以把《野草》里的"我"叫作"鲁迅所创造的鲁迅",和鲁迅其人分别开了。然而,这并不是抢在后来流行的文本理论的前头,我一面又把那个故事和鲁迅其人的极其具体的态度紧紧组合起来,加以思考的。那是,鲁迅在一切可疑——连自己叫喊的根据都可疑——的情况里,对自己的叫喊所叫醒了的青年则要负绝对责任的态度。由于那种态度的缘故,上一次行为转成下一次行为的根据,换句话说,既然在活着挣扎,就不得不再活着挣扎下去了。这么一来,他的怀疑就根本无法解决了,因为既然先有叫唤的行为,先有活着挣扎的事实,怎么询问其意义也究竟免不了"抉心自食,欲知本味"的矛盾。事实上,《野草》的故事没有什么解决,相反地只有终于不能解决的矛盾的象征罢了。然而,是这个终极的象征使得"我"再回到现实中去的。我自以为,这就算在没有中心的世界里旋涡也似地形成了一个正与其世界相应的、流动的根据了。我说自以为,是我一个人当时那么妄想的意思,哈哈。

孙　歌:木山先生分析鲁迅,不太认同竹内好。因为竹内好写"回心"的时候是借用了西田几多郎的哲学概念,他使用了

"无"这样一个概念,他自己后来否定说这不是对西田的模仿,这个"无"的概念在当时很时髦。木山先生不愿意用这样的方法去解释,所以他用另一个方式来谈《野草》。主要他要谈的就是,鲁迅并不是到了某一个阶段有了"回心",开始变得自觉了,不是什么前半部分不自觉后半部分自觉,并不是这样的一种过程。

木山英雄:当时我的确那么想过,其实"回心"的概念本身,我倒并没有理由不能援用它的。例如,就是我刚才所说的《野草》中的一连续故事里,也有好几个局面迫使作品中的"我"做什么行动,而"我"每一次下的决断,也由于其不容用理性来彼此折中、两者择一的性质,是可以称为"回心"式的事件了。至于竹内鲁迅的"回心"的精义,请你问问孙歌博士。(笑)

崔问津:我觉得这本书的翻译非常有魅力,有一个问题希望赵老师回答一下。我注意到您在整个论文集中,一般用"近代"这个词来翻译中国语境中用"现代"这个词来指称的含义,但是有些地方又使用了"现代"这个词,我想知道您在翻译中怎样考虑这样一个接受语境的问题,或者有没有翻译中遇到的特殊困难。

赵京华:好,我简要回答一下。英语的 modern 在中国内地译为"现代",在日语中则是"近代"。中国把一百多年来的现代化进程分出"近代"与"现代"两个时段,有其特殊的历史叙述语境,日语里则没有这种划分。目前中国学术界也有"近代""现代"并用的情况。为在专用名词、书名上保持原文的面貌,我翻译木山先生的论文集时,主要使用了"近代"一语,其意思大致涵盖了我们所说的"近现代"。不过,在有些特殊情况下,不得已也偶尔使用"现代"一词,比如,原文的某一段落中同时谈到"现代"与"后现代"时,汉语里没有"后近代"的说法,为了对应"后现代",只好将日语的"近代"译成"现代",诸如此类的特殊情况是有的。

董炳月:今天能够在这里见到木山先生,很高兴。四年多没见了吧。

在日本学者中,我一直很尊敬木山先生,木山先生的文章我更是喜欢,主要是喜欢那种超然的境界。现在还记得1998年在《西尼卡》上读到木山先生谈"米西米西"和"巴格牙路"的那篇随笔。当时就想,如果谁能将这种文章翻译成中文就好了。不过,我想,翻译木山先生的文章是需要一点汉语功力的。

赵京华兄编译的《文学复古与文学革命》很不错,我草草读了一遍,受到不少启发。特别是谈《留东外史》的那一篇,因为我也在研究《留东外史》。开始研究之后得知木山先生写了关于《留东外史》的文章,有些担心。木山先生研究过的东西,我可能就没有什么可说的了。读了您关于《留东外史》的文章之后,稍微放了点儿心。关于《留东外史》所受日本文化与日本近代文学作品的影响,比如对小杉天外《魔风恋风》和《拳》的模仿,木山先生基本没有涉及。我想这是有意识地给我们这些后学留一碗饭,留一条生路。谢谢!

这里想向木山先生请教两个问题。第一个问题是周作人对《留东外史》的基本评价。周作人多次批评《留东外史》,将《留东外史》与日本游戏作家假名垣鲁文的作品相提并论,您怎样看待周作人的这种观点?第二个问题与日本人对《留东外史》的认识有关。听严安生老师说,《留东外史》出版之后,日本大汉学家服部宇之吉好像曾经自费在报纸上刊登广告进行抗议，但我没有看到相关资料。相关情形木山先生了解吗？

木山英雄：我现在的工作单位神奈川大学，由于地处横滨的缘故，比较热心于华侨和留学生问题等日中交涉史研究。《留东外史》是我被拉进那个研究小组而分担的题目。我写那篇文章的兴趣，是用新出的作者向恺然自述资料把在小说内外自称作者的"不肖生"这个叙述人兼作品中人物的虚实弄清楚，然后重考臭名远扬的那一部"黑幕小说"的时代意义。至于你提出的问题，正如你刚才所说的那样，应该给你"留一碗饭，留一条生路"才对吧。其实你完全可以放心，连服部宇之吉刊登抗议广告的事实，我都是刚才头一次听到的。当然，看到了有关资料，一定要奉送您。

陈平原：得后先生是木山先生的老朋友，最近木山先生书出版，他已经刻苦读了半个月了，所以请他谈谈木山先生的人与文，不要光表扬。

王得后：我说几句。我今天来非常高兴。陈平原学兄能够请到木山先生到这里来给大家讲学，我觉得是非常难得的，因为他不喜欢抛头露面。刚才平原学兄和孙歌学姐……（全场笑）刚才平原学兄对我说你不要尽是表扬不提问题，我要说几句也只是说我对木山先生研究的看法，特别是鲁迅。我1987年去日本的时候，专门请木山先生给我讲了一次他的研究，讲了一上午，这个给我印象很深。我当时跟他说了一句话，我说你对《野草》的研究——因为他是1960年代写的，比我们早二十年——要等老钱的那本《心灵的探寻》出来才能跟你对话，那是我当时的感觉。后来日本翻译了1981年版的《鲁迅全集》，学习社的版本,20卷,木山先生翻译的是《故事新编》,我非常看重他对《故事新编》的见解,现在这个译本收了他的译后记。我跟木山先生说,他对《故事新编》的研究是非常超前的,我说的超前,是就我看到的来说,走在我们国内的研究前面。他对《故事新编》的研究,要等到高远东兄的论文全部出来才好对话。我请木山先生把对《故事新编》的研究写出来,他当时跟我说想先写《水浒传》,等写完《水浒传》再来写《故事新编》,可是《水浒传》一直都没写出来。(全场笑)

我们经常说外国人对中国的研究怎么样怎么样,到某个水平已经了不得了,可是木山先生对鲁迅、周作人的研究,包括他对中国现当代旧体诗词的研究,就是放在中国,我个人感觉也是非常了不得。这个当然涉及我们研究的社会环境,我觉得还要包括我们的思想环境,我们长期——尤其是我们这一代,你们现在好多了——在"理论一尊"这样一个思想环境下研究,所以我们经常要去证明一个已经有的权威结论。我看木山先生的书,就像刚才同学说的,就像看枪战片一样紧张,读这本书感觉密度特别大,确实是这样。所以我读了以后,我觉得除了社会环境以外,有两点是值得我们去注意的:他个人的天分和他特殊的思维。这不在他的文章和个别结论,他的有些结论我也不同意,我告诉过他——问题不在他的个别结论,而在他整个的思维。在这里我有两点个人感觉,也算是对平原、孙歌他们二位的一点补充。第一点就是木山先生思想和思考的独立性特别突出……

木山英雄:我想说,你的话说得太长了。(全场大笑)

王得后:他的独立性表现在哪儿呢,他不以我们对鲁迅的权威结论来开始他的研究,既不从这儿出发也不归结到这儿,我们常常从这儿出发也归结到这儿。同时,他也不以西方理论作为一个标准,他前面讲到尼采,其实鲁迅前期接受的这几个西方理论大家,他都不受限制,尤其是不受鲁迅所接受、所评价的限制。他思想思维的独立性,我觉得是非常宝贵的。如果我们要有创新的话,必须打破框框,要学他这样思想的独立性。包括他刚刚说的,日本最大的权威竹内好,他也不信他……

木山英雄:不,我非常尊敬他。(全场大笑)

王得后:木山先生就是这样,包括对鲁迅,他对鲁迅有很多批评,说鲁迅的回忆录不可信。正如钱理群学兄曾经说的,木山先生也是复杂的,他说的这句话我们不能做简单的结论。要碰到中国的保卫鲁迅的人那就不得了了,判定他否定鲁迅了。不是的,他是非常尊敬鲁迅的,正因他尊敬鲁迅,所以他研究鲁迅。这是一点。第二点呢,我觉得他的思想很特异。他不是从理论出发,他从一种人生的体验,而这种体验——1987年木山先生给我讲《野草》的时候,他说他读鲁迅啊,鲁迅对于人生有一种肉体的痛苦感觉,这几个字我一直记了几十年——是从生死之痛的体验出发,来做理论的思考。他刚才说鲁迅在爱和恨这样一个状态中,确实是,他首先是从对人生的一种体验来进行他的思考,反过来又用他的理性思维来加深这种体验,所以你看他很怪。我就不举例子了。他不用现成的理论术语,他刚才还很抱歉地引了一下德里达,但是他有他特殊的表达法,包括他对我们五六十年代研究鲁迅的这样一种传统的教条主义的思维,都用他自己的话来阐述他的理论和他的观点。所以他对人生的体验及思维方法——他说他没有思维方法,那我这个体会也不一定对,他也不一定承认——我觉得是这样的,他是从自己对人生以及对作品的体验,对周作人或者对鲁迅,来展开他的研究。这两点我的感觉特别深,所以北大出版社能出这本书我觉得非常非常宝贵。(笑)

陈平原:得后先生阐发得很好,下面就给钱老师来发挥吧。因为就对木山先生的理解来说,得后和你都是比较深入的。

钱理群:我简单说说,说多了木山先生要批评了。我的研究是跟着木山先生,跟又跟不上,整个都差二十年。(笑)他研究《野草》,我跟他差二十年,他研究周作人,我也跟他差二十年……

陈平原:那你比他年轻啊,你不能这么说,你这样说了他不好意思。(笑)

钱理群:不不,你听我说。这里有年龄的问题,还有环境的问题,这二十年不仅仅是时间的,还是空间的。不过我觉得真正的差距是研究思路,这个问题说起来颇为复杂,今天先不谈,我想谈谈对他学术的理解。我觉得木山先生的研究是以周氏兄弟为中心,向上追根溯源到章太炎,向下研究到周作人、鲁迅后面所谓继承人的那一批,研究聂绀弩这些人。当然还有一个比较重要的,就是废名。所以我以前私下建议,在这里公开建议,希望木山先生能把废名的研究写出来。我曾经跟他说过,废名的《莫须有先生传》和《莫须有先生坐飞机以后》,我们都读不懂,大概只有你能够对废名的这两部著作做一个解读。木山先生把这个完成以后,可能我们对他的研究会有一个更全面的了解。我对木山先生的著作很有兴趣,实在说,我是关注著作中的人。木山先生给我的印象,从生活到学术,都是性情中人。从生活上说他是性情中人,从学术上说他是性情中人做学术,我理解这是他最大的特点。他凭性情写作,他和他的研究对象之间有着很缠绕的关系,我很感兴趣的就是这一点。他实际上研究的是鲁迅、周作人、章太炎三者之间的缠绕关系,其实木山和鲁迅、周作人、章太炎之间也有这种缠绕关系。从另一意义上说木山是容易被别人误会的,因为他思想的独特性和他的独特的表达。比如,人们很容易觉得木山和周作人比较亲近,而和鲁迅好像就有一点不那么亲近,实际上不是这样的,至少没有这么简单明快,他跟周氏兄弟还有章太炎三个人之间的关系是非常复杂的。而我觉得这一点是非常有意味的。我读他的文章其实是一边读其文一边想其人,一个日本的学者和中国的这几个人之间这样的一种关系,我觉得是最有魅力的地方。而且我觉得对我们的研究最有启发的也是这个,特别在我们现在的研究越来越技术化的时候,他这种背后有人的研究对我来说有更大的触动。关于木山与三个很不简单的中国人之间的关系,我有些想法,可以开一个专题,不过今天时间不多我就不说了,而且当他面讲也不太好。(全场大笑)

陈平原:木山先生欠我们的文章又多了,得后那儿有《水浒传》《故事新编》的老账,现在老钱又添了废名。不过木山先生坐在这里很不好意思了,变成大家都在表扬他。(笑)高远东,有没有别的?

高远东:我接着钱老师的话说说木山先生这个人。他的学问呢,就不说了。因为木山先生的学问,太高了,用鲁迅的话来说是"须仰视才见"的,那是天才的境界,我说不了。说点儿学问以外的事情。在日本的时候,我也得到过木山先生的照顾,一起去参加他们的读书会,读周作人的《夜读抄》。记得那次读的是《清嘉录》，师生济济一堂，周作人文章中提到的顾禄《清嘉录》一书，也被借出来放在现场以供查对。这样在东洋文化研究所的会议室里我就坐了下来，听同学一字一句地翻译、质疑、讨论。因为不懂日语，我坐在那里其实是十分无聊的，所以得空就观察读书会场，观察木山先生。我发现，每当遇到问题，同学们会先把头扭向在座的中国留学生学者，赵京华、吴红花他们；仍解决不了，就会转向尾崎文昭先生或者去翻辞典；若还不能解决的话，大家的眼睛最后一准儿齐刷刷地望定木山先生。（笑）当然印象最深的是2002年10月的那次日本东北之行。在仙台参加完"中国现代文学者之会·前夜祭"以后，和尾崎先生一起伴木山先生到宫城盛冈等地去玩，看海浪和崖岸相冲激而成的浪花美景。到了岸边大家累了，我是早已气喘吁吁，马上坐下来就地休息了。尾崎先生也就地休息了。木山先生呢，他非常与众不同，他要先攀到海边的山上，他要爬到高处然后再坐下来休息。（全场笑）我感到很有意思，就"仰视"着拍了一张照片。

木山英雄：日本有一句俗话：傻子和烟才上高处。（笑）

高远东：我注意到这点，同时就联想到木山先生很高超很独特的思想。他的著作，高度深度广度敏锐度都很足够，但我觉得最不可及的是它达到的高度。所以就想，如果孙悟空有学问，他会不会就像木山先生这样。（全场笑）

木山英雄：过奖过奖，高先生的话有点肉麻。（全场大笑）

陈平原：好了，王风也来了，你对木山先生，按照他的说法，不要肉麻的话讲一些。（笑）

王　风：今天有课，很抱歉来迟了，我想漏过了很多精彩的讨论。不过早几天京华兄把木山先生发言的译稿发给我，所以我也算从纸面上"听"了刚才木山先生的讲话，那么就围绕我看过的说一些。

我和木山先生有些古怪的缘分。木山先生讲话里提到我对《文学复古与文学革命》有兴趣，确实是写学位论文时读了这篇文章，不过需要补充的是那对我也是不小的痛苦，由于讨论的对象相近，在他那儿我是感受到很大的"压迫"的，也是在那次，我切实地知道所谓"学力"的差距到底是一种什么感觉。

木山先生的文章不容易读懂，这几乎已经成了他的标志性形象了，无论在日本还是在中国都如此。所以议论到他，要么说读不懂，我的印象是，承认读不懂而不觉得是一件惭愧的事情，只有他一个人有这样的待遇；如果自认为读懂的，那就说他的文章好。所以木山先生有时抱怨说，好像我是没有思想的，靠文字投机取巧在学界混饭吃。这次京华兄翻译这本书，在出版社最后的程序时我有机会捣捣乱，记得《实力与文章的关系》一文中有一处是我建议的译文，就是谈到鲁迅通过《野草》和《孤独者》的体验，"不仅获得了自我表现的自由，同时也从自我表现中获得了自由"，不知道为什么，我总觉得这句话也可以移来评价木山先生，他是在极限处思考，所以也只能在极限处表达，难解是语言的限度问题，而不是表达的选择问题，所以语言在他手里的"拧扭"是必然的，并没有一丝一毫哗众取宠的意味，因为那就是他真实的"体验"。正是由于他的学术来自自身的真实体验，因而是能读出其中的深情的。

木山英雄：为了拙著的读者，我得就他引用的译文说几句话如次："不仅获得了自我表现的自由，同时也从自我表现中获得了自由"的后一半未免有点儿费解，原文的意思是"同时也获得了不被自我表现的观念所束缚的自由",还是"……走出自我表现藩篱的自由"。这一条,记得旧译也翻译成正相反的意思,因此曾经特地提醒过京华学兄。难道"自我表现"在贵国是一件天经地义的事吗?

陈平原:好吧,我们今天就到这儿吧。谢谢木山先生,也谢谢大家积极地参与这个讨论。

木山英雄:谢谢诸位。(掌声)

(初刊《现代中国》第六辑,北京大学出版社,2005年12月,原题《文学复古与文学革命——木山英雄著作出版座谈会》。)

海外中国学的视野

时　　间:2006年10月29日(周日)下午15:00—17:00
地　　点:北京大学中文系演讲厅
主持人:陈平原
对话嘉宾:王德威、刘东、吴晓东、陈平原等
文字整理:陈艳、许诺、杨琼

陈平原:今天讨论的话题是"海外中国学的视野",为了便于引起话头,我随便拟了一个副题"以普实克、夏志清为中心"。没想到,极受夏先生器重的王德威教授,这几次课上,都提到了普实克(Jaroslav Prusek),这样一来,更是顺理成章了。我定副题时,其实是有现实刺激的。今年9月份,台湾的"中研院"选举夏志清先生为院士,就像他本人说的,这是迟到的荣誉;夏先生的专业成绩,早就得到学界的公认。还有一件事情,今年是普实克先生诞辰一百周年,就我所知,国内外举行过三次挺像样的纪念活动。第一次,9月份,为《中国 我的姐妹》中译本出版,在清华大学召开了一个小型的座谈会。第二次,10月份,在布拉格查理大学,召开国际学术讨论会,我和王德威教授都参加了。第三次,一个星期前,在北京外国语大学,中外学者聚在一起,追

念普实克的学术贡献以及与中国人民的深厚情谊。在场的捷克大使很感动,说他绝对没想到,事隔多年,中国人还这么怀想一个外国学者。在这个会议上,有人重提陈年往事,说普实克如何把夏志清批得"哑口无言"。我当即表示,这种说法很不恰当。其实,这两位都是很值得我们尊敬的学者,他们之间的争论,代表不同的学术流派,背后还有意识形态的因素。你可以选择,也可以批评,但不能采用如此情绪化的表述。

不过,这件事也凸显了一个简单的事实——所谓"海外汉学",绝非铁板一块,而是复杂得很。等一下刘东教授会给我们描述一幅让你看得眼花缭乱的海外汉学图景。今天,当我们说"海外汉学"的时候,起码必须记得,欧美是一块,日本是一块,苏联和东欧又是一块。苏联解体后,似乎这第三块消逝了。可去年的欧洲汉学大会,是在莫斯科开的;而今天的布拉格,也更愿意承认他们跟西欧的关系。即便如此,由于学术传统和文化背景的差异,我依然觉得,法国汉学和俄国汉学,有很大的差异。所谓的"海外汉学",其实是很驳杂的。1970年代末1980年代初,国门刚刚打开的时候,你认识哪个汉学家,他就代表"海外汉学"。比如说,我认识王德威,就说"海外汉学"就是王德威这个样子。他认识的是瓦格纳,于是大喊:不对呀,"海外汉学"明明是另外一个样子。那是二三十年前的事情,现在不一样了。今天,海外学者所撰写的各种各样的中国学著作,都因为刘东教授等的努力,而被迅速介绍到中国来。接下来的问题是,面对如此五彩斑斓的"海外汉学",我们如何跟人家对话。

我相信,时至今日,还认定只有中国人才能理解中国、阐释中国的,已经很少了。起码在表面上,大家都会承认海外学者的贡献。当然,也可能走到另外一个极端,就像王德威老自我解嘲的——"远来的和尚会念经"。其实,不完全是这样,海外中国学家,有"洞见",也有"不见";有优势,也有劣势。正因为这样,才有必要展开深入的对话。在我看来,不同学科,国际化的程度不一样。相对来说,自然科学很早就国际化了,同样在《科学》《自然》上面发文章,对学问的评价标准大体一致。社会科学次一等,但学术趣味、理论模型以及研究方法等,也都比较容易"接轨"。最麻烦的是人文学,各有自己的一套;所有的论述,都跟自家的历史文化传统,甚至"一方水土",有密切的联系,很难截然割舍。因此,在我看来,人文学研究,完全"与国际接轨",既不可能,也没必要。人文学里面的文学专业,因对各自所使用的"语言"有很深的依赖性,大概是最难"接轨"的了。

最近几年,无论政府还是民间,都很强调跟海外汉学家对话。像北大每年一次的"北京论坛",请了很多著名的外国学者,高规格招待,每回的开幕式都在人民大会堂举行。上海有"中国学论坛",也很壮观。各个大学都抓这个事情,花大力气引进,最好是诺贝尔奖获得者;人文学没有诺奖,别的大奖也行,反正要的就是"国际著名"。我赞赏这种开放的心态,但我更关心:请来了"大牌学者",我们用什么样的心态跟他们对话,用什么样的策略跟他们交流。我曾经说过,即便"国际学界"成为一个整体,别的专业我不敢说,人文学永远是异彩纷呈,不可能只有一种声音、一个标准。不管以哪个为主导,只有一个声音、一个标准,都不是好事情。在我心目中,所谓学术交流,主要目的是"沟通",而不是"整合"。缝隙永远存在,对话有利于消除误会,也有利于各自学问境界的提升。

具体到我们专业，中外学者的差异，除了学术思路及语言隔阂外，更重要的是，外国文学研究与本国文学研究之间，其对象、方法及宗旨，有很大的距离。说到底，日本学者也好，美国学者也好，所谓的"中国文学"，对他们来说，都是外国文学。就像我们北大英语系、日语系，他们在认真地讨论福克纳或者川端康成，但对于整个中国学界来说，他们的声音是边缘性质的，不可避免地受主流学界的影响。同样道理，理解美国的中国学家，他们为什么这么提问题，必须明白他们所处的学术环境。也就是说，他们也受他们国家主流学界的影响。本国文学研究不一样，有更多的"承担"，因为，研究者跟这片土地有天然的关系，希望介入到社会变革和文化建设里面去，而不仅仅"隔岸观火"。在这点上，本国文学研究确实有其特殊性，可能显得有点粗糙，但生气淋漓。

当然，现在出现了第三种可能性。在美国学界，表现得尤其明显；而在日本、在欧洲，还不是很突出。那就是，很多华裔学者同时用双语写作，既用英文在美国教书，也用汉语在大陆、在台湾发表论著，影响当地的学术和文化进程。比如说王德威教授这样的，他两边都写，英文好，中文也好，这样，就走出了第三条路——"中国文学"对他们来说，既是外国文学，也是本国文学。

记得三十年前，在台湾大学中文系教书的台静农先生，告诉他的学生林文月，说你要出国留学也行，但别进东亚系；东亚系培养出来的博士，我们台大不要，因为程度不够。这是三十年前的事。台先生那一代人相信，别的专业如物理、化学等，美国确实比我们强；但要说中国文学研究，国外大学培养出来的博士，肯定不如我们自己的。今天，几乎所有的中国大学，都热烈欢迎

"胜利归来"的留学生——不管什么专业。这么说,丝毫没有嘲讽的意思。同学们愿意出去留学,我们鼓励;愿意在北大念书,我们更欢迎。我只是提醒大家,跟国外学者打交道,要做到"不卑不亢"。十年前,我们在清华大学开过一个会,跟李学勤、葛兆光、刘东、复旦大学的朱维铮,还有好些外国学者,一起讨论一个问题:怎样看待"海外中国学"?作为正在崛起的大国,中国学者该用什么样的心态,来与外国学者——包括海外汉学家——对话,这是个大问题,至今没有很好地解决。

十年过去了,情况有很大的变化,大量欧美以及日本学者撰写的中国学著作,被翻译介绍到中国来。就像今天,在座诸位对王德威教授的著作,一点也不陌生,他写的中文书、英文书,好多学生都读过。这种状态,跟十年前大不一样。这中间,不少学者做了很多有益的工作,比如刘东教授主持的"海外中国学丛书",对于开拓学生的学术视野,就有很大的贡献。当然,此举也带来了一些弊病,等下刘东自己会检讨的。(笑声)这些天,王德威讲得很辛苦,我们把他放到后面;先让刘东谈谈他是如何介绍"海外汉学"的,有哪些经验教训。

刘　东:我今天来实际上首先是平原老师喊我来,我不得不来。可是我觉得就这么应命而来呢,又有一点对王德威教授不够恭敬,为什么呢?是因为我应该首先来听几次讲演,然后来这儿。我们共同的朋友刘禾老是批评我们大陆的学者,说你到美国来讲演时,所有来听你讲演的都是老师,可是我们到大陆去讲演呢,好像我们到处都得找学生。当然,王教授不需要找,你看大家提前半个小时就来排队。大部分时候请一个外国老师来讲演,最头痛的就是怕找不着学生来听,好像听讲演是学生的事,老师就不需要学习。我本人是知道中国老师这个毛病的。我原本应该来，看到海报时也有这样的冲动，但幸亏又知道他要出一本书，我心里一想，啊，那可就省事了，等到他书出来我躺在沙发上，就都学习到了。但没想到后来还有这么一个任务。要早知道有这么一个任务，我就应该前来先听几次。

刚才陈老师说我是始作俑者，是不是？我其实就确实处在这样一种，怎么说，用鲁迅的说法是"横站"，或者说是"猪八戒照镜子——里外不是人"这种状态。为什么呢？因为要说介绍或者说在中国推销这个西方汉学，大概我出力是最大的，可是第一个挑起来跟他们吵架的往往也是我。所以这样就弄得，一方面，比如说香港那个许宝强，他那个岭南大学翻译系的同学写硕士论文，就拿我当题目，具体文章我没看见，但他们的导师这么激进，估计写的都是刘东作为帝国主义或殖民主义的什么走狗什么传声筒啊（笑声）这样的来研究的；反过来呢，我又往往被甘阳批评为主张认识论霸权，认为只有在中国才能够了解中国。坦率地说，我没那么傻，我是学哲学出身的，我会非常敏感于认识论和方法论问题的。而且，我要真认为只有在中国才能了解中国，我还费那么大劲儿天天去校对这些稿子干什么呢，对不对？农民不一定就能研究农民，就像原子不一定能够研究物理学一样，是不是？所以呢，这次如平原老师所说，确实我们处在一种困境下。我们究竟怎么样去认识这个海外的汉学？它给你带来什么挑战？这是很重大的问题。

我曾经写过，这种大规模的移译，我们一直都把它当成是好像要鼓掌欢迎的事情，其实每一次大规模地移译外来的文化因素，都会给本国文明原有的模式造成一个巨大的挑战，这个挑战当然可能被应战成功,但是也可能造成紊乱,造成一个文明的失序。比如说,我想有两三次这么大规模的移译,一次呢,当然就是佛典。佛经的这个移译呢,大概中国人克服了一千年,然后我们终于上到一个高峰,于是我们有了宋明理学。那么后来呢,近代以来西方文化的移译,也是一种很大的挑战,以至于我们到现在不得不用西方人所习惯的那种思维方式去思考。我老在课堂上提到,柯伟林(William Kirby)讲了一句特别刺激我的话,说20世纪中国政治思想史的主要特色就是没有特色,它所有的观点全部都是来自别人。这两天我一直在思考艺术哲学的问题,要用比较的方法讲,那么我更要告诉大家,我们连感受世界的方式也是舶来的。在这种情况下当然就是有这么一种困境啦。

怎么样来去看待这个问题,一方面——在底下平原要我说快点儿——确实呢,你面对这样一个巨大的西方纷至沓来的知识,编《中国学术》的时候我知道,大部分够格给我写稿的学者都身在美国,这种感觉是多么令人敬畏,是吧?所以呢,当然就有一种想法是想弄清楚他们说的是什么,这个就是平原兄说的"盲人摸象"。第一步就是,他认识王德威,他认为王德威就是汉学;李零认识夏含夷(Edward L. Shaughnessy),他认为夏含夷就是。此后,我就在北大专门教这个课,逐渐开始有了一个比较系统的把握,我的弟子也帮着我一块儿,写博士论文的时候逐渐地找到一些脉络去连贯它,去串讲它。但是即使如此,其实王教授讲的我还不怎么精通。为什么呢?我在我们所里边的分工是美国汉学,实则是美国的中国研究,而美国的中国研究的主体,又是从费正清开始的一个以历史学为主要存在状态的综合体。美国的汉学家的主体是不敢碰中国文学的,因为中国文学里边牵扯到一个语感的问题,这样就给在海外生存的华人教授留下一个很游离的空间,我想陈世骧、高友工、刘若愚、叶维廉都是这样,你要是到亚洲研究学会年会去开会,你也不怎么能见到这些人。这些人他们一直处在两个文明中间的这么一个状态,这个状态确实在美国的话语中,比如说你去看"Discovering History in China"(《在中国发现历史——中国中心观的兴起》),就是柯文(Paul A. Cohen)的那个书,你根本找不到这些人的影子。

虽说没有来听讲,平原老师这次却跟我提出来,要我也来讲一讲,然后就给我这么一个写着"海外汉学的视野——以普实克、夏志清为中心"的标题,那么当然我就得搜刮一下我自己对普实克的了解,另外我又看王教授他那个提纲,是在讲抒情传统,我就只好把这两个关键词联络一下。而联络以后呢,当然我就得用这样一个例子来说明,看看我们能不能说明我们对美国的国际汉学的一种了解,或者一种态度。我还是来说抒情传统。(笑声)我个人对抒情传统的评价,从正面来看还是比较积极的。我认为,其实你要用柯伟林那个话来讽刺中国人的话,那抒情传统总算还是我们在20世纪提出的少数比较生产性的、比较主动性的解释,被用来解释我们自己的传统。这样的话,一下子就说出了中国人的很多东西。其实我想20世纪初的时候,所有的包括比如我这个专业的朱光潜教授、宗白华教授,还有比如像隔壁哲学系的冯友兰教授他们,都是在想办法在西方既有的知识框架下,去用一套西方人可以听得清的话语,来尽可能多地说出中国的什么东西来。我想,这个抒情传统正如冯友兰先生写的《中国哲学史》一样,或者像宗白华先生笔下的《艺境》一样,都是一种非常生产性的东西。他们这一条,是我所在的比较文学专业非常重视的,它非常重视知识在文化互动中的生成,它不把一个知识看成是完全本质主义的,而看成是一直在流动中的。所以从这个意义上来说呢,抒情传统本身就有这么一个特点,它如果不是面对着西方,尤其是面对着西方对面的那个史诗传统、叙事传统,或者记叙传统,大概不会说出我们的一个抒情传统来。我觉得这是我的一个理解,不知道对不对呀。它发明出来以后,确实说清了很多问题。我记得我最早的时候看这个,是从我的一个好朋友张伯伟那里,就是南京大学的张伯伟,他在我主编的《中华文明》里提到这一点。我一琢磨也对,所以你看后来我写普希金的时候也跟着解释,为什么我喜欢普希金,就是因为我这样一个接受主体背后有个抒情传统,所以普希金那种抒情诗,"我记得那美妙的一瞬/在我的面前出现了你",那样的一个风格是特别能够打动我的,换句话说,东方对东方,抒情对抒情。但是接下来,你就会突然发现一个问题,啊,你说到普希金了,那么你还说卢梭吗?说湖畔派吗?……哇,结果发现原来西方也有抒情传统啊。这下就坏了,就复杂了,就开始疑惑这个问题。

我最初是感觉到一个什么问题呢?我为此写了一篇文章在《读书》上,叫作《比较的风险》,我开始反省"比较"这种思维方式本身可能具有的局限性,这个局限性就是"极化"。这个"极化"就是,从严复那篇《论世变之亟》开始,就老是中国人这样、西方人那样,中国人这样、西方人那样,每一个都是在互相的对比中间产生的。这个对比本来是有一点道理的。可是我面对着弗朗索瓦·于连,他特别喜欢说中国样样都在对比中显得特别极端,后来我就急了,就跟他辩论起来。好比说当时陈嘉映在座,咱俩一个人胖,一个人高,原本是有这么一点,可是你把所有的具体语境都抽掉,老说老说,就让人误以为你是乔丹,我是相扑。(笑声)老说中国人主静、西方人主动,中国人主内、西方人主外,所有这些极化处理,实际上都是面对着西方文明巨大冲撞的时候,出现的某种极化处理的观点,所以比较这种方法本身,不是赖哪个人,而是你只要比较,就一定会出现这样的问题。包括我老师李泽厚经常写的,你们看《中国古代思想史》那里边说,中国人是耻感文化,西方人是罪感文化,后来还有说中国人是乐感文化,都是类似的问题。我觉得,如果用这种观点去反省一下抒情传统这种说法,那么我个人有一个直觉,觉得很可能也是这么一回事。

我们一上来没有特别批判性地来了解语言的关系,所以误以为翻译是可以对等的。在这种翻译对等的前提下,正如我前两天给同学们讲的,就把西方的 art 通过日语那个げいじゅつ和中国的艺术连上了,而艺术这个概念底下有八个门类包括文学,于是 literature 又和文学连上了,这个文学连上了以后,它下边又有一大堆东西,比如说 poem 和诗又连上了,我们就建立了这么一堆联系,一上来都觉得特别有道理。可是最后,我们发现在这个翻译对等的前提下,它们指涉的是不同的东西,于是一系列巨大的追问就来了,比如史诗吧,呵,中国人没有史诗啊,丢人啊!是吧?它就不管你有没有司马迁了,因为它已经对上 poem 和诗了,是吧?这下子可就麻烦了!于是呢,就是在这样一种困境中间,有点像是在替中国人辩护,又有点像是在告诉西方人中国的特色所在。为了防止在西方的话语霸权中陷入失语,出于这种苦心,说出了这样一个必须用人家的语言,用人家的理论模式,用人家那种方式去说出来的东西,这就是抒情传统。我觉得可能有这样一个问题,包括冯先生,包括我们的宗白华先生,包括陈世骧先生,都有这样的问题。我觉得应该公允地去理解,他们在一个西方文化处于绝对优势的情况下,强行地有一点不屈不挠地替中国的文化用西方的话语说出了某种东西,这是第一位的。但是还有第二位的问题,正因为前边有那些前提,他们说出来的,又是一个经由变形的东西,接着就有一个什么问题呢?我的时间到了吗?(陈平原:没有,还有。)(笑声)还有一个会出现的问题呢,就是极化。本来并不存在这样简单的对立,结果现在在同学们脑子里边却已经建立了。你比如说,我看到台湾的朱天文,说中国人叙事虽然不行,但天可怜见儿,抒情就让我来吧,她接受这个观点已经到了这一步了,已经影响到实际的创作了。

本来,中国古代的人也要叙事,也要抒情,后来恰恰是在这种知识的互动中,好像我们分这块地,他分那块地,我们就开始光经营这块地了,这样的事情很多。我联想到一条,最早的时候是我们刚刚出道,陈平原也参加了,我们在一块儿编《文化:中国与世界》丛刊,第一期上第一篇讲基本理论的文章,就是翻译的本尼迪克特的《文化模式》(*Patterns of Culture*)。在那个时候一上来,我们满脑子都是全盘西化论,可是翻译的这篇文章,实际上是跟那个唱反调的。后来逐渐在1990年代,我们大家都熟悉了文化相对主义,那个本尼迪克特的文化模式有很大的功劳。然而,本尼迪克特在西方的人类学界也受到很多的批评,比如埃里克・沃尔夫(Eric R. Wolf)的《欧洲与没有历史的民族》(*Europe and the People without History*),就批评得很厉害。你仔细想想,如果是我们仅仅把两边都弄成了文化相对主义,那就永远不能对话，反正我这儿是抒情你那儿是叙事，我也懂不了你，你也懂不了我，反正你是狗我是猫，对不对？再多的文化信息，正如有一块豆腐了，我要吃了那块豆腐就长狗肉，你要吃了就长猫肉，反正我们总不通婚，是不是？（笑声）那么，如果是完全的相对主义，除了这个交流中间的困境之外，还会走到一个困境，这个困境是什么呢？就是实际上把我们连根拔起了。你知道比较文学本来强调的是，我们所有的生活状态都是在不断的迁移当中、不断的变化当中。可是呢，现在中国有了一个，用本尼迪克特的话说，是那样一个文化模式，而且这个模式其实也并不是什么人果真有过——因为古人有没有我们不知道——那不过是沿着本尼迪克特的思路发明的，是不是？这是一个传统的发明，沿着这种思路，我们如果想要去追求比如说冯先生写的那个"三代"，那肯定是找不到的；我们现在活得呢，又是一塌糊涂，那怎么办呢？所以说，本尼迪克特的模式面临一个很大的挑战，没有能强调人类对于生存环境的那种适应性、那种发展性、那种生产性。从这个角度来说，我觉得我们既要非常公平地去看待抒情传统这种话语的产生过程，在这个基础上又要对这种话语所产生的一些局限性、一些负面历史效应也有所警惕。这并不是想要批判任何人，而是希望通过这样一种反省，认识到其实人类的认识永远面临这样一种状态，即首先提出一个假说，然后解释通了很多事情，后来却突然发现遭遇到始料未及的困境，而这种状态克服后又会重新陷入，实际上就是我们人类认识的一个基本状态。

这只是我说的一个例子。从这个例子里边就能看得出来，如果我们对于国际汉学和跨文化对话中的对话性、生产性有更深入、更清醒的了解,那么海外的汉学和国内的国学互相之间的那种对话本身,就可能产生大量这样的东西。当然,现在这样的交流比较多了,我在这里也是非常竭诚地欢迎像王德威这样的教授能够有时间到这儿亲自给大家讲,以免好像所谓改革开放就无非是我和平原被人家请去讲演,要不然就是外国教授到这儿搜集材料,然后带回去写书,像这样的话,那改革开放就是单向的。我为什么要办《中国学术》这个杂志?就是因为我发现了汉学和国学往往讲的是非常悖反的事。比如我们在国内,李零正忙着整理上海图书馆的竹简,兴奋地跟我们讲刚刚挖出来的孔子弟子的语录,与此同时,国外的热点却是 Jensen 那本《制造孔夫子》(*Manufacturing Confucianism: Chinese Traditions & Universal Civilization*),你说这两个之间有什么关联,简直就是风马牛不相及。那么在这样的情况下,你至少要建造一个共享的空间——我非常赞成平原兄说的那句话,我不想吃掉你,我不想让你同意我,但是你要理解我,让我们建立一个共享的空间。如果能够建立这样一个共享的空间,中国人才能真正地开始认识中国。现在街面上"新左派""自由派"正展开各种各样的争论,这种争吵的本质是什么?就是确定性的中国性丢了!中国性丢了,中国可以是最胖的或最瘦的、最高的或最矮的、最需要补的和最需要泻的,或者说最应该用"左"来纠正的和最需要用"右"来纠正的。所有这些事情都是因为你这个中国性被解构了,由于各种各样外来话语的框套,得出的结论大不一样。这样的话,中国它自己的identity就陷入空前的困境之中,很可能此中的困境还大于古代佛学和近代西学的引入,因为早先还只是让你用什么样的脑子去想象中国,而现在它则是直接告诉你中国是什么。当一位西方的后现代大师来到这里,中国那个时候还在为"四个现代化"的合法性奋斗呢,他就满眼看到的都是"后现代"了,你这就麻烦了。(笑声)从这个意义上来说的话,我相信没有什么别的能救助我们,能够救助我们的主要道路就是在国学和汉学的对话之中,在这个对话中间如果我们能互相理解,互相倾听,最终那个中国性就开始向统一和整合发展。当然它还是要变的,它会不断地漂浮,但是这种漂浮有一个前提,它受控于集体的想象,受控于我们双方对学术规范的理解,受控于我们大家互相的同意,这样的话,就能逐渐形成一个良性循环。我想我就用这么一番话,来欢迎王德威教授。

陈平原:刘东教授这十年,花了大量的时间和精力,主编《中国学术》,还有"海外中国学丛书",是身体力行地和海外汉学对话。记得十几年前,有一个德国教授非常直率地告诉我——也只有德国教授才会这么做——他说:跟你说实在话,我学汉学三十年,没有买过一本中国学者写的书,我买你们的资料集。你们的资料,我需要;至于理论,我们自己有。其实,不少汉学家都有这种想法,自认为眼光、见识、学术训练在中国学者之上,只是资料不够而已。十几年过去了,我们逐渐参与到国际上关于"什么是中国"这样的讨论里面来了。越来越多的中国学者参与国际对话,国外学界对我们的看法也在发生变化。同时,我们对西方汉学的看法也在转变,既不盲目崇拜,也不一味拒斥。刘东先生主要研究的是"美国的中国学",其实,我们系里还有严绍璗先生,他主要做"日本的中国学"。另外,我们还有些教授,比如吴晓东,他不专门做海外汉学研究,但也写过好几篇文章,讨论竹内好、伊藤虎丸等。去年秋天,我们还专门召开

"左翼文学的时代"国际学术研讨会,跟丸山昇先生为代表的日本学者对话,我发现他们的路子和美国学者、中国学者都不一样。下面,我们请吴晓东教授发言。怎么谈,随你便,谈"抒情性",谈"海外汉学"都行。

吴晓东:诸位好! 昨天陈老师让我今天来发言,我多少做了一点点准备,因为我很不善于即兴发言,所以说关于那个竹内好的问题我在里面会有一个名字。(陈平原:随便你。)我个人对海外汉学、海外中国学这个问题其实非常有兴趣,因为对我本人来说最近十多年阅读过的书中,对我影响最大的其实就是海外汉学。在西方的中国现代文学这个研究领域对我最有吸引力的当然就是王德威教授,这不是当面恭维,王教授如果不在的话我也会这样说。(笑声)此外呢,我也像陈平原老师那样高度评价刘东先生在引进这个海外汉学方面卓越的贡献,我个人认为这是功德无量的事情,对我们当今的中国学术来说绝对是功德无量的事情。那么今天幸好两位也都在,都在座,所以对我来说也是个千载难逢的机遇,正好向两位请教。那么据我所知呢,不光是我本人,而且包括现在就读的研究生一代也都受到海外汉学的严重的影响。这是说就我了解的我的学生啊还有其他的一些现代文学研究生啊,他们几乎不大读大陆学者写的著作,那么一读就是李欧梵、王德威、刘禾,再加个竹内好,大抵是这样。中国学界 1990 年代以来其实一直强调的是学术的本土化,强调国学的复兴,等等。但实际上却恰恰是海外汉学 1990 年代以来对中国学界的影响更大。那么结果可能就会出现像温儒敏老师——就是我们系主任——担心的当前现代文学研究界的一种——用他自己的说法就是一种困扰和问题,就是现代文学研究界的一种困扰和问题。那么温儒敏老师在上个星期大连刚刚结束的那个中国现代文学研究会记者见面会上有一个重要的发言，他的题目是叫《谈谈困扰现代文学研究的几个问题》，那么这几个问题呢，分别是现代文学学科边缘化的心态——我们一直强调我们这个边缘化，越来越边缘，而且不太安于这个边缘，其实是离主流越来越远，大抵是这个意思；然后就是一个汉学心态；接着还有思想史热现象、泛文化研究等等；最后还有一个是现代性的过度阐释。这些都是现代文学研究界这几年的困扰或者说问题。那么其中一个困扰就是所谓的汉学心态。温老师的这个思路可能以前我们都比较有了解，因为在一次硕士毕业论文答辩会上，温老师就指出现在的研究生的论文越来越接近海外汉学尤其是美国汉学的这个路数，他当时就提出这个想法。当时我本人对温老师的这个判断是有保留意见的。这次在大连的年会上温老师提供了一个正式的论文，很郑重地把这个汉学化的问题提出来，那么就值得现代文学研究界比较认真地对待。温老师所说的现代文学研究这些年来所谓的汉学化呢，主要就是表现在把海外汉学当成学术标准——我带来他这个论文，简单介绍几句。他说要问现在现代、当代文学研究向哪里看齐，哪些研究主导着现当代文学研究的话语生产，在一些学者那里恐怕就是海外汉学，所以他有这个说法。还有一句是他说我们对海外汉学经验是一种生吞活剥，一味地模仿汉学，是这样的一种研究的思路，盲目地以汉学的成绩作为研究的标尺，失去了自己的学术根基，可以把这种盲目性称为"汉学心态"。温老师有这样的一个关于"汉学心态"的概括。那么这种汉学化的倾向是否存在呢？就是它是否成为问题可以进一步地讨论。如果它成为问题,也是大陆现代文学研究界可能包括我本人邯郸学步的结果,而不是海外汉学本身的问题。事实上呢,我们对海外汉学的这个精髓还没有真正领悟,而海外汉学中那些最优秀的部分的确能为我们的研究提供参照和反思的视野和资源,其实刚才陈老师、刘东教授都已经谈了这样的话。但是这一点其实也是温老师在发言中肯定的,他对海外汉学当然是持肯定的态度,他反对的是我们自己的所谓的"汉学心态"。但是温老师的观点这一次也提醒我对以往,就是我对汉学、对海外汉学的了解还是不够深入,或者对海外汉学这种特殊的历史语境还是比较隔膜。因为我个人在这方面就有一次切身的挫败经历,我想简单说一下。大家都知道夏志清先生的《中国现代小说史》去年由复旦大学出版社第一次出版了中文简体字版本,我就应社科院陈威先生邀请,为这部书写了一篇书评,但是这篇书评遭到了纽约大学张旭东先生非常严厉的批评。张旭东先生,用我们在韩剧中耳熟能详的说法就是我的学长,大家都知道他是北大中文系82级的学生,所以他对我的批评毫不客气,比较严厉。在这些严厉的话语中,我选其中一些温和的部分介绍给大家。(笑声)他说这种文章要么不写,要写的话呢,就不应对海外中国研究历史及体制的背景、对更大的西方冷战学术走向轻轻放过,夏志清的这部小说史1980年代初最早地进入中国——这不是他的原话,是我的概括——他说不想二十多年后又被小资和专家们一同炒作起来,中国学术之低迷堕落可以此为证。他说此书在理论上不堪一击,在意识形态上偏见重重,在文学阅读上是小儿科,这还都是次要的问题,关键是文学史教学法在美国大学文科训练中一向受到摒弃(这值得国内文学研究界借鉴,就是文学史教学问题的确是值得讨论的一个问题)。他说应该以开放的文本为基础,在开阔的社会和审美视野里进行理论辨析和自由讨论,这些冷战学术还有多少人要读呢?除了做意识形态史研究的史料。这是他的一些批评。他的批评很严厉,我刚才说的还是比较温和的,所以我很有挫败感。很高兴这次能向王德威先生当面请教这方面的问题。(笑声)那么我的问题是这样的,就是尽管冷战已经结束了,但是张旭东先生所提出的这种海外中国研究历史及体制的背景以及西方冷战学术走向在今天是不是还影响着美国汉学的现状?因为至少从张旭东的这个批评意见中我可以看出,似乎这种思维或者这种历史的背景还仍然有延续的影响作用,就是说是不是还提供着汉学研究的意识形态的差异性,甚至是在意识形态和文化立场上的差异性?比如说张旭东先生关于夏志清先生的小说史所提出的问题,就以王德威先生——大家都知道他为夏志清先生复旦版的《中国现代小说史》写了长篇的序言,非常精彩的序言,那么张旭东先生跟王德威先生序言中关于这个小说的态度和判断就大不相同,这是不是本身也证明了这种差异性的存在?那么如果存在这种差异性呢,或者说意识形态方面的差异性,具体还体现在哪些方面?这是一个问题。与此相关的另外一个问题就是据我粗浅的了解,西方"二战"后的中国学研究中区域研究这种思路的影响比较大,区域研究或者说地域研究甚至具有主导性,那么在冷战的历史格局的背景之下,海外这些年的沈从文研究是否受这种区域研究格局的影响?这是我想了解的。比如像金介甫先生就指出沈从文笔下的湘西世界构成了乡土地域文化的一个范本,用他在《沈从文传》中的说法呢,说"这就帮助我们懂得地区特征是中国历史中的一股社会力量"。地区的特征是一股社会力量,那么以金介甫为代表的西方学者有没有过于强调沈从文作品的地域性特征以及对于地方自治的这种追求,而忽略了沈从文在国家想象方面的复杂性,忽略了对国家认同的一面?而王先生您昨天关于沈从文的抒情主义的精彩讲座是否更侧重从个人主义和自由主义的立场来解读沈从文?

下面的问题是请教刘东老师的。这个问题可能比较笼统,您认为西方汉学家处理中国问题的出发点和问题意识与中国学界有哪些具体的不同更值得我们关注?您刚才多少涉及了一些,我觉得是不是有时间再谈一下。西方学者所处的那种历史语境在多大程度制约了他们的中国学研究?谢谢诸位。(掌声)

陈平原:现在,请王德威先生发言,顺便回答吴晓东教授的提问。

王德威:非常感谢刘东教授以及吴晓东教授的发言,我也学到了很多,包括刚才晓东对我个人的提问,我想也是一个非常难得的机会进一步地在这里和大家继续切磋。我其实是有一个讲稿,这个讲稿有一个明确的题目,叫作《英语世界中的中国现代文学研究综述》,其实部分回应了刚才刘东教授对于整个广义汉学的观察,就是就现代文学研究的这个部分,做了一些个人的观察。但是我想也许我应该先稍微从一些比较个人的感想开始,再进入正题。

我想还是再和大家报告一下我个人的背景吧。多半在座的同学都知道我的背景是台湾——我是台湾大学外文系毕业的。我想大家都知道至少在 1960 和 1970 年代,当国共两边的对峙剑拔弩张的时候,所有的 1919 年到 1949 年所生产的文学,都几乎被列为禁书。那么不被禁的可能性有两种，有一种是这些作者在1949年之前就已经过世了，像是朱自清，像是徐志摩，所以这是我在初中和高中的时候对于中国文学的想象，就是徐志摩和朱自清，有一点点郁达夫。在另外一方面，就是跨海而来的，就是在1949年前后选择到台湾的部分作家，这个数量是非常非常有限的。这些作家对广义现代文学的影响，讲一句不客气的话，几乎是微不足道的。所以在我的学习过程里面，对于所谓的"中国现代文学"的认知其实是相当有限的。我记得在大学的二年级，当时的台湾大学的外边还有一条小小的人工河道，有一些黑市的书店专门贩卖盗版的书籍、大陆的书籍等等。有一次我找到了一本书，它的题目是《边城》，这是我对于所谓的中国现代文学稍微有一点见识的开端。之后，到了美国之后，才能算是我对中国现代文学研究的一个比较专业的开始。谈起来对"海外汉学"这几个字，其实我有很多的感情因素在内的。我可以不客气地说，的确因为有了国外，像是美国的这样一个学习的环境，能够让我尽量地阅读我所希望读到的书。我记得有很长的年月里面，对于鲁迅、对于钱锺书等等，真是有非常狂热的喜爱。最后，我的博士论文选择的是对于老舍、茅盾还有沈从文和西方19世纪现实主义作家的比较研究。虽然有国外求学的背景，毕业之后我在台湾其实是教过几年书的，当时书禁未开，这一部分1949年前的研究其实又都搁置起来。一直到再有机会回到美国，才有机会展开我对现代中国文学的研究。所以也许从这个角度，我看很多问题的方式就有自己的想法。我想在以下的时间里，很快地说明过去的二十年海外现代中国研究者的一些基本成就和他们所面临的挑战，最后再来回应刘东教授以及吴晓东教授的一些看法。

我想谈到现代中国文学在海外作为一个学科典范的建立，再一次地，我们要回到1950年代。诚如张旭东先生所说，这是一个冷战的年代，在东西两个大的阵营里面，各有不同的对于文学、政治乃至于意识形态的预测。当时在1950年代的末期在欧洲，以布拉格的查理大学为重心，也就是普实克和他的门人，他们所烘托出来的所谓"布拉格"式的汉学研究，是当时欧洲现代中国文学研究的重镇。到今天当然普实克早已经过世了，他的学生也都垂垂老矣，包括常常来中国的米列娜（Milená Delezelová），还有Márian Gálik（马利安·高利克），他们在七八十年代曾是相当活跃的汉学学者。再接班的一些年轻学者，说实在的呢，对普实克的认识和所代表的传承意义就相当相当有限了。这次在布拉格开普实克汉学一百周年纪念的会议，也有很多这样的感触。的确到了今天，即使是在捷克，这个汉学传统其实也有了不同的分支、不同的声音。

除此之外在美国，也有我们刚刚已经谈到的夏志清教授。其实把夏志清教授列为在东西冷战的过程中，替所谓的美帝主义代言的这样一个身份的文学学者，也许是过分抬举他了。我们都知道夏先生特立独行，我有一个很难得、很荣幸的机会，在哥伦比亚大学担任教职十五年之久，夏先生虽然退休了，可是"活蹦乱跳"——我用这个词一点都没有夸张的意思，完全是一个"老顽童"的姿态。所以有很多的时候，跟他有谈话或者是听他教诲的机会。他其实是对美国的政治有相当——我可以说相当怪异的看法。一方面他是非常支持共和党，包括目前这个政府，他都特别支持，这是我们觉得非常不可思议的。但是另外一方面,他对美国文化有着非常尖锐的批评。所以这种错综复杂的情意结,很难以用一个东西两方面对峙的大的壁垒的概论做以偏概全的说明。1950年代末其实他是有机会替美国的国务院做个冷战喉舌,也就是为朝鲜战争之后美国远东政策写个关于文化方面的小宣传册子。而夏志清选择了不去从事这方面的研究,因为他觉得太无聊了,对于他这样的"大材"的话,真是大材小用,这是他自己的话。结果他还是回到了文学的实际领域里面来,在1961年出版了他的《中国现代小说史》。这本书不可讳言的,在今天已经显示了它的所谓历史里程碑式的意义。里程碑的意义有两种,一种是它的绝对不可推翻的断代意义,另外它的确也是过时了。但倒过来说,我想问的话是:试问在1961年之后,又经过了将近五十五年的现代中国文学研究的路程里面,又有多少后继的学者能够对夏志清的这本书提出一个分庭抗礼的辩证的声音呢?我指的是辩证的声音,而不是支持的声音。我们承认夏志清写作他的文学史时有太多材料和史观的限制。但他的问题意识——未必是他提出的答案——和他的反主流视野,仍然有待后来者的抗衡;只是谩骂他是冷战时期的产物,其实显示出批判者本人的阿Q精神。这一点值得我们这一辈从事现代文学专业的人反省。是不是有太多的时候,我们也是迫于我们这个时代的——就算是不以冷战为名,而以其他不同的政治主张为前提的各种各样的学术姿态,而忽略了文学史本身的驳杂和多样性呢?这是我所要提出来的问题。

　　这两位大师,也就是普实克以及夏志清,在意识形态和批评方法上壁垒分明。1961年到1963年在法国的一本汉学杂志《通报》上,这两位等于是真刀真枪地展开了一场大辩论。我想这场大辩论的文字——现在应该是早就翻译成中文了——互不相让，语出惊人，而且互相都得罪了：不只是大师得罪了他们的对方，而且大师的弟子们也都互相得罪了。所以这在国外不知道算是一段佳话还是一段传奇。一直到了1990年代初期，普实克的弟子，就是米列娜教授才终于在纽约和夏志清先生握手言欢。所以这一战就战了三十多年，可见西方学者的度量也不是很大的。无论如何，普夏之战是在1960年代的一个典范的建立的开端，有两种不同的声音，也代表了两种不同的方法，以及两种不同的意识形态的前提。在夏志清先生这一方面，其实他所遵循的就是当年当红的英美的"新批评"主义，还有英国的F. R. Leavis"大传统"的这些思想，这些都是有批评的脉络可以追寻的。换句话说，如果我们今天真正地有文学批评史的意识的话，必须要反躬自省，我们是不是在看待文学批评、文学理论还有文学著作的时候，自己也仍然有一个不可言传的背后理论的预设呢？夏志清在当时的理论预设现在看起来是过时了，但是能够真正地像他这样毫不保留地，以一个前所未见的态度来为现代中国文学在美国的学界开拓一个领域的，毕竟是一个前无来者的创举。批评者认为夏志清贬低左翼文学，但忽略了他对张天翼、吴组缃以及茅盾作品的评价。批评者认为夏志清看不起中国文学，但是文学研究不是爱国比赛，不需要无限上纲吧。同样地，我们也应该给普实克先生一样高度的评价。

在这之后，两方面的门墙互列到1980年代才算是大概开始有了对话的可能。在这期间，夏济安——也就是夏志清的哥哥——在1965年很不幸地过世了。他有一本专著是专门以现代中国文学以及文化界的左翼风潮为焦点的，叫作《黑暗的闸门》(The Gate of Darkness),我不知道这本书在中国大陆有没有翻译,应该是有吧?如果没有的话刘东一定要把它翻译出版。夏济安这本书十五、二十年前在意识形态上可能有很大的斟酌余地,但是到了今天,我们理解它的丰富性,仍然从中不断地吸取到很多的教训。李欧梵教授以谈论鲁迅的黑暗面知名,李欧梵就曾经很明白地说,夏济安是他的老师,给他很大的影响。所谓鲁迅的黑暗面问题第一次就是由夏济安在这本专论里提出来的。到了 1990 年代,当我们看到王晓明的《无法直面的人生》这类作品的时候,我们心里应该觉得这其实是个很有趣的现象:一位中国国内的学者和一位远在海外的汉学学者的一场隔了三十年的对话。

在 1970 年代,中国现代文学的研究在英语世界里面仍然是相当有限的,像是李欧梵《五四浪漫主义的一代》这样的作品——这个应该已经有中译了——第一次把从林纾一直到萧红、萧军的所谓浪漫的传统做了一个综论的介绍。这本书是他的博士论文,在当时可以说是一个非常重要的对中国文学的切入点。即使如此,现代文学的研究一直到 1980 年代以后才可以说是开花结果,作家专论开始大量出现:像是对巴金、钱锺书、戴望舒、丁玲、老舍、茅盾以及沈从文、萧红、周作人,还有卞之琳等等的研究,都是在 1980 年代逐渐开始形成气候。这个时代的论述多半是以作家专论的方式出现,而在 1987 年的一个风潮中达到了高峰。这一年,李欧梵的《来自铁屋的呐喊》——它的英文书名是 Voices from the Iron House——出版。另外在斯坦福大学的 William Lyell(威廉·莱尔)的一本《鲁迅的视野》(Lu Xun's Vision of Reality)同时出版,但比起李欧梵的书在声势上大不相同,所以这本书到现在也就无人闻问了。这是大概1980年代的所谓的一些风起云涌的现象。

我现在要很快地说明在1990年代以后,英语世界的现代文学研究有哪一些发展的方向。第一个方向当然是对理论的重视,从1990年代开始,周蕾的《妇女与中国现代性》打头炮,以后这十几年,任何一本在西方汉学界出版的中国文学论述如果不先自报家门的话,简直好像就不能出版似的。每一个人都表白各自的门派、各自的理论的路数,当然绝大部分这些理论都是来自于我们对于西方理论——尽管有些理论的作者出身第三世界,但显然预期的读者都是第一世界的学术圈——学习的一个心得与成果。时至今日,这个理论的现象更是分歧,从文学理论变成了文化批评,五花八门。理论的"介入",这个所谓intervention,或者是"干预"——希望借着理论来批判、参与现实人生等等也变成大家耳熟能详的话题了。话说回来,在中国的语境里,所谓的"干预生活"不是1950年代批评的老词吗?看过洪子诚教授对1950年代文学文化界的描述,我们要会心地微笑了。旧瓶装新酒?内销转出口再转内销?这是第一点。

第二点,就是所谓各种潮流的演变之后,我们的视野逐渐蔓延开来,产生了所谓跨领域的研究。在这里我们看到的像是对电影的研究——张英进,对于通俗音乐的研究——Andrew Jones,对于思想史和文学的研究——Kirk Denton,对于美学的研究——王斑,对于翻译、跨语际实践的研究——刘禾,文化生产——Michel Hockx(在伦敦大学任教),对通俗文化的研究——王瑾,对性别的研究——钟雪萍,对城市的研究——李欧梵,另外像是后殖民研究——周蕾,等等等等,不一而足。另外谈到把文学和政治挂钩的话,非林培瑞(Perry Link)莫属——他应该现在还没有办法到中国来吧?(刘东:对,他去年要来,申请了,但是被拒绝。)这个就是各种各样的,以文学为坐标然后繁衍出去的不同的跨领域的研究。跨领域的研究当然丰富了我们对现代中国文学以及文化的视野,但是另外一方面恐怕跨得太多、跨得太快的时候,也产生了一种"玩票"性质的研究方式。如果作为文学专业的这些研究者标榜无所不能,对于政治、对于经济、对于天文地理什么都成的话,那么未免这个文学研究也就太容易了,其他的学科也就太简单了。所以毋庸讳言,到了21世纪初期,这个方向的危机感已经看得出来了。今天我们如果看到目前在英语世界出版的有关中国现当代文学文化的研究,恐怕文学已经占少数,而广义的文化研究占多数了,尤其视觉文化的研究,更是新兴的主流。我以为这反映了批评甚至文学研究典范的改变,应该可以接受。这是第二点。

第三点,在过去的十五年来现代中国文学研究者对于文学和历史之间的交互的关系的确也产生了一个新的关注的焦点。这个关心可能来自于两方面,第一是从1960年代到1980年代中期以来的由夏志清所代表的"新批评"影响的结果,还有对普实克所代表的教条式左翼方法学,感到不再满意了,觉得文学毕竟在文本之外有一个文化以及历史的潜文本需要我们来观照,而这个潜文本是没有公式化的预设的。第二,也可能这样的研究是1980年代末期1990年代这个所谓"后设历史"或者是"元历史"的观点,不断去把过去的经典、大师还有各种各样的运动加以解构之后的结果,产生了对文学史以及文化史的一个重新的认识。大家熟悉的人物包括怀特(Hayden White)、德里达

（Jacques Derrida）、福柯（Michel Foucault）等等。从解构的观点看，这是一种对历史的研究方式。除此，当然了，从"新马克思主义"的领军者像詹明信——这边翻译成杰姆逊（Fredric Jameson）——发出"Always historicize!"（"永远历史化!"）的号召，再一次燃起了有左翼色彩的同事的兴趣，再一次努力把文学的研究放置在一个历史语境下。这个"历史"其实是要加括号的，可能要加上粗黑的括号，因为其实仍然是带有强烈意识形态的先验观念。在这两者的汇集之下，1990年代以来的现代文学研究的确是对历史又重新加以观照。这个和在六七十年代纯粹地从文学史的内源，以经典、以大师、以运动研究作为坐标的方式的确是大不相同。而我个人觉得无论是用哪一个方法或是哪一个意识形态的坐标方式开始，都是值得重视、值得珍惜的研究方法。

这是我想的大致的三个方向。我想有些部分等一下可以再继续进行讨论，以下我仅仅提出我对于在西方的汉学研究的一些个人的期许。我现在觉得，目前的西方的现代文学研究，我们大概已经有足够的批评。"批评"这两个字到今天已经变成一个无上的、重要的字眼，我们谁不是批评家啊，我们在文学的领域里面对任何的事物都要去干预，都要去介入，都要去批评。但是又有多少时候我们对于这个批评本身的历史，用这里的术语来说，是一个"元批评"，是一个 meta-criticism，一个对批评的批评历史的演述，我觉得这里有查书进行理解的必要了。那么夏志清的源头是怎么来的，普实克的源头是怎么来的，王德威是怎么样的传承，张旭东为什么有这样的惊人之语，等等等等。不能只用"批评"这两个字以偏概全地涵盖了个人在论述立场上的一个现成的(甚至道德上)比较崇高的地位。好像没有了带着品牌加码的批评工具,或者法则或是理论的话,就必须在学术研究上矮人一等似的。这个关于批评的批评,我觉得尤其在此时此地的中国语境里面特别值得我们深思。试问有哪一个现代文学、文化的传统像我们这样对"批评"这两个字更为重视的呢?从1930年代末期以来,整个的左翼传统不就正是一直在批判、整风的这么一个话语传承下不断地往前推进吗?谈到"干预"这两个字,又有什么时候我们不明白这是在上世纪五六十年代大家就已经耳熟能详的政治用语呢?所以当1990年代在美国学院内的左翼学者回应他们的欧美同事,用淡红色彩来把这些批评的话语以及姿态重新包装的时候,我个人是觉得有所保留的。保留的原因倒并不是反对这样的批评态度,而是要提出一个建议,就是更应该真心地把这样的批评修辞和方法与"历史"挂钩,实际挖掘出批评本身的谱系学。

  第二点,关于这个历史和文学的研究,刚才已经谈了很多,我觉得历史在这个地方不必无限上纲,成为一个大历史,成为一个黑体字、粗体字所印刷出的历史,而"历史"这两个字也不见得是某一派的文学批评者的专利。大家常常说王德威是夏志清的接班人等等,或是李欧梵等这一群人他们从台湾出来,他们对历史怎么可能有所认知呢?但这是自以为是的说法。就算英美所谓"新批评"的传统之下,对于"历史"加上括号,用纯粹文本的、细读文本的方式来做研究的这么一个观念,但事实上这样的一个文学理论,哪里没有它自己的历史的语境和愿景?这样的批评不是与二战后人文学者企图在废墟中建立文本秩序——如果不是现实秩序的话——息息相关吗?他们文字的象牙塔是盖在历史乌托邦里的。即使像夏志清这样的学者,哪里没有他个人历史的承担或是抱负,或者讲得更明白一点,他个人的洞见,和他的不见?所以在什么样的情况之下,我们必须把所谓历史的"specifics"——历史的实际面向——重新纳入到我们批评的视野,而不仅止于祭出这个"历史"的庞大的大字或大旗?这一点我想仍然是在中国以及国外的学者应该念兹在兹的挑战。

最后一点,我个人觉得目前对于现当代中国文学的研究,我们必须对广义的"华语"或"华文"的领域再重新加以定位。我在这里对"华文"两个字有所不安,因为在中国的语境里面,"华文"这两个字早已经变成收编了的一个词。尤其是对于海外的作家,"世界华文作家"这是一个专有名词。很不客气地说,通常被收编的是很多的二军或是二路的作家,游走全中国各地,开了很多世界华文作家大会。我在这里想强调的是,我刻意用"华语"或"华语语系作家"的这么一个观念来说明在 20 世纪的下半段,1949 年之后海峡两岸三地,以及后来的新马——这些华人领域之间的文学文化以及历史观念的互动,是如此的频繁交杂,以至难以用传统华文文学定义。尤其是在过去的十到十五年里面,中国和海外中文社群来往这样密切,在座的各位更有责任去拓展,认识海外文学的中国视野。现代,尤其当代,华语文学的视野可以扩及香港、台湾乃至海外,广义的包括欧美以及新马等这些地方的华人社团。这些地方不同的华人领域对于历史的看法,对于文字操作的不同的面相,还有对于"什么是文学"的一个最基本的认知,其实都有很多契合的地方,也有更多不同的地方。

尤其我们今天谈论所谓"现代性"的问题,把它加上复数,或者是替这个现代性不断地强调说它是"迟来的",或是所谓的"被压抑"的,或者是我们不断地要让它有更多的争议性,所谓的"contested modernities"等等。如果我们仍然仅止于盘踞在这一块广大的中原土地上,那么大家的志气未免是小了。如果"大"中国要大得能够包含所有的不同领域的华语地区的话,那么这些大中国文学研究者应该把眼光扩及海外。相对地,如果强调边缘美学、诗学以及政治地理学的学者从事华语文学研究的话,那么就更有必要了解不同的华语创作领域未必就附属在这么一个"大"中国文学范畴的涵盖之下。所以不同华语文学的领域的交流和交锋,的确是一个非常精彩的学科,值得我们大家继续去努力地探讨。这是我个人对于未来的,尤其是在海外从事中国现代文学研究的一些最基本的期望。我的报告先到此结束,谢谢。

陈平原:刘东兄,回应一下吧?

刘　东:那我就来说几句。本来我觉得我不应该喧宾夺主,觉得王德威教授讲得非常精彩,我已经都听得有点入迷,想到他那篇文章应该要来给《中国学术》发在"Review Article"的栏目上,但是吴晓东教授给了我一个机会让我说几句,我想也可能是大家都关心的,所以我还是来说几句吧。还是从张旭东那个不客气或者客气谈起?——我听了已经算是不客气了。我觉得可能他是你的学长,他就不会跟我这么说话,因为我又是他的学长。(笑)我觉得旭东的态度更冷战。什么是冷战?冷战就是咱们都是冤家对头,把这个界限划得分明,没有中间地带和中间意识,凡是敌人反对的我们就要拥护,这就是冷战吧?比方你到伯克利去讲演,那儿有一个中国中心,马上就有一个人说:"告诉你,这个中心是冷战的产物。"你想一想,咱们北大是什么时候建的?要是来一个汉学教授,听到有人跟他说:"这是'大跃进'建的房子啊。"这又怎么样呢?这种心态其实反而是最冷战的。有一个叫张宽的学者,后来在中国消失了,因为什么不好启齿的事消失了。他如果不了解情况还好,要是他了解情况的话,他的一篇文章就显得很冷战。他说,费正清做中国研究,是拿美国中央情报局的钱。其实你非要这么想,那么我到国外的话,人家也可以追问你刘东的研究,有没有拿过中国政府的工资?北大至少是国立大学吧?其实这事不能这么归谬的。我后来一查,费正清真正从美国情报机关拿钱的时候,知道是在什么时候吗?是抗战期间来替中国人打鬼子的时候!张宽明明知道,却故意不说这一句。实际上,政治空间和学术空间不是不能交叉的,但是政治空间和学术空间绝对不能重合。我们可以自由地思想,恰恰是因为我们还有幸享有这么个学术空间,还可以心平气和地讨论,还可以向着真理去逼近,而不是完全被一个政治的、肤浅的要求所束缚。就此我就说这么多。

接着,吴教授的问题是什么呢,就是西方汉学家在研究中国的时候跟中国的出发点有何不同?它在多大程度上制约了他们的中国研究?前边我先说,当然是不同。因为任何的研究都有一个主体性,更别说人文学了,而中国学还是人文学科中比较有地域性那一种。比方说社科院吧,凡是名称上表明地域性的所,比如美国所、亚太所、欧洲所,它那个对策性就比较强。和法学所、经济所、哲学所比起来,后者就相对要纯粹一些。所以,凡是搞区域研究的,当然它本身会有很强的对策要求。如果研究福特基金会和费正清学派之间的关系,要是没有这样一个大的国家战略要求当说辞,我想费正清也说服不了福特基金会给这么多钱,是吧?但是,其实这个说穿了没有什么了不起,凡是科学家都有他们主体的要求啊,如果是来自火星的科学家的话,他就把地球点燃了,当一个炮仗爆炸了,也可以算作一个科学实验啊。人类之所以要反对克隆,正是因为我们有一个主体的限制。否则的话,这个东西本身也没什么好没什么坏。那么当然,美国的汉学家也有他们的主体性。他当然是为了他这个国家能够更好地认识一个作为外国的中国而获得拨款和进行研究的,这没有什么可说的。

正是在这个意义上,我借机给大家澄清一个问题,因为有本书在中国影响非常大,其作者叫 Paul Cohen,中文名字在大陆叫柯文,台湾叫柯保安。他自己原先写的都是属于冲击—回应模式的书,比如像《中国与基督教》《王韬与晚清改革》,可是他后来却写了一本《在中国发现历史》,在中国特别走红。有一次我请他到北大讲演,被我和平原好好围剿了一通,然后就带他去海淀图书城。到那里我一说——"这是《在中国发现历史》的作者",马上就围上很多人,非常激动,一个一个地排队找他签名。老板非常高兴,因为一下子卖出几百本。这本书在中国,所有的人都把它当作入门的书。为什么大家这么高兴呢?它的标题好——什么"在中国发现历史",什么"中国中心观的兴起",这迎合了中国人的那种大中国主义。同样,一出版类似的书,比如彭慕兰的《大分流》,在我那套丛书里也卖得特别好。但是,柯文这本书的标题就是不对的!如果欧洲中心论不对,那么中国中心论就对吗?不光是不对,其实也做不到。他的意思,就好比让西方人拔着头发离开地面,脑子里都装着一个中国的中心观,这个想法本身在我看来是很荒谬的。他提出了一个其实他本来也做不到的事情，——而且，不仅是做不到，还有更吊诡的一面。我刚刚在伯克利讲演，讲到 Frederic Wakeman 第一本书《大门口的陌生人》，我说这本书写出来的时候，离 Philip Kuhn 写出他那本《中华帝国晚期的叛乱及其敌人》还有五年的时间，而当时那本书多有弹性呀，可惜后来把其中的某些倾向提取出来，变成孔飞力那样一个模式以后，所有的人都跟风而来，都要在中国发现历史，都要去讲这个中国内倾性的发展，反而把事情弄坏了。为什么呢？就是因为其间有一个吊诡，越想往中国里面进，其实离得越远了，这正是由于王德威教授说的，每个人都有他自己潜在的 preoccupation、preunderstanding。比如他想进中国的内部，那好，我就得利用人类学的方法，行了，那得上英国找马林诺夫斯基去搬人类学。等他把所有的那些人类学的前理解都搬来了，好家伙，那他表面上倒是进来了，其实离中国更远了，因为那些人类学的模式本身，就浸透了西方的前理解。我讲这个观点的时候，底下正坐着人类学家刘新，他完全同意我这个观点。所以，大家要记住了，柯文那本书其实并不重要，而且他的主要观点也不对。

　　现在回到吴晓东教授的问题，这种主体性到底在多大程度上影响了他们的研究。其实，我不大喜欢这样的评判。所有的主体性都会影响我们，但是我不太倾向于只用这个偏向来指斥别人。难道我就没有主体性吗？我是庄子说的那个"至人"吗？我个人认为，有主体性不是坏事倒是好事。因为，首先大家知道休谟有一句话，所谓"理性是激情的奴隶"，要是没有激情，没有主体性，你们家的电脑自己会干活吗？会思考问题吗？不会的。

对不对？所以主体性才给你动力，给你激情，给你想象。当然，它也有问题，由于你自己属于这样一个人类主体，你不是一个外星人，不是一个上帝，你没有康德说的那种理性直观，可以一眼看到全部，当然你会遭遇一些问题。但是，要克服这样的问题，最重要的一条，就是不要有旭东那样的冷战心态，让大家互相之间有一个互动。还是回到我最初说的那个话题，比如说夏志清先生，我也不是全部都同意他的，但是有一件事，我就是在跟他的互动中间，获得了益处。我对张爱玲的喜欢是看他的书才知道的，小时候哪知道张爱玲啊，小时候就知道鲁迅！那时候就允许读鲁迅，鲁迅所有诗我都会背。所以就是这样，你在不断的互动之间增益自己的头脑，拓宽自己的心态。我觉得，一旦说人家有局限性，这里就有一个方法上的问题，似乎你以为你自己真理在手，然而所有的东西都是在探索中的。我刚才已经说了，那个"中国性"实际上是处在不断的漂流中的，所以中国性并不处于对错之间，而是在我们大家的互相认同之间。OK，我说完了。

陈平原：接着刚才几位先生的话，我想谈谈对于"汉学心态"的批评。中文系的研究生大概都知道，我们的系主任温儒敏教授几次在会上提到这个问题。我提"本国文学研究的特殊性"，是正面立论，跟他的说法不一样。不过，我理解温教授为什么要批评学生太受"汉学家"的影响。有些是技术层面的，比如，同学们写论文，需要引证的话，要不引已经去世了的，要不引远在天边的，就是不愿意引"近在眼前"的同道。这确实有问题，必须调整心态和写作策略。但我看最近中国学界，似乎出现一种苗头，要对海外汉学展开"反击"。（笑）你们等着瞧吧，我已经读到好几篇批评文章，有火药味、有愤激在里面。我的立场是：汉学家不是神明,也不是敌人,而是我们的同道,完全可以展开平等的对话。是有走过头的,不管阿猫阿狗,只要在美国拿了个学位,就敢回来放言高论。可无论什么地方,都有真金,也都有假银,上当是你自己的事情,怨不得人家。就像刘东先生说的,在大量引介西方学者著作的同时,应该学会跟他们平等对话,也包括对他们的著作展开真切的"批评"——这里用的是王德威所说的那个"批评"。

我还想做一个小小的补充。我们谈"海外汉学",很多时候,其实就是"美国汉学"。因为,懂英文的人多,译得也快,因此,大家比较熟悉。当然,不否认美国学界力量很强。可用法语、德语写作的中国学著作呢,为什么译得不多?我们都知道,法国、德国等欧洲国家有很悠久的汉学传统,现在除了北外的张西平他们在译传教士的著作,似乎大家关注的,基本上都是美国的中国研究。就说日本吧,日本的中国学水平很高,不该被忽视。以前我们有个误解,似乎日本学者擅长的就是资料。其实不是的,就拿我熟悉的现代文学研究来说吧,从竹内好到丸山昇、伊藤虎丸、木山英雄等,他们都有很强的思辨能力,不是纯粹做资料的。更让我感到遗憾的是,苏联解体后,俄国学者的著述,基本上被忽略了。记得1980年代我读谢曼诺夫的《鲁迅及其前驱者》,感觉很好。现在,除个别专业外,大家都不学俄语了,也没人译俄国学者的书,这很可惜。你们可以看一看,现在中国学者的著作里,引证俄国同行的,是不是微乎其微?这不正常。我希望有一天,我们不止跟美国的中国学对话,也跟欧洲的、日本的、俄国的中国学对话。那样的话,我相信效果会好得多。所以,刘东先生还必须继续努力。

好,下面的时间,开放给诸位同学。提问题的时候,尽量简短一点,好吗?先集中提问,等下再分头解答。

祝宇红:各位老师、教授大家好,我是现代文学2004级的博士生,我叫祝宇红。因为刚才王教授和吴教授都提到了夏志清的《中国现代小说史》,特别是吴老师也提到了张旭东进行的批评,还有王教授刚才也提到《中国现代小说史》"里程碑"式的位置,还有一点提到说它还是有点过时了,我想提一点我自己的意见,因为我写过关于夏志清先生批评的一篇文章。我认为张旭东他那种意识形态的批评,毕竟在谈论一个批评家对批评的批评的时候,并不是作为文学内部的一个态度来批评的。实际上我觉得正如刚才王教授所说的,其实对于夏志清,他的批评立场更为切近的一个理解就是他在学术传承上对于英国阿诺德、利维斯他们那种文化主义的一些(传承)。我认为在小说史里面更主要的还是体现了利维斯"大传统""典范的树立"这样的一个观念,而"新批评"可能是渗入他具体的文本分析当中的。那么他这样一种大传统的处理,实际上是一种文化传承保守主义的心态、立场。我觉得这样的一个立场现在来说并不是过时的,我看到美国1990年代的一些著作谈到重读利维斯,仍然把利维斯当作1990年代以来特别重要、深有影响的一个批评家。它的文化主义立场虽然跟现在的萨义德他们非常不同,可是萨义德等后现代的批评就是在批评阿诺德等人的立场上才建立起来的,而我觉得现代和后现代,他们恰恰就缺少了——这个世界分崩离析,他们缺少了要把世界整合起来、传承下去这样的一种信念,就是文化毕竟从"破"还要"立",我觉得它到现在这个现实的意义还是有的,不能够说过时。这是我自己的一个见解,谢谢。

杨　森：各位老师好，同学好。我是元培计划2004级的本科生，中文方向的。刚才王老师在给我们讲的时候提到让我们试图去清理批评史的问题，我想问的是，当我们试图去做这样一个工作的时候，我们应该追求的是对批评理论的一个自省的状态，但是当我们面对这样一个历史的时候，我们试图在观察自己的一个态度的时候，是不是我们正处于一个理性选择自己立场的状态？但如果说我们在做一个理性选择的时候，要面对那么多的不同派别流派的态度和现象，我们怎么才能给自己寻找一个站立的位置？还是我们永远都受制于一种不可以用理性去处理的东西，永远都是在别人批评自己的时候让别人来发现自己？因为我看席勒的诗，他有一句说得非常好，就是当你要观察别人的时候要先看自己，要观察自己的时候要先看别人。我想问这样一个问题应该怎么办，谢谢。

彭春凌：我可以问一个问题吗？我就在这儿问吧。刘东老师我比较熟悉，因为他翻译了"海外中国研究丛书"，同时还翻译了"人文与社会译丛"。所以请问他怎么看待两个译丛之间的关系？就问这个问题。

陈平原：还有别的问题吗？

刘稀元：我问一个离得比较远的话题吧。王教授，我觉得您是努力在梳理中国传统文化当中的抒情传统，试图把这个抒情传统和中国现代文学的抒情传统打通，或者就是寻找现代文学抒情传统的一种合法性。我问一个问题离这个比较远，就是说中国抒情传统其实和中国历史也是有一种对话关系，中国历史你看"四书""五经"，看那个《史记》，其实也有暴力的一面，比如说"杀人盈城""流血漂橹"，我觉得中国的抒情传统也会对这种暴力历史有一种反思的传统。但我觉得中国历史——当然我的阅读经验可能比较浅——就是它会有一种包容,就是中国传统的那种抒情传统现代之前它会有一种包容,它会在国家和个人之间有一种矛盾,现代文学当中,就是说这种抒情传统和中国原来的那种抒情传统究竟有没有对话关系?它是一致的,还是打通的,还是有可能完全有另一种选择?

金　婷:我有一个问题是问吴晓东老师的,因为我以前是搞现代文学的,然后现在是被对外汉语专业吸收过去了。我当时有一个老师,他是做小说分析的,我就曾经听他讲过废名的一些小说,因为我知道吴晓东老师是研究废名的。那个老师他本科学的是古代文学,他尝试在中国传统文化之下去做文本分析,我觉得相当精彩,而且能够解释明白,特别是那个《桥》,还有那个《桃源》。尤其是《和尚》(《火神庙的和尚》),不仅相当精彩,而且让我明白,让我尤其能知道中国的人情是什么。可是我看吴晓东老师的著作的时候,常常异常困惑。我想问吴晓东老师的一个问题就是,是否对于您而言,要用西方理论来做中国文本的研究有两个困难:一个就是您对西方理论,就是您在研究西方理论著作的时候是否也会像我一样——因为北大这么追求这个新理论,所以我要考北大研的时候我要拼命看新理论——那么北大老师在接触这些理论的时候是否也像我一样"死去活来"的?另外一个就是你们常用它来分析文本究竟是有一种迫切的——因为北大这个定位,它要和国际接轨,所以它必须要有这样的意识呢,还是你们真的觉得这套理论是如此的有效,可以使这个文本解释达到更加精密的程度?对于我而言,我觉得中文仅仅对于文本所做的分析已经是相当一流的,我觉得它用它那种传统的,它就不做什么理论,可是我觉得它非常好,而且真的可以让你对中国这片土地都产生感情。另外一个问题是,我想问王德威教授,这是一个非常个人的问题,我想了解的是哥伦比亚东亚学系是怎么样的。

陈平原:这样的问题我们不接受。这一类的技术问题,自己上网去查。(笑)谢谢。

袁一丹:我是北大中文系二年级的研究生,陈老师的学生。我想问这样一个问题,就是陈老师曾经在他著作中提出"诗骚"传统和"史传"传统对于中国小说模式的转变(的影响),从这样一个角度进入,这样一组相对概念——"诗骚"和"史传",和你提出的抒情传统以及与之相对的这样一个写实传统,这两组概念和进入的角度有什么不同?第二个问题是想给刘东老师和王德威老师的,你们提到了海外中国学,其实这是两个完全不同的谱系。刘东老师是重点从费正清下来的以历史学以及社会学为主的这样一个谱系,但是王德威老师主要是从夏志清以及普实克下来的这样一个谱系,这两个谱系之间有没有交集?以及他们在美国,不是在中国学的范围内,而是在整个美国的学术界的地位是怎么样的?就是想了解一下这两个不同谱系的关系,谢谢。

张春田:我是2004级硕士生,我有一个问题问王老师。您这两天在讲到中国的抒情传统的时候,经过我个人的理解,就是您是用抒情传统这个视野来重新观照中国文学、现代文学,同时也对现代文学的共同性从文学角度有所发现。我想问的就是您这个文学传统和我们理解的"五四"的那个传统,或者说"五四"的那个现代性之间有什么关系?因为您《被压抑的现代性》这本书出来以后,我们都知道您强调晚清文学的现代性,在我们的接受视野里面其实——虽然您有辨别,说不是要另外找一个源头——但在我们的接受视野里面就已经接受了晚清来取代"五四"的那个传统或者说现代性。那么您现在讲的这个抒情传统它跟"五四"的现代性之间是个什么关系?或者说这个抒情传统能不能成为我们重新观察"五四"多元性的一个进入点?

赵　晖:老师好,我是中文系2004级现代文学博士生赵晖。我想问王老师一个问题,就是关于"新批评"的。我这两天一直在听王老师讲课,非常喜欢,但是刚才您讲到"新批评"的时候,说夏志清先生的观点过时的时候,"过时"这两个字一下子跳出来。我觉得"新批评"是个非常重要的文学流派,而且它在中国还是非常需要补课的一项内容。包括您昨天讲到沈从文的倾向的时候,你提出了三幅图画,那个图画您是用巴赫金的理论来讲的,讲得非常棒。但是我认为这里面如果没有细读的功夫是不可能讲到的。可是我想提到一个现象就是刚才您也提到现在在美国发表的很多著作也大量是文化的批评,是泛文化的观点,在中国这样的情况可能也很严重。我想说如果我们有"新批评"这个传统的话,可能好多文本就没有那么大的文化价值,就可以被删掉,因为并不是每个人随手画的画或者写的一些文字都会像沈从文先生那样值得分析;可是如果没有这种,我觉得现在我们有一点直接落在文化的圈子里。我想问您对"新批评"和这种泛文化研究的趋势有什么自己的看法。还有一个小问题,我非常遗憾第一次讲座没有听到,因为人太多我听不清楚。想问一下您是怎样界定这个抒情传统的,您认为它是不是一个很大的开放性的概念?因为这个概念我看到有些书上某些部分可以说是非常冲突,所以希望听到您的意见。

于淑静:大家好,我是2004级博士生,我叫于淑静,很高兴能听到王老师的讲座。我想提的问题非常简单,第一个就是您一直在提"抒情",但是我想问您一下,您和李欧梵先生他所一再强调的"浪漫"这两者怎么算?然后具体来讲的话,就是今天包括你所关注的海外汉学当中都非常强调的理论方面的,对这个"历史"——On the History,Jameson所说的"历史",加引号的历史的理解。我觉得您今天上午在您的讲座中提到的用革命,从革命这个角度来阐释您对抒情的一个理解,更关注的是在革命的过程当中个人的一种主体性的抒发,这个抒情您是怎么来表示的?我想知道在您的具体阐述当中,您怎么来充分理解当时的历史因素?就是说个人主体性来佐证您的革命中的浪漫情怀和抒情性,同时不可避免的,主体性肯定不是一个完善的工具,它有它的那个历史,那个现实,是怎么来进入,怎么来研究的?

刘 堃:我是南开大学2006级现代文学的博士生,我叫刘堃,是慕名而来,来听王老师的讲座。我想提的问题是关于您上午的讲座,"饥饿"作为共产主义美学的一个核心的关键字,我想请问一下您是怎样把它作为共产主义美学的一个典型的?您的整个论述包括您上午提出来的论争历史的一个分析,我觉得也非常精当。可是就现实的情况而言,就"饥饿"这个事实而言,包括近年出版的一些纪实文学,包括像上海专门做了关于三年自然灾害死亡人数的调查,包括一些创伤文学的书像《往事并不如烟》,它们里面涉及关于"饥饿"作为一种政治事实,都提供了批判的一种评价,也就是说,如果您所批判的这种"饥饿"

的美学传统存在的话,那么这种传统到现在也是有的,只是经历了一个被边缘化被反对的过程,您对这个问题怎么来理解?还有就是您写的这篇文章《三个饥饿的女人》,我最感兴趣的是您为什么会选择女人这个身份这个地位来分析问题呢?谢谢。

陈平原:好,就这样,还有问题的话,留在下次课提出。再不截断,等下会回答不完的。我们先请刘东和吴晓东回答,最后请王德威发言。

刘 东:那我尽量简短,因为我发现问题太多了。主要的是彭春凌同学问我的一个问题。这个问题问得非常简单,然而非常好,使我有很多话要说。她问的问题是这样的:你先编"海外中国研究丛书",然后怎么又编"人文与社会译丛"?——如果要是用我的老哥们李零的话来说,"你就是不怕死呗"(笑),编一个又编一个。本来我是打算把这个任务交给邓正来的,我给他开了一个书单,希望他来编"中国社会科学文库"。但是邓正来他没干。后来我一看,你别看中国这么多人吧,要真想干点事儿,你自己不干还真没人干,所以只好自己就干了。

那么为什么?其实就很简单,如果"海外中国研究丛书"是在想澄清一个问题,就是"中国是什么",那么"人文与社会译丛"呢,它主要介绍西方主流的最重要的政治理论、社会思想和文化哲学,就是想问"中国怎么办"。即使把第一个问题说清楚了,你还是茫然不知所措。那么你怎么思考和解决中国的问题?这件事从我个人心智上来说,是有一个上溯的过程。我本来是学哲学出身。后来在写博士论文的时候,我一下子发现一大堆汉学著作,我就很高兴,就钻进去了。一上来呢,朴素地以为,学术是天下公器,在其中可以找到一个一个孤立的真理,比如人家帮咱们考证半天胡适,我才知道胡适有不为人知的一面。我当时跟平原好像交流了很多格里德(Jerome B. Grieder)笔下的胡适,以前我们知道的胡适可都不是那样的。但后来,这种朴素的想法不够用了。当你读艾尔曼(Benjamin A. Elman)的时候,你不得不琢磨一下,他这个理路怎么会这么走呢?这样,选择汉学书的前提也就变了。不再是我一个人在北图那边坐着,读来觉得哪本书写得好,我就选择哪一本,而是更多地去倾听海外学人的意见,了解它在他那个话语系统中间处在一个什么位置,找到汉学的一个代表作。怪论虽然很怪,但你真想理解艾尔曼这本书,可能你就得先去理解布迪厄(Pierre Bourdieu)。啊,于是呢我的心态就自然上溯了。沿着这个思路突然发现呀,我当年虽然学过哲学,却没有学过这些理论。因为整个的社会学和社会理论都被我们1949年以后给扫荡了,只剩下历史唯物主义了。我们学的哲学,从希腊到康德,从本体论到认识论,并不包含这一大堆理论。所以,那时就带着兴奋的感觉,觉得想去知道个究竟,所以我从那个丛书到这个丛书之间,还有一个理论的上溯过程。

当然,底下还没算完,就像我们沿着"海外中国研究丛书"的介绍,在北大开设国际汉学的课程一样,我们很快也要在中文系,沿着"人文与社会译丛"的介绍,开设比如说文化哲学的课,因为基本教材已经引进了,不会像过去那样拿着一个名词胡说了。平原发现一个问题,《东方主义》还没翻译过来的时候,人人都爱说东方主义,等你真正翻译过来之后,反而没人说了,换说别的了,因为再说东方主义还得看一遍书,那多累!我这个新的参考书,大概有一百多本,已经准备得差不多了,底下就要开这个课了。除了这个之外，还有一个计划，就是再进一步，打破现有那种知识生产的体系。我曾经这么说，现在是巴黎那儿打一个喷嚏，加州那儿就开始鼻子不太通气儿，到了中国研究这边我们发了烧了。这样一个过程，和时装发布的情况是差不太多的。这样的话，就使得我们总是一步赶不上，步步赶不上。而我们从心里又特别受严复的影响，相信《天演论》的进化规律，害怕被别人开除球籍，于是最后一个外国理论家说的最后一句话，对我们来说就是绝对真理。怎么才能打破这个？我刚才跟平原私下里说，其实我们已经找好钱了，我们准备开始，要把 Charles Taylor（查尔斯·泰勒）、Richard Rorty（理查德·罗蒂）等等著名西方思想家，请到北大来一讲三个月，而且我们还要跟他们对话，我都跟这些人当面讲好了。我们这样做的目的，就是打破现在这种一级一级的理论批发，到我们这儿已经是三级批发了，是吧？我们开始在西方知识生产的源头，跟他们最最权威的人物（对话），把中国的问题意识渗透进去。当然即使有了这个对话，仍然不是最后一着。

刚才有个同学问这个问题，就是我们怎么能够去进行判定。其实，我们刚才说到一句刺激的话，说 20 世纪中国政治理论的主要特色就是"没有特色"。都说得那么惨了，那么靠什么自救呢？那就是创造力。实际上，今后中国的学术界有出息还是没有出息，关键就在四个字——"理论创新"。我们不要老是去埋怨西方的理论，哪个理论不合我们用，我告诉你，即使不玩理论的也信奉实证主义，对不对？（笑）理论本身是有一个辐射的品格的。从没听说过，有人创造过一个理论框架，这框架光对牛顿研究那一棵苹果树管用，对于别的苹果树全都不中用，是不是？

所以，理论只要被总结出来，一定就有人利用这个理论，尝试着去和别的经验结合，去试试它的解释力。你即使发现某个理论框架不好，也不要因噎废食，从此之后就厌恶理论，否则的话，你的心态就永远都是苍白的。中国学术界如果能有一天，它自己能提出理论创新，才真正有了光明的未来，这时候中国才可以说，它不仅变成了一个经济大国，也变成了一个文化大国，因为它有文化上的造血机制。

好，另外一个问题，是问我们两个人的，王先生肯定比我知道得多，是不是你讲呢？我也说几句吧。其实不光是两个谱系，有多少个科就有多少个谱系。比如汉学人类学，像弗里德曼，像王斯福，他们有一堆这个领域的学者。还有一个你别忘了，杜维明那边还有一个谱系呐！对不对？这类的有很多。每个学科都有一个界限，这当然有谱系。而美国的汉学，最重头的当然是费正清的谱系，他是一个开头，或者是一个鱼缸，此后哪个学校要搞中国研究，就要到他那里舀金鱼。而舀出来的，当然以历史系为主，也有经济系的。即使这样呢，当然其中也有分，而且分是主要的，至少过去分是主要的，我想现在是越来越合了。这里面我想有几个要点，本来就得合嘛，他们都是研究一个地方的，一个 field，一个 area，一个中国，都在一起开会，那么当然要交叉看一看，研究中国的经济就不要知道中国的伦理啦？经济伦理很重要嘛，当然他也慢慢地要去研究。更重要的一条，我体会啊，可能是不对，一会儿王教授再补充，我想更重要的可能是王教授刚才讲的那一条，就是历史学的理论化造成的。因为理论造成了，各个学科虽然研究不同的现象，却也找到了一个彼此通分的、互相对话的共同语言。你想想，就像那么几十个人一块儿开会,这个人研究的是一部小说,别人都没读过,那个人研究的是一个案例,别人也都不知道,但是他们怎么讨论呢?正是因为那些理论呀,结果理论的越来越加深,就导致他们互相之间的那个对话越来越密集。而且,说实话文学研究已经快没有了,文学研究改成文化研究和历史化了。我就说到这儿。

吴晓东:那首先我谢谢刚才这个同学对我的批评。如果你看了我的东西觉得有些困惑,是我的责任,因为可能写得有些晦涩。但是你刚才提到了我用西方理论来解释废名呢,这可能是个创造性的误读,因为我对废名的《桥》的那个研究呢,其实恰恰呢一开始就想提出一个所谓的"心象"的理论,那么这个东西我其实是想从传统中寻求理论资源的。当然后面也不可能没有西方性的背景,因为我最后是把废名放在一个现代性的总体的大的背景中来考察。就是说我个人认为,传统其实在20世纪是已经进入了现代化的进程中的传统,没有一个独立的传统的存在,传统是不断的20世纪所谓"创化"的这样一个过程。在这样的意义上呢,西方的视野是我们不可避免的。即使是观照废名这样一个传统型的小说家也是如此。那么我觉得更有启发性的倒是你关于所谓的如何借鉴西方理论的那个担忧,其实这的确也是我本人的困惑。就是你觉得是不是像我们这些人运用西方理论,就是也看得出来我们也好像经历了"死去活来"的过程。可能我觉得有些运用西方理论的学者不是这样,他们可能很愉快,很自如,但对我来说的确如此,因为我个人觉得其实我们不是拿西方理论来套我们的研究对象,而是的确有一个不光是我们说的理论有效性的问题,而且还有一个生存的切身性的问题,就是说这个西方理论可能跟20世纪今天的我们的生存是切身的。首先就是刚才刘东教授提到了理论创新,我们没有理论创新,还不允许我们去西方寻找理论,那么我们的出路又何在？当然最终的最理想的出路是我们自己的理论创新,但是假如我们自己还创造不出来这样的理论的时候,那么20世纪在整个学术全球化这个背景下,西方人面对的某些生存困境也是我们自己的困境,这个时候理论就对我们有切身性,理论可能和我们的生存是纠缠在一起的。所以我本人很不赞成那种把西方的理论标签拿来套我们自己的批评实践或者是研究对象,但是如何思考这个西方理论和我们的生存处境切身性的问题,是你对我的非常好的启发,这里要谢谢你。另外你刚才提到的那位老师写的评论废名的文章我没有看到,如果你一会儿下课给我提供它的出处我会非常感谢。谢谢你。

王德威：非常感谢大家的提问,因为问题的数量比较多,所以我不能确定是不是能完满地回答大家的疑惑。我想呢我尽我所知尽量地回答,如果有疏漏的地方呢,也许等一下大家再举手,我就再继续地补充。

首先呢还是关于夏志清教授的问题,我非常谢谢你提醒我在用词遣句的时候有过犹不及的地方,我必须要在这里再做一次声明。不过话说回来,夏志清先生是跟北大也有关系的。1946年战后,他在北京大学的英文系担任助教。当时他的哥哥夏济安是在北大的英文系担任讲师。在1947年,夏志清拿到了李氏奖学金,能够到国外去读书,从此他就离开了中国。你们可以想象,一个上海长大的苏州孩子,如何有这么个机会来到北大——中国学术界最高的学府从事教学的工作,至少是助教的工作,如何在同时他对英美文学展开了热烈爱好,等到到了国外之后两年,如何突然发现自己陷身在国共内战的情况下,可能再也回不到中国那种焦虑的心情。我想这是夏先生治学外的一个比较深层的感情上的动机。所以即使到了今天,2006年,任何人遇到夏先生,问他说你对中国现代文学的看法如何,他大概立刻就会说,20世纪中国文学太糟了,糟透了,没有什么好提的。但是他却居然有这样大的一个决心或是野心呢,来重新地塑造他心目中的一个现代中国文学史。这里面所包含的二律背反的心态和史观,就不仅仅是一个所谓批评理论运用与否的问题了。夏志清在1950年代学了当代西方的理论,比如"新批评"啊、F. R. 利维斯的理论啊,当然希望运用在中国文学的阅读典范上。以这样的立场而言他的确是第一个人。他需要有那种勇气去告诉洋人说,也许在此之前你们所观照的只是中国的历史、政治、经济、文化、人口等等——就是费正清式的研究方式,实证科学方式的、社会科学方式的研究——但是中国的人文的东西,除了在19世纪之前值得一观外,在20世纪里也仍然必须正视;不论评价好坏,现代中国文学有它重要的立场。这些部分是我们必须要给他一个公道的地方。

谈到夏先生过时与否,我想这是一个敏感的话题。我刚才想谈的"过时"的理由,是基于他所勾勒出来的谱系无可讳言地有许多疏漏,这些疏漏在以后的几十年因为种种原因,他没有再继续加以填补论证。所以他的《中国现代小说史》是一本不完全的现代中国文学史。但话又说回来,我们环顾历史上所有的文学史,广义的定义下的文学史,又有哪一本是真正的"完整"的、"完全"的呢?也许在这个方面所谓某一文学史的"过时"与"不过时",的确是言重了,所以谢谢你的提醒。

除了刚才吴晓东教授还有刘东教授提到夏志清对新文学作家的评点有与众不同的见解,我只想提出一点,在《中国现代小说史》的最后一章他提出来,就他的阅读所及,中国现代文学的整体成就其实是乏善可陈的。这是很大胆的一句话,也许两三百年之后回顾真有道理也不一定。但是他觉得有四位作家是我们必须要注意的。如果在座已经看过这本文学史的话,会记得这四位中第一位是沈从文,第二位是张天翼,这是左翼的作家,第三位是张爱玲,第四位是钱锺书。在当时,1950年代的末期,沈从文早就被打入冷宫——前天我们才讲完沈从文的几次启悟等等。张爱玲呢,原来是鸳鸯蝴蝶派的作家,非常通俗的,经过夏志清的品评之后进入经典,是吧?钱锺书呢,原来是学者,夏志清却有胆量说他对中国现代文学的贡献可能还要超过鲁迅呢。张天翼尤其是个非常特别的例子。所以就这个观点来说,硬要把夏志清说成他只支持、同情右派作家,是不够公道的。除此,像吴组缃,他对吴组缃也推崇不已。至于他的疏漏,比方说萧红并不出现在他的《中国现代小说史》里;当时在海外没足够资料让他判断萧红的重要性,他以后一再提及他的遗憾。像端木蕻良这些作家,都是他觉得如果行有余力,他愿意要加以增补的。

好了,现在说第二个问题:夏志清是不是保守派?这个问题呢其实是一个开放的问题,诚如刚才提问者已经说明的,保守与前卫这是一刀两刃的话题。大家别忘了在1940年代末期,以及1950年代,提倡"新批评"的,或提倡F. R. 利维斯的"大传统"的人,简直是前卫得不得了啊。二战之后一片废墟的文明情境里面,欧美的这些有心的批评者企图用精致的文字在纸上建筑一个所谓文本的乌托邦。这种乌托邦我们今天用轻蔑的眼光看待,认为细读文本是自怜自爱的水仙花式的方法学。但是只要我们把"新批评"和"大传统"的概念再放置到"二战"以后欧洲文明的废墟的这个语境里面,我们可以知道,有一代知识分子是如何地希望借由文字所衍生出来的一个精致的体系或是秩序,来外延、来拟想文明的重建。所以这个人文精神的标榜,还有历史传统的召唤。

"新批评"所标榜的细读文本的方式,事实上如刚才这位同学所说,提供给我们一个非常有效的方法学。这就像我们练武功先练马步似的,是基本功夫。如果我们对文字的敏感、敏锐度都不够的话,又何谈从文字中去看历史、政治、文化的问题呢?所以的确,我们今天有必要沿用细读文本的训练,来看待我们目前的文学、文化以内或以外的现象。而这个细读文本的方式,坦白说,也不见得只有"新批评"的研究者才能操作得这么完美。我们想想明清以来细读小说诗歌文本的那些精彩表现,不管是金圣叹或是脂砚斋,不也是作为我们参考的一个重要对象吗?所以我在这里宁愿不把细读文本当作偏狭的指称,甚至成为有心人所谓的"新批评"的原罪。

第三点呢,关于夏志清《中国现代小说史》里面所透露出的强烈的伦理家国关怀,尤其他的重要宣誓,所谓"obsession with China"——感时忧国的精神,我想即使时至今日仍然是海内、海外中国学者的重要症候群。张旭东教授那么积极地为祖国文学辩护,不反而证明他比我们任何在国外的同事都更要感时忧国?时间过了一个世纪,各种有关祖国到底强大起来没有的辩论,还是立刻找得到挺身捍卫的斗士。夏志清当时对"感时忧国"这四个字的描述其实是有贬义的。他其实是认为,一个伟大的批评者,一个伟大的文学创作者,不见得只把眼光局限在一时一地的历史辩证上而已,尤其是党同伐异的宗派姿态;文学以及批评的创造者当然立足家国,但他的心胸应该是无限开阔。换句话说,他应该同时也是个 cosmopolitan,就是一个四海一家、有世界观的、世故的文化人。这当然是一个乌托邦的理想;cosmopolitan 这个字也早就引起新派旧派反帝反殖民评者的攻击,认为是第一世界菁英阶级的障眼法。但正因此,我们不也该思考在言说国家、民族、世界、阶级、冷战、历史、正义等等大词的时候,可以说或不可说的条件?

今天全球资讯快速流传,我觉得作为一个批评者,就像是作为一个创作者一样,不再需要刻意卖弄西方舶来的批评理论。我们不需要挟洋自重的四海一家式的学者,同样也不需要"中国可以说不"式的民族主义者——尤其是只有在假期回国号召同胞反帝反殖民的海外学者。刚才有一位同学提到钱理群教授的著作,我深感同意。这是一位"土法炼钢"的学者。但是你读他的《周作人传》,你读他的任何的其他作品,你知道有这么深的人生阅历,而且有思考和反省的能量的话,一个中国本土的学者一样可以产生非常精致和精彩的批评。这不比海外千篇一律的"进步话语"调教下的"言说"更有传世的意义?所以这一点我个人当然是深感同意的。

其次谈到另外一个提问者的问题:既然我提出批评体系的再批评,我个人是不是也能够有一个自己反省的位置,我怎么样找这样的位置。我不妨来说吧,坦白从宽,在 1970 年代求学的时候,我是深受结构主义的影响的。今天来考考我对结构主义的认识,我可能还倒背如流呢。当时"新批评"的盛况已经过去，取而代之的神话式、原型批评、弗洛伊德、拉冈的心理分析，或是所谓布拉格学派、法国结构主义早期的罗兰·巴尔特，或者早期米歇尔·福柯等等，是我们在洋学堂接受教育时必须操作的一些游戏守则。过了几年之后，我对福柯开始产生更深的兴趣，同时发现了巴赫金。大概1982、1983年吧，我就在海外介绍巴赫金的理论。我也翻译了福柯的《知识的考掘》等作品，所以讲到批评本身的定位，回顾这个所来之路，我的确也是不断地在犹疑，在寻找，在反省。我的立场谈不上一以贯之，但我相信"洞见"和"不见"永远是相辅相成的课题。所以必须意识到自己站在这样一个问题意识的立场，而不强做解人，绝对不强不知以为知。而同时我也希望对我不同意的理论，也有某种的理解，那才能是展开对话的一个开始。在这个意义上，我再次回应陈平原教授今天不断提到的，批评是一个开放的场域。但所谓的对话，它的过程是非常复杂的。这个对话不只是指的我和刘教授还有吴教授的对话，我和我自己的对话可能是最艰难的挑战。在什么意义上能够打破我自己，承认不足的部分，这是批评的一个很重要的守则。但是另外一个方面，我在今天强调所谓"元批评"的重要性同时，也要特别声明，一旦占据批评的位置，并不代表批评者就自然而然地享有一个道德的权威性。在我们现有的文化、文学语境里，自命为批评家理论家的人士往往认为有了"批评"的法宝后，显然就似乎高人一等；不只是学问上，甚至连道德上、政治立场上，都高人一等似的。所以对"批评"这个词，实际上我有某种的敏感。批评或者理论的焦虑，的确是我们需要不断地深入思考的一个问题。

再次讲到抒情传统在现代文学研究中的合法性的问题。这正是我在这一周以及隔一周六次的课程里不断要提出来的,也是对我自己的一个挑战。我可以和各位报告,这个课题我还没有在国外教过,所以这是全新的。我希望就着我的这次经验和大家分享,也提出我个人的一些困惑,希望得到你们的提示。我提出抒情传统和现代性的问题,在某一个意义上是回应了刘东教授开宗明义的一个观察——我们在什么时候能够提出一个自己自觉的以及自为的框架,而以这个框架为傲,来以这个框架为我们和西方汉学界理论对话的开端。我以为对抒情传统的辩证是一个好的切入点。

我再一次强调,我所谓的这个抒情传统包括"发愤以抒情"的传统、"兴观群怨"的传统、"缘情物色"的传统。而在现代的语境里,西方至法国大革命以降的浪漫主义美学也形成了另外一种主要抒情资源。这浪漫主义一方面直指主观唯我的情操,也同时开出革命天启的憧憬。所以谈现代文学的抒情性,只把眼光放在清风明月上是有其局限的。我愿意提供我的看法,作为理论对话的一个界面,目前我仍然并没有一个完整的定论。

回应这个同学的提问,比起上一辈的学者,比如说像刘若愚先生,尤其像高友功和陈世骧先生,他们的那种笃定,认为中国文学的传统就是抒情的传统,坦白说,我没有那么大的信心。我尤其觉得20世纪的文学呢,很难用一个抒情的传统、一个写实的传统或者任何其他的传统来界定。唯其如此,我觉得这才是有意义的问题的焦点。在什么样的情况之下,我能论证出我所谓"抒情"的传统仍然有这几位前辈大师所没有看到过的一些面相,这正是我个人未来必须要努力的部分。至于谈到我的抒情考察是不是和陈平原教授的"史传""诗骚"的看法之间有所对话，我非常感谢这位同学的提醒。当然陈平原教授的立论是在我的研究以及思考的范畴之中，我深深得到他的论述的启发。但是一定要问我在方法上是不是有不同的地方，也许我可以说我对于"诗骚"的部分，或对于我所谓的抒情的部分，更强调语言本身作为一种形式，和它所产生的图像。我所谓图像不仅是形成文本的一个语言构成的样式，它也可能是一个心灵图像的外延显示，或是一种社会群体想象的象征结晶。而这个图像或形式在其他艺术媒介上也可以得到互相参照的印证。为什么我要强调这个形式呢？为什么强调语言呢？我仍然觉得作为一个文学专业的研究者，这是我们的本行。如果我们失去了对语言形式的把握的话，我们还谈什么其他的、更细腻的审美的辩证呢？在这个语言的部分，我也强调语言本身的历史性传承意义和物质性的体现能量，它并不只是个虚无缥缈的东西。经过这样的形式审美的研究，也许我可以提出一些比较不一样的看法。这是为什么在过去的两次课上以及未来的几次，我都希望借着文本的仔细阅读分析，来提供出我们个人对某一个时代、某一个作家他对一种文化、生活、审美形式的执着（的理解）。我恰恰以为，正是因为这种对形式的执着——不论是对语言的形式，或是其他艺术媒介的形式的执着——一代的作家才真正显示出了他们接受自"五四"的强烈的人文主义信念：历史的情境是这样的纷乱，这样的不成章法，有待革命等等剧烈的运动来展现一个新的契机。但是文学的创作者在他们一己的方寸之地，有什么样的方法让他们化不可能为可能，让他们构筑一个自己觉得有意义的生存的或是体悟的空间呢？我以为是从那个形式的创造始：或者是声音，是文字，或者是线条，是彩色，是影像等等。而这个形式的创造不必是象牙塔的创造,更与外在世界形成种种动人心魄的交会。抒情和国族主义的辩证,这是我明天用江文也和胡兰成作为例证所要继续探讨的一个话题。至于抒情和意识形态、个人主义等的关系,这位同学都问到点子上了。的确,在传统的抒情论述里,无论是在高先生还是在陈先生的抒情论述里,这都是无须深入触及的话题。在审美的超越前提下,他们的抒情定义甚至预设了无限推衍出一个只能意会、不能言传的精妙存在。对我而言,也许20世纪这个时间点是另外的一种切入方式。时间陷落,大传统解体之后,我们就很难再完整地承袭陈世骧或者是高友功的抒情观了。这正是我们可以不断地努力的一个未来的过程。

再下来有关费正清、普实克的问题。坦白地讲,在过去的世纪里我们对汉学的研究尽管多元发展,基本上仍是执着于文献学、实证科学与社会科学方面。费正清的风头无人能够企及,所以不论是在政治、财力还是学术的资源上,他所代表的典范意义是毋庸置疑的。相形之下,普实克跟夏志清所捍卫的那个范畴——文学,其实是相当有限的。我必须很诚实地向诸位报告。但是我觉得作为一个文学的专业者不必妄自菲薄。当这些大的经济学家、历史学家,尤其是政治观察家,做出各种言之凿凿的观察,或是想当然耳的解释时,我们可以说——尤其用海登·怀特的"元历史"的观点说——他们也有很多想象的层面,也沿用了很多不同的所谓文学话语的模式,来照应他们对中国的各种各样或正或反或悲或喜的观察。所以文学的存在意义之一,仍然是我们怎么样操作想象的问题。这个想象不再是胡思乱想,而是有各种各样的脉络可循。而文学史的专家已经给我们留下了许许多多的见证。

至于"五四"现代性的抒情方面,还有它的多元的面貌,这是不言自明的。我们不断地强调"众声喧哗"的观点,往往给大家一个误会,以为众声喧哗就是喧哗了,以后天下就太平了。我却认为恰恰相反,承认了众声喧哗的这个问题以后呢,这才是所有的各种沟通的现象——包括最可能与最不可能的沟通——的开始。喧哗之后也许是一场空也不一定。喧哗之后也许该不能沟通的人照样不能沟通,喧哗之后也许产生很多的误会……所以这个抒情的话语一旦提出,也就必须纳入这样一个众声喧哗的语系里面。我们必须承认它的潜力,也必须承认它的局限。在今天这个时间有限的压力下,可能不能够仔细地说明,但是我尊重这样一个看法,也愿意继续地再做这样的一个未来的辩论或者是分梳的工作。

还有最后两个问题。有一位提问者提到抒情主义和浪漫主义的差异,因为李欧梵教授在三十几年以前用"浪漫的一代"来描述"五四"的作家。我想这是极好的问题。今天早上因为时间的压力太大,也没有办法仔细地加以说明。我定义下的浪漫主义呢,是承袭于自法国大革命以后,主要发生在英国、法国、俄国的文学的运动。主要是以诗歌的创作为主,但是也旁及了其他的文类,以及文化实践的过程。在这样的一个浪漫主义的定义之下,不论是华兹华斯,还是拜伦,或者是普希金等等,在一开始都有一个强烈的政治蓝图,一个乌托邦的理想。这些理想因为法国大革命后的变调,还有之后19世纪欧洲资本主义兴起的各样问题,反而产生了逐渐内化的审美过程。换句话说,藏在浪漫主义中的抒情自我其实是有很深的历史、社会渊源的。到了

20世纪的中国,从晚清开始一直到"创造社",西方引进的浪漫主义成为中国启蒙以及革命主体安身立命的一个最重要的文学表征:我是浪漫为我的,也因此我是更启蒙的,我更是具有现代性的意义的,等等。但是我今天在这里用的"抒情"这两个字,就像我在第一次课里面也提到了,我以为不只是陶渊明的田园诗歌式的或李后主伤春悲秋式的写作方式而已。我把这个抒情定义扩大,成为现代文学处理"情"与文字、与世界的表征形式,还有所谓的写作主体与肉体的互动的一个过程。在这么一个广义的定义之下,我认为"五四"所承袭的西方浪漫想象是现当代中国抒情论述里面非常重要的一个面相。我有意反驳过去的论述把"浪漫主义"这四个字呢无限上纲,把抒情呢压缩成一个很小的,一个有关于牧歌式的、民谣式的个人情绪抒发的写作模式。恰恰相反,正是因为回到了中国传统的文论以及美学的一些资源,我们得以再一次地开拓我们对于抒情的想象。现代和传统的交会因此变得复杂起来。事实上,"五四"以及1930年代那一代的文人面对传统人/我、情/志想象,有太多太多的渊源,哪里是因为浪漫主义引进就可以一刀两断的?所以这个抒情传统的现代性是有必要再加以强调的。

面对"有情的历史"这一个观念,我想我已经一再地说明,如果还有不足的地方,明天我会再一次澄清。最后谈到"饥饿"这个问题。在我《三个饥饿的女人》这篇文章里,我虽然用"美学"这个词来说明饥饿的经验,但这并不代表我认为饥饿是美的。这可能是一个美丽的误会。以美学名之,无非就是说我们把饥饿放在一个审美/形式的观照下,去看它在不同的文化和政治社会领域里所产生的象征的、比喻的作用。对于饥饿各个层次的辩证,在早期的共产美学里有非常重要的位置。在我的那篇专论里面,我也的确提到了有许多饥饿的现象是历史的留白,包括1942年的大灾荒、三年自然灾害等。今天我们不能坐在这里纸上谈兵,谈这个饥饿好美啊,这大概不是我的初衷。我希望就着这个饥饿的问题提出传统左翼抒情论述的盲点,而我也提出了它所投射出的"精神食粮",足以倾倒一代的读者以及作者,促使他们"饿其体肤"而仍然无怨无悔。这是我的一些回应。我用的时间已经太多了,谢谢大家的耐心。

陈平原:同学的提问,大都有自己的背景;其他同学不太熟悉,王德威教授也不见得了解,我来做一点小小的补充。最后一个同学问王教授,为什么是《三个饥饿的女人》,她的着重点是,为什么是"女人"。因为,她关注性别研究,所以这么提问题。前面提问题的是祝宇红,她谈"保守主义",不带批评意味;实际上,她对学衡派以降的文化保守主义,有很深的理解与同情。关于"新批评",我同意王德威教授的看法,那就是:精细的解读,不见得就是"新批评"。"新批评"作为一种学界的时尚,已经过去了;但精细的解读,还会留下来。而且,不仅仅是"新批评",别的流派也会有"精细的解读"。前些天我读萨义德的《人文主义与民主批评》,其中有一篇,题目就叫《回到语文学》。大家印象中特别强调政治文化的萨义德,晚年竟写了一篇文章,提倡"回到语文学"。文章批评那些仅据粗浅的阅读,马上跳到"权力结构"之类的宏大叙事,说这样的论文没有意义。作为人文学者,假如我们放弃了对于文字、对于言辞的持之以恒的、终其一生的关注和追问的话,那么,我们的研究是没有前途的。我相信,如此立论,跟萨义德本身是一个"文学教授"有很大的关系。

不管你信的是哪一家哪一派,对于中文系的学生来说,"回到语文学",都是一个值得认真思考的问题。

最后,我补充两点。一是给王德威作证,刚才他自报家门,特别提到了"知识考古学",还有巴赫金,台湾的朋友曾告诉我,"众声喧哗"这个词,是王先生译出来的。现在这个词,在我们这儿也很流行,大家动不动就"众声喧哗"。另外,感谢那位提问的同学,也感谢王德威,你们对于老钱学术路径的肯定,我很高兴。我想补充一点,那就是,人文学研究不仅仅是技术问题,很大程度上是一种生命的投入。有时候,技术上的某些缺陷,问题不是很大,可以忽略不计。自以为掌握了最新武器,就可以无往不胜的,做出来的"活儿",倒不见得很精彩。记得余英时先生在书中提到,原哈佛大学东亚系杨联陞教授很尊重吕思勉、钱穆等老派学者,说他们虽没读过多少西方理论,但他们对历史的理解很深,书也写得很好。我之所以对此感触很深,牵涉到一件学术史上的"逸事"。1990年代初,京城学界人心惶惶,山东大学的孔范今先生请我们几位去玩,顺便聊聊。我记得很清楚,回到旅馆,钱理群、王富仁和我,谈及时代及文化转向,感慨良多。大家都意识到,1980年代的学术,以及我们自己所从事的现代文学研究,面临着大的转型。我们这一代人,到底还能走多远,心里实在没谱。那时候,老钱很真诚,动辄跟人家说,我外文不行,古代文学不行,基础差,思想没体系。王富仁不高兴,说,你别再检讨了,每代人都有自己的缺陷,我们的任务是把自己的长项发挥到极致,这就行了;管你什么新理论,我就把我的路走到底。老钱并非不自信,只是太谦虚了。其实,王富仁说得对,各人的路,自己走;天下没有一条万全的、标准的、非此不可的"学问之路";只要能跟自己的生命体验结合在一起,能最大限度地发挥自己的长处,就是"康庄大道"。日后,老钱和王富仁继续走自己的路,发展得很好,并没被那些新式装备齐全的"后进"所迅速超越。这对我是个很好的启示,做学问,整天"见贤思齐",不见得是好事情。明白自家缺陷,能补则补,不能补也无所谓,关键是尽可能把学问与人生结合在一起。

看来,不仅"外来的和尚会念经",本地的和尚,"经"也念得不错。感谢今天参加讨论的三位教授,更感谢诸位的捧场。谢谢大家。

(初刊《现代中国》第九辑,北京大学出版社,2007年7月,原题《海外中国学的视野——以普实克、夏志清为中心》)

想象中国的方法

时　间:2006 年 11 月 8 日
地　点:北京大学五院(中文系)演讲厅
主持人:陈平原
对话嘉宾:王德威、许子东、陈平原
文字整理:鲍国华、杜新艳

陈平原:今天晚上的讨论现在开始,关于想象中国的方法,以小说史研究为中心的专题讨论会,由王德威教授、许子东教授和我三个人共同讨论,主要涉及小说史研究的视野、方法和特点等等。

关于这个课题,我先稍微做一些介绍,因为今天可能会比较多地涉及小说史研究中国外的研究方法和国内的研究方法的差异。这正是我今天选择这个题目的用意所在。诸位知道中国人写文学史,最早把小说纳入视野,是受外国人的启迪。1904 年林传甲写《中国文学史》的时候是不涉及小说,也不涉及戏曲的。当时的日本学者笹川种郎写的文学史中有小说,有戏曲。林传甲还嘲笑人家说,这么低贱的东西,你也放进文学史来谈。此后,我们逐渐逐渐接受了他们的影响。当 1920 年代的时候——诸位读鲁迅的肯定会知道——在 1921 年,郭希汾也就是郭绍虞先生翻译了盐谷温的《中国小说史略》,在上海出版。陈西滢不知道,听人家说鲁迅的《中国小说史略》是抄的,在《晨报》写文章,引起一场很大的争议。鲁迅恨了他一辈子。说人家是抄袭的,这是特别特别大的侮辱。但是,大概从 1920 年代中期到 1940 年代,中国人接受的外国学者关于小说史研究的意见,基本上是日本学者的意见,包括盐谷温,也包括长泽规矩也等等,主要目的是版本目录资料。因为好多书,包括诸位今天知道的"三言""二拍"啊等等,都是从日本回来的。换句话说,1950 年代以前我们对外国学者的想象就是,他们提供我们没有的、流传在外面的小说版本。1950 年代以后我们没有多少跟国外学者接触的机会。真正有意识地与国外学者进行小说史研究的对话大概是从 1981 年开始。最早是因为鲁迅、《红楼梦》《金瓶梅》。最早的几本介绍国外学者研究中国小说的书籍,是《国外鲁迅研究论集》,还有《金瓶梅》研究、《红楼梦》研究等等。1983 年起,我们才翻译介绍了《中国古典小说研究》《论中国古典小说艺术》等等,都是编的,杂编的。而且说实在的,那些编者都是从台湾的书籍里面转编过来的,不是直接翻译的。1980 年代中后期起,有几个学者开始进入中国。捷克的普实克,苏联的谢曼诺夫,以及后来的苏联的李福清等人逐渐进来。但是 1990 年代以后,我们关注的重点转为欧美。那个时候,1990 年代以后,韩南、夏志清、伊维德、马幼垣、余国藩、米列娜、浦安迪、柳存仁及日本的小南一郎,他们的小说史研究,对中国大陆开始产生影响。最近几年,不仅仅是这一批学者,包括现代文学研究里面的李欧梵先生,尤其是在座的王德威先生,他们的小说史研究影响到大陆的学术界。现在我们再做小说史研究的时候,已经不能够完全闭门来思考,必须面对日本学者、美国学者、欧洲学者和俄国学者他们的研究成果。

我曾经做了一个简要的叙述:小说史研究在20世纪获得了所有文类研究里最大的成绩。比起诗歌、戏剧、散文来说,20世纪中国的文学研究里面成绩最突出的是小说史研究。我记得1950年代胡适之写《口述自传》的时候,特别说了一件事情:把小说史研究做得像经学研究、史学研究,这个努力是从他开始的。换句话说,把小说史研究当作经学、史学那样来经营。当然,后面导致的问题也从那儿出来,那个我不说。我想说的是,我们把小说史研究做一个专门的领域来经营。到今天为止,发表论文,小说史依然是文学研究一个大头儿。可能有几个问题,最简单地是,我们说20世纪中国大学制度的建立对小说史研究起了决定性的影响。我说了一个很好玩的事情,就是讲课的人——这里面大部分人还没有教书的经历——教书的人明白,讲诗歌、讲散文、讲戏剧不是很容易,当然可以讲得很好;但讲小说绝对容易,因为,如果课堂里里外外笑声一片的,十有八九是在讲小说,讲小说容易获得这种效果,讲诗、讲文不见得。换句话说,小说是门槛比较低,大家都容易进入,讲课效果特别好的一个领域。我曾经举了一个例子说,当年俞平伯讲诗词,经常会讲不出来,贴一个布告说,今天没有心得,下课。1930年代的老学生张中行后来回忆说,俞平伯在北大讲词,"帘卷西风,人比黄花瘦",讲完以后闭着眼睛说:"真好!真好!为什么?我也说不出来。"于是,满堂都在叹息:"真好!"(笑声)按照张中行的说法,讲诗讲词就应该这么讲,让你自己进入那个境界以后,你自己去体味。讲小说要这么讲,肯定不行。而且即使讲词这么讲,也有人有意见。我们知道,那个赵俪生也是清华的老学生,说当年听俞平伯讲课,那叫什么课啊,他讲不出来,老说"真好",好在哪儿?你说啊,说不出来。(笑声)但是请大家注意,张中行是国文系,赵俪生是历史系的,历史系的学生一听中文系的教授摇头晃脑说真好,受不了。我想说的其实是,诗词的讲述更多借助于体味,而小说的理解和研究更容易为大家接受和关注。

还有一点,小说史研究到目前为止,是各个领域的学者都可以进入的一个课题。比如文艺理论研究可以拿小说开刀,比较文学学者最喜欢做小说研究;或者做政治学,甚至做法学,就像我们的朱苏力先生,也拿元杂剧啊、小说啊,来开刀。大家很容易从里面做出自己研究的课题。换句话说,小说提供的内涵足以使得专业以外的人也能进入,所以这个领域会显得特别活跃。正因为如此,文学史的研究者在小说研究中能扮演什么样的角色,我们不知道,我们还在探寻。所以,我说这是一个各种新方法、新观念最容易进入的领域,也正因为如此,相对来说比较活跃。但今天面临的问题是,我们面对各种五花八门的小说史研究的角度、方法、观念,作为一个中国学生,你怎样进入。今天我们先请王德威先生,接下来请许子东先生,最后有时间我也讲一下我自己对小说史研究的设想。然后留下比较多的时间给大家提问,因为后面两次的演讲主要是王德威先生讲,星期五、星期六大家没有多少发问的机会,所以有问题的话下面要争取主动表现。好,今天先请王德威先生做一个引言吧。(掌声)

王德威:好,谢谢大家!又一次和大家在晚上一起讨论关于中国文学的各种问题,这是一个很难得的机会,尤其是老朋友许子东教授也一起在这里参与对话。今天很期待在我们的引言之后得到大家不同方面的批评和问题。只有这样的互动,才能促进我们对文学史尤其是小说史的进一步的理解。我想这是一个相当大的题目。陈平原教授特别嘱咐说,我们每个人不要超出太多的时间,以便留出更多的时间给大家提问以及回答。所以,我想就两个方面来说明一下过去这些年我自己对现代中国文学史尤其是小说史方面所付诸的一些研究方式,以及实验的不同的门路。也许有的时候有一些心得,有的时候也有并不是非常成功地进入小说史的方式,提出来供大家参考。

首先我想回应刚才陈平原教授的说明,就是关于文学史,尤其是现代文学史这么一门学科的研究,它其实本身就是一个现代的发明。刚才陈教授也提到了,现代文学史或者广义的文学史研究,它的周期也不过一百多年。时至今日,距离1904年林传甲的初步的所谓文学史的规模,我们其实走得并不是太远。但是我们今天一提到文学史,感觉上这是从开天辟地以来就总是在那里的一个大的文学研究的工程。我们想到的文学史,想到的特别是一个一以贯之的论述,从头到尾从某一个时代的断代点开始,一直延续的逻辑性的、历史进程性的、叙事性的这么一个行为。它基本上是有一个大叙事的基础作为支撑的架构。这个大叙事,通常是包括了对大师的推崇,如果做现代中国文学史,尤其小说史的话,肯定是鲁迅,然后是鲁迅的门人,然后是茅盾、巴金、老舍等等等等。当然,我们通常对经典的研读不遗余力,从《孔乙己》《阿Q正传》等等等等,到《家》《春》《秋》《子夜》,我们在一般的课程上都会接触到。那么,时代,不同的划时代的一个特别精致的定义,从某一个时代嫁接到另一个时代,有这么一个进程性的发展。在种种大叙事的因素下,说实在的,有一个非常强大的国家论述在支撑着。尤其是关于现代文学史,它跟现代国家的想象、跟现代国族的想象有一个密不可分的关系。每一个国家的建立都需要一套叙事来作为回顾过去、瞻望未来的基准点。而特别有意思的是,这个叙事往往是以文学史的方式来作为最后的结晶式的表现。所以,当 Benedict Anderson——我们这里翻译成安德森——《想象的共同体》《想象的本邦》等等,提出他的印刷资本主义作为想象共同体的一个发展的时候,我们从文学史研究的立场,也可以提出来,这个国家的想象和文学的创造、文学的建造是密不可分的。过了一个世纪之后,我们今天只要到书店去看一看,排列在架子上的各种各样的文学史,的确是叹为观止。那么,尤其是在中国大陆这么一个特殊的时间和地点,这么一个语境里边,以我个人的经验,我从来没有看到过这么多各种各样的文学史,这么多细密的划分,在大型的国家文学史上呢,再划分出各种各样的地方的文学史、流派的文学史,乃至于专注于作家本人的创作史,等等。所以这些是我们必须明确意识到的,它的整个文化建构之下的历史因素,尤其是政治理念与意识形态上的一些承担或是负担。

其次,我想谈一下,文学和史这个观念,它本身是有一个非常微妙的互相解构的因素。那么,我们通常在最粗浅的最原始的判断文学史的方法上,忽略了一个问题:当我们谈文学的时候,我们通常想象的是一种虚构的文艺的工作,或是劳动。它的虚构性,永远是我们念兹在兹的一个前提。而相对于文学,我们讲到历史,不管是过去讲历史,还是今天讲历史,历史能够证明一切,我们未来要朝向一个历史的目标迈进,等等,它毕竟是有一个实证性的基础,似乎是在告诉我们,这是一个信而有征的叙事行为的建构。它所有可以参考以及述写的资料,都是在过往的历史时间的流变上,是事实具体地发生过。所以,当我们把"文学史"这三个字,或者是"文学"和"史"这两个词,放在一起合而观之的时候,我们有多少时间意会到文学史之间互相矛盾的一个现象? 我们可以把文学当作一个历史实存的现象,各种各样的经典大师都存在过。我们以史家的观点来排比、来分析、来判断他们的贡献。我们塑造成一个不断有事件发生、消逝、流转、前进,各种各样的方式,这是非常依附于历史,尤其是传统历史论述的一种文学史的做法。而当从另外一个角度看,我们不得不承认,即使是最实在、最贴近现实的历史,当它一旦变成一个叙事行为的时候,它必须纳入虚构的可能性,或者是想象的必然性,总是一个后见之明,总是从已经有的残存的片断的各种各样的证据里面,再去营造一个起承转合的大的论述的过程。在文学和历史的交错之处,文学史诞生了,它提醒着我们历史本身虚构的可能,它也提醒着我们,文学不必总是依附在所谓实证式的社会科学的种种史观之下,成为一种好像总是次一等的历史叙事行为。这两者之间的互动我想可能已经是老生常谈,但是我仍然觉得在这里有再次提出来作为参考的必要。

而当我们把"现代"这个词纳入到"现代文学史"这样一个词汇的思考中,我们也必须警觉到,问题就更为复杂了。当我们谈现代的时候,我们谈的是一个时间在流程上的断裂点,那么这个现代呢,是要相对于过去、相对于传统、相对于未来的,在一个时间陷落的点上,我们意识到所谓前无古人、后无来者的这么一个不可逆转性,以及未必具有前进性的这么一个非常存在主义的时间的点。所以,现代本身必须隐含着对历史的一个批判,也是对历史或历史观、历史感的一种瓦解。当我们谈"现代""文学""史"这三个词的时候,这三者之间的互动已经足够让我们思考大半天了,就是什么样的意义上,我们谈现代文学史,如果现代是这么一个时间进程上的、短暂的稍纵即逝的时间感觉的话,它怎么可能变成一个历史叙事中的要素呢?所以这一点呢,尤其是在 1980 年代以及 1990 年代,当解构主义曾经风靡一时的时候,美国学者 Paul de Man——这里我想翻译成德曼——他对现代时间感的不可依赖性、不可重复以及不可重述性(unrepresentability)这个问题呢,有许多深入的见解。但是我也要提醒大家,当刻意强调现代的现实当下性,还有现代可能会瓦解或者抹消历史这么一个连续或者是叙事的可能的时候,现代也可能变成一个托词、一个伪说。我想大家都知道 Paul de Man 这么一个重要的美国的解构学的专家,在他过世之后我们才发现,原来他在二次世界大战的时候,在比利时曾经有一段很长时间的工作经验,是和 Nazi,是和纳粹德国法西斯的整个宣传活动互通声息。所以很多的人,在后见之明的情况下,觉得原来 de Man 在推动这样一个现代为立足点的文学史观的时候,无非是要抹消他自己也不愿意再去面对的或再去承担的那些过往的、林林总总的历史,要去遮蔽它,要去抹消它。所以,我们在讨论"现代""文学""史"这三个词的时候,必须要特别地在意这三者之间在理念上的互为因果、有的时候互相折冲的或互相解构的这么一种可能性。现代和当代呢,在未来的二十年或三十年之后回过来看,会让我们哑然失笑。我们有怎样大的这么一个自信和自觉,把现代和当代就当作是我们这个时代了。想想看,在公元2050年的时候,大家谈"现代文学史",原来是20世纪的产物,原来是一个历史的东西,原来是历史留下来的,那一块叫它们自己是现代、是当代,这是非常非常自尊自大式的一个对历史的看法。就像19世纪西方的理论家以及小说创作者把他们那个时代叫作现实或写实主义的时代是一样的。时至今日,我们怎么来安顿现实或者写实的位置呢?这一样是在这一类思考下我们必须再一次去面对的问题。

接下来呢,我就要谈到现代小说史的问题,这是我们今天大家共同注意的焦点。我刚才和陈教授也商量了,我们以各自研究的方向作为一个讨论的基础,可能比较落实在我们实际从事的研究方法上,可以让大家作为一个更具体的参考。

我在1990年代初期,写出了一本作品叫作《小说中国》。这本作品用"小说"这两个字来玩弄这个字眼下的不同的含义。我的起始点是认为小说是20世纪无可讳言的最重要的文类。从1902年梁启超告诉我们小说有不可思议的力量:改造社会民心、强身建国,都是用小说包揽了。过了一个世纪之后,显然小说在今天没有那么大的力量,失去了它的威力。而在更进一步的研究过程中,我甚至觉得在梁启超推出这个伟大的新小说的观念的同时,可能每出版或者每推荐一本他心目中的新小说的同时,就有无数部他认为不应该是新小说的小说也同时出现。所以,新小说这么一个乌托邦式的文类的存在本身,也必须要付诸讨论。这种文类的观念总是权宜的、过渡的一种文学史上的划分。那么,小说的形式永远在改变。它的题材,还有参与小说生产的各种各样的模式,总是在变动着。而我在当时做这个小说史的想法,是希望借着这样一个想法、这样一个切入点,让小说和中国,尤其是国家叙事的问题,产生相互对话的可能。所以在这么一个写作文学史的想象里,我认为小说是应该相对于我们长久以来习以为常的"大说",这是黄子平教授过去曾经用调侃式的方法,来说明我们在过去一个世纪述写中国的时候,都是夸夸其谈、不可思议的所谓的雄伟论述、崇高论述等等。我认为,过了一个世纪以后,小说之所以为小说,正是因为它必须认清它自己的位置。小说在一个虚构的立场上,它不必负担所谓国计民生的大责任;小说作为一种虚构,不必和中国的建构发生必然的连锁。但是,反过来却可以说,中国的建构总也离不开一种对虚构的想象。就是你对中国未来的憧憬,对一个乌托邦世界的敷衍和创造,总是需要依赖于一种论述、一种叙事、一种小说式的行为。所以,当我们谈到"虚构"这两个字,它就并不是那么简单的、天外飞来的、无中生有的一种叙事行为。它总是在一个历史脉络里面刺激着我们、挑逗着我们、挑衅着我们在现实以外逃逸出去,在不可能中去创造一个可能。在这个层次上来谈论小说史或者是小说中国的意义,我觉得可能更为有意义。这是我在当时的一个想法。同时我也特别地强调,在1949年之后,因为政治和历史的因素,整个中国文学的发展,其实是变成一个分崩离析的状态。在这里,我想绝大多数同学以及同事们,是基于一个大的中国的传统的立场、一个大陆的中原的立场,来看待文学史的发展。这当然是言之成理而且也无可厚非的一个立场。但是如果我们要对于现代小说的发展和流变有更深刻的思考,对它的各种各样的面向有更全面的观照的话,尤其是1949年以后的小说的发展,在我上次所说的海峡两岸三地、新马,还有欧美的离散的华人社群里边,对虚构叙事,尤其是想象的试验,这个方面,我建议是大家可以再用心或用力的地方。这是一个小说中国的观念。

其次就是早两年,在 1988 年,我在台湾推出另外一部作品叫作《众声喧哗》,当然现在这个词大家已经习以为常。当时我是基于海峡两岸对话的观点,还有现代和当代文学对话的观点,运用巴赫金的观念,来讨论小说所涵育的各种各样声音的可能。我们都知道,巴赫金对于小说的推崇是无以复加的,他把小说和诗歌这两个文类相互对立,认为诗歌是单音的文学创作的行为,而小说则是复调的、各种各样的声音众声喧哗式的创作行为,但是在巴赫金的见解里面,广义的小说叙事这种文类的发展其实可以上溯到希腊罗马,有一个非常长远的传统。当然这种观念有它强大的理论上的吸引力。我想曾经有十来年吧,我们每一个人都必须征引巴赫金,才能够让自己的理论或自己的研究有一个合法性的说法,但是逐渐地我们开始去发现众声喧哗以后不见得就是一片和谐,众生喧哗以后可能还是乱作一团。我想最近台湾的政坛给我们上了很好的一课。众声喧哗有很多时候是相互的误会,有很多时候是各种平行线抛物线互相冲击之后不见得有一个具体的结果。所以,巴赫金的想法也许有他个人的乌托邦的寄托。那么我们在今天,尤其放在中国的语境里面,对于众声喧哗的观念可能有再重新思考的必要。但是无论把小说或者是其他任何一种文类当作是众声喧哗、当作研究的前提,我自己觉得还是非常值得我们重视的。这是我在个人较早的研究工作中所做的提议或建议,也得到了很多不同的反响,有正面的,也有负面的。我也很希望得到大家的提醒,特别是我所忽略的地方或者不足的地方。

下面就是我过去的一两年中，同样把小说史的概念运用到个人的研究上，有一些粗浅的初步的成果。一言以蔽之，我觉得在19、20世纪整个漫长的小说现代化的过程里面，也许在早期我们的工作是利用小说这个文类来祛魅，无论是鲁迅还是他所代表的批判写实主义，是希望把小说作为切入现实人生的一种利器，将各种传统的阴魂不散的鬼魅抛除、驱除开。但是过了一个世纪之后，到了世纪末，我们所从事的工作，尤其是在小说界，可能是招魂的工作，希望在小说述写中夹杂着各种各样的资讯、各种各样的情绪、各种各样的20世纪的生活体验，再次把我们曾经失去或者错过的，各种斑驳的纷乱的现象，放在大的述写的领域里重新去思考。那么在这样一个大的观念之下，我在两年以前有一本英文书，它的题目就像我以前提到的，中文的翻译不见得那么顺当，叫《历史与怪兽》，英文里面它的题目就比较有趣，叫 The Monster That is History，就是"称之为怪兽的历史"，或者"像怪兽一样的历史"等等。我在当时也是因缘际会，就是找到小说叙事与史学叙事的一个关键点，就是远古时代有一种怪兽叫作梼杌。我想这是从事早期文学史学的同学可能有所知的。梼杌是一种四不像的怪兽，人面虎足，毛长二尺，有猪口牙，长得特别可怕。它不断地变异，是一个非常凶猛的东西。这个怪兽在早期的史书里面，包括《左传》和《山海经》这一类的地理书都有提到。这个怪兽却在早期的史学想象里，逐渐演变成坏蛋，一个家族或宗族中的不肖子的代称，就是兽变成了人。这个不可思议的变化的怪物逐渐和我们现实人生中的恶人或者坏人成为同义词了。再过了千百年，到了《孟子》的时候，这个梼杌变成了楚这个地区的史书的代称,梼杌在楚地也成为当地的镇墓兽,就是坟墓中尤其是贵族坟墓的镇墓兽。为什么呢?因为梼杌这种怪兽有预知未来的能力,它预知危险的时候就可以先跑掉。所以这是有多义性的一个词。而这个词到了17世纪被像李清这样的作者拿来当作小说的代名词,就是他的《梼杌列传》《梼杌萃编》等等,有好几本类似这样的作品。所以我深深为这个词汇本身的改变而着迷,我觉得这个词汇本身的变异,从历史的想象、史学撰述的想象变成小说叙事的想象,也许可以作为我们今天在20世纪还要探问的小说所呈现的现代性或怪兽性。这是玩弄英文词汇的做法,就是 modernity 与 monstrosity 这两个词。我们说我们文明了一个世纪,在这样的文明里面有什么样的层次我们仍然需要去面对那样一个残存的怪兽性,在我们的文明中间的不可思议的非常猛烈、非常残暴的那个怪兽性呢?在什么时候我们的历史和历史的再现是可以相互对应的呢?所以在这个意义上,我来讨论20世纪小说怎么去见证历史,尤其历史暴力的一面,"梼杌"这个词所隐含的历史上的恶人、恶事、恶性的总其成的这么一种叙事的方法。在这个大的架构之下,我只把我这本书里面大致的纲要和题目列出来给大家作参考,然后就请大家来讨论。我讨论了鲁迅的砍头的情结和沈从文的砍头的情结。我们都知道鲁迅1906年看了杀头之后他不得不去写作这一桩历史的公案。或者是到了1920、1930年代,沈从文是真正看过砍头的,他当兵的时候看过千百个人头落地的现象,这是一个另外的可能性。但是我猜今天在座的绝大部分来宾不会想到在1930年代,在日据时代台湾山区的雾社曾经有大规模的少数民族——这里我们叫什么,山胞,山地的同胞——我们用一个很文雅的政治正确的词:台湾少数民族。他们在一个庆典活动里面突然发动抗争,砍了上百名日本人的头。这个故事在2000年的时候被台湾作家舞鹤写成一个大的小说叫《余生》,是非常精彩的作品。这在某个意义上,代表了我切入小说史的做法,我希望打破以中原大陆为中心的看待历史的方式,跳跃着,试图不论是用书写的形式、用主题还是用作家本身的迁徙,来看出历史的尤其是小说史的驳杂性。所以我这篇文章里还谈到了1902年连梦青的《邻女语》讲"庚子事变"时大规模的砍头活动。这只是提供给大家作参考。另外我谈到了像"罪与罚"的问题,从晚清的《活地狱》《老残游记》等等这一类的作品来看待对于正义与刑罚的问题,怎么投射到20世纪以革命启蒙论述为基准的正义的论述。我谈到革命加恋爱的问题,我在上次讨论红色抒情的时候,以蒋光慈、瞿秋白为背景的时候也谈到了。我讨论到饥饿和女性的问题,我们在上次也稍微触及了。我也谈到了海峡两岸在1950、1960年代,尽管在政治上是剑拔弩张的,但是在文学实践上居然有非常不可思议的暧昧的相似性,都是用政治机器来促进宣传文学、口号文学的发动,政治跟文学之间的连锁是如何的密切,那真是不可思议,真是"本是同根生"的一个特别奇怪的现象。事实上我以为正是因为我们要开拓小说史研究的视野,这类方法是可以推动的。除此以外像《历史与怪兽》,用不同时代的作品,晚明的、晚清的、民国的作品相互印证。"魂兮归来"的问题,到了世纪末我们怎么样用招魂的论述,来看待一个世纪的小说,从鲁迅到张爱玲,从早期的鬼魅式的论述,包括一些小型的鸳鸯蝴蝶派的作品,一直到余华、苏童等等,这类夹杂着小说所营造出来的虚构性的问题,怎么样来刺激我们对于世纪末的想象。林林总总地,我先提到这里,作为大家的参考,也许作为未来提问的依据。好,谢谢大家!(掌声)

陈平原:下面请许子东先生发言。

许子东:刚才听陈平原说大学制度对小说史研究的影响,我才明白为什么我平常在岭南上课,名为文学史,其实大部分都是在讲小说。诗歌、散文、戏剧都是意思意思,每一次课百分之七十都是小说。

小说史呢,我是从来都没做成过,也不敢做。我一直想做。我跟黄子平在香港申请了一个研究项目,大言不惭的题目叫"二十世纪晚期中文小说研究",他说他那卷是"思潮与现象",我那卷就叫"文本与作品"。哎呀,我这"文本与作品"到现在都没写出来。评审的负责人在这里,真不好意思。什么道理呢,因为我曾经列了十几章的章名,如王蒙啊,张贤亮啊,张承志啊,韩少功啊,史铁生啊,汪曾祺啦,贾平凹啦,余华、莫言等等,可是我没法断后,我没法截断他们,因为我们那个原来的计划是写到1997,可是这些人生命力很旺盛,他们也不管我们评论家多么辛苦。(笑声)单单一个王安忆就已经把我们搞得很苦,我也不知道王德威怎么对付得过来。最近贾平凹又弄一个《秦腔》,看得我们头昏脑涨。我跟黄子平现在就没办法,以前我们还很认真地坐下来谈谈,我们怎么办,最近连我们怎么办这个问题都不考虑了。这个当代小说史怎么做?所以你难怪在新华书店看到这么多的文学史可以出现,那是集体编写的。所以,常常可以看到一个人挂牌,如陈思和算是列车长,后面有很多包厢、通铺、搬运工,很多没有名字的,像王光东这样还算是有名字的。我们在香港的研究生,你连叫他借本书都不大好意思,怎么能让他做苦工呢?所以我对写当代小说史到目前为止一点信心也没有了,越来越没信心了。

我自己做过的勉强跟小说史有关的就是一个关于"文革小说"的研究。弄了几十到一百篇的小说,前后也有二十年的时间跨度。但是我今天其实不想讲这个,因为这个我有书嘛,大家可以看书嘛。陈平原跟我说讲讲书里没写的,想法、动机啊什么的。那我就交代一下我写这个书的想法、动机。(笑声)你们为什么笑,我说得不对吗?(笑声)

最近北大有个硕士生到我们这里来读博士,就最近,他在跟我讨论他的论文要怎么做,用什么方法做。我跟他打了一个比方,比方说文学是一个花园,那你进去怎么做研究呢?简单来说,有这么几种方法。

第一种方法,你按照你的需要去摘花。这个需要有几种,最基本一种的就是凭着兴趣,好看,这朵好看,那朵好看,然后我走出花园的时候,我手里有一束很漂亮的花,不管你送给谁啦。这样的做法其实是现在最多的做法。其实它在研究层次上,跟一般的文学鉴赏者是一样的。但是你打开论文目录,最多的就是论几个基本特征啊,论一个潮流啊,论一个现象啊。文学史论文中有大量的题目都是这样。而这些论呢,论据都是从论点而找来的,看得出他是有几个论点了,他要论几个方向啊,然后他去找几个论据。我跟我的学生说,这是比较不大负责任的一种做法。当然可以这样做,出来一束花很鲜艳,以后这个花园什么样,你搞不清楚。当然如果你凭着印象做、凭着兴趣做,还好一点。最差的是,你是凭着需要做,凭着功利的需要做,比方说今天霍英东要出殡啦,我就看到满花园都是黄花;明天要过情人节啦,满花园都是玫瑰花。大家明白这意思,为了某一种时兴的需要去采集证据,把文学作为一个采花场,这是不应该做的。公开场合我们不会说不应该,因为现在都是学校里的学生,我们没有正确不正确的问题。说实在话,学生不应该这样做。

第二种做法呢,我就跟他举的,以陈平原为例。(笑声)当然我可能歪曲他啦。我说呢,你就在那个花园里面找出一块地方,然后你就把它挖透,多少草,多少木,每个叶子都贴上标签,所有的东西,你都把它翻透。翻透了以后,其他地方有什么花,陈平原的说法是,我还没看到呢,我不负责任的。(笑声)但是,你如果到这个角落来,以后谁来这里,你都得过我这一关。这个功夫很难做,我们都做过。我啦,陈思和啦,王晓明啦,我们开始其实不是挖一块,我们是拆一棵树,弄一个郁达夫啊,弄一个巴金啊,弄一个林语堂,把一棵树上上下下全摸一遍。(笑声)我们呢,弄了一下就累了,熬到硕士学位,大学里混到一职呢,就不做了。我们的很多同行心胸眼界马上就开阔了,一下子从一棵树就跳到全世界了。平原兄呢,比较本分,他挖一块地。刚才讲小说史,一块地有时候还不大对,他有时候还挖一条线,他就沿着他那条线一直走下去,凡在他这条线上的东西,他讲得很清楚,旁边他暂时不看,先这么做下去。平原,要是诬蔑你了,你接下来要纠正。(笑声)

陈平原:没关系,随便你说。(笑声)

许子东:第三种方法呢,我就跟我的学生说,有些人是这样,他跑到这个花园里,你不知道他为什么,他就在东边摘一朵花,西边摘一棵树,那边取一块石头。你开始不明白他要干什么,这些花和石头表面上是没什么关系的。可是,他把它拉起来一讲,哇,你发现可以讲出一个道道,可以有很大的启发。大家说这是谁的做法?(笑声)

王德威:是我吗?(全场大笑)

许子东:我没说,人家笑。我开始很想学这个方法,我觉得这个方法比平原那个方法省力。(笑声)他那边挖得很辛苦。我 1988 年初识王德威教授,在香港大学开会,我当时的论文是讲《血色黄昏》,他的论文是讲原乡神话,讲莫言什么的,把几个不相干的人拉在一起。这是上个世纪的事情。(笑声)真的是上个世纪开的会,记得吧?

王德威:莫言、李永平,是那次吗?

许子东:对,我那个时候还不知道谁是李永平。(笑声)

王德威:沈从文、莫言、李永平,还有一个台湾的作家宋泽莱,对了。

许子东:他就是把几个我没想到可以放在一起的人放在一起,讲出了原乡神话这么一个题目。其实黄子平也是这个样子。但是这个做法呢,我跟我的学生说,看上去简单,其实非常不简单。你要是不对整个花园下面的整个地形有所了解,你随便采几朵的话,跟第一种方法是没区别的;你必须下面摸得非常熟,到处都知道,哪里有虫,你才可以跳出来看到。表面上看起来是随便采,其实是福柯的方法,他找几个点引出一条线,这个需要过人的阅读量。他的阅读量不要说我,陈平原也佩服。我记得多年前我们在台北开会就私下议论,说王德威哪有那么多时间看这么多书。他台湾的小说看得多,大陆没一个看台湾小说看得像他那么多,可是他看大陆的小说也比我们看得多。总而言之，我跟你讲，这个不是随便好采的。

我其实在想写"文革"小说的时候，这几种写法我都想过，后来我都放弃了。(笑声)挖一片地、挖一个"文革"小说，我数了数，有三千部作品，你怎么论，怎么写？你要跳出来找几个代表作品，怎么找法？不行。所以后来我想了一个方法，我的方法是什么呢？我基本上是折中的，我的方法是请另外一个人到花园里，以他的标准到花园里去选一部分花，然后我来评论这些花。大家明白我的意思没有？我借鉴普罗普的方法，普罗普他搞一百部神话，那一百部神话是别人选的，不是他选的，这是非常非常重要的事情。那是人家俄罗斯人做了多年研究，弄出来一百部童话，然后他从这一百部童话里面，总结出什么三十一个功能啊，多少人物啊，搞出那么大一套规则。而这套规则，后来我的学生把它拿来套金庸，全部套得进去，一模一样。你假如拿来套中国的革命历史小说也套得进去。所以我把"文革"小说也这样改造了一下。怎么说，这有点像我切饼你来挑，或者你切饼我来挑，有点像民主的三权分立啊，你立法，我执行。材料你找，我来评论，材料的来源我不负责任啦，这样我的评论才有价值。我举个例子，我在五十部作品里发现一个现象，十几部都写自杀。可是呢，我再一分析发现——你知道"文革"小说主人公要么是知识分子，要么是官员，也有一些造反派或者农民——结果，我一查，妙得很，十几个自杀的主人公全都是知识分子，没有一个做官的。你看，这个是很有趣的现象，对不对？这个现象你可以讨论出很多东西。因为革命干部嘛，他们的信仰比较高嘛，再苦再苦他们也不自杀嘛，对不对？他们眼光要看得远。王蒙小说的主人公不会自杀的，只有傅雷这种人才会自杀，知识分子呢,眼光短浅嘛,骨头硬嘛,嘣,倒下了。但是我提出这个看法,它的前提是,这些材料不是我选的。假如是我选的话,我这个研究一点也没有价值,因为我很容易找一些对我有利的证据。

再说一个例子,我分析那些小说里面的男女相救。你知道"文革"小说通常讲落难了以后,男的由女的救,女的由男的救。我发现男的落难了,女的来救他的,这些女的,要么文化水平比他低一点点,要么文化水平比他低很多。干部呢,就找文化水平比他低一点,还能沟通的。王蒙这样的,他就找医生,乡村女医生啊,等等之类的;张贤亮就找美国饭店,风尘女子。总而言之,没有一个人找了一个文化层次比他高的女性来救他的。但是反过来,所有女主人公落难了,救她的那个男的,不管在任何人的小说里,他的文化水平一定高于这个女的。《芙蓉镇》里边的姜文,《人啊,人!》里边那个男的……(笑声)想不出名字了,对不起。总而言之,无一例外,没有一个女的落难后,是找一个比她文化层次低的。偶然有一个例外,就是遇罗锦的《一个冬天的童话》,不过到了《春天的童话》里,她就把他离掉了。(笑声)而进一步的发展是,所有女的被救的时候,男的都是跟她讲思想,交流看法;而男的被救的时候,女的就是给他吃馍馍(笑声),或者米豆腐,不是马上上床的,通常都是吃东西先。(笑声)再有有意思的是所有以女主人公为主的叙事,男的来救的时候,到了小说结尾那个男的还在,就是说他们在一起了,患难之间的真情后来谱出了很经典的爱情,像现在选出来的十大经典爱情那种。而凡是男主人公为主的叙事作品,女的来救了,等到最后男的平反了,好了以后,那些女的最后全部自动 disappear。(笑声)通常是,像马缨花最后就找不到了;王蒙《蝴蝶》中男的走回到乡下找到他那个女医生说，跟我到北京去，那女的说，我为什么要跟你到北京去啊，你为什么不能跟我继续在乡下，那个女的就不走了。你想想看，男的得救了以后女的都 disappear 了，从这个现象，可以有很多的论证，女性主义的角度啊，中国人的集体无意识啊，大众的梦啊等等。但是关键点是这个材料不是我选的，假如我是从我的观点出发来找一些论证的话，我自己觉得我的研究也讲得过去，但是不是很 strong。而问题是我当时的材料根据是历年的得奖、受争议、销量最大，也就是说它是根据另外一个标准出来的，所以我相信你越好地确定你的研究范围，多加了限制，得出的一些结论可能就越有意义、越有启发。我自己还有一个叫我自己感到更惊讶的结论，是我在写那书之前完全没有想到的。因为这个小说里面通常都有工人、农民、干部、知识分子、造反派、"右派"等等，有各种各样的人物。我以为主人公是知识分子、干部、工人、农民，他一定是受害者，那一定就有人害他，这个时候造反派、红卫兵多数都是不好的。可是我后来把所有这些小说阅读下来，发现只要小说主人公是红卫兵或造反派的，那红卫兵、造反派就是好的。换句话说，所有 1980 年代中国以小说形式来记忆"文革"的这么一种东西，叙事者从来都没有怀疑自己的主场优势。这个看法我还是建立在这些材料的基础上。每一个都值得做，我是做得不够啦。很多人说我很闷，比如刘绍铭看完了，跟我说，许子东啊，这样的书一辈子不写一本不行啊，再多写一本也太多了。（笑声）也有人说我的标题很闷。我自己也很想再写下去，比如王小波啊，很多人都有更新的论述出来。而且我发现很多东西，我只是提到，没有好好地挖下去。我讲的方法就是这种方法，就是既没有能力把一块地彻底翻过来,也没有能力在了然全局的情况下点划几块。那我的方法就是请人帮我,比方说拜托啦,把里面紫色的花,全部拿出来,我就来做一番这样的分析,这就是我的方法。大概不是很好的小说史研究的方法,但是还了我的一个夙愿。我的一个什么夙愿呢?我可以跟大家交代一下,就是我为什么老盯着"文革"小说不放呢?我的老师钱谷融教授,在我刚读书的时候就跟我讲过一句话,就是写东西可以不写就不写,什么样的情况一定写呢,生活中有些事情、有些感觉你怎么也忘不了,那你就把它写出来。我有什么事情生活中怎么也忘不了呢?在1966年有一天,我的家里第三次被抄家,那是半夜,北京来的红卫兵,全家抄遍了,找不到我父亲。我父亲呢?我的成绩跟王德威没法比,可是我的父亲却和王德威的父亲一样是国大代表,我们有点相似,只是他那个国大代表早早地离开了,我父亲1949年后留在了上海。他觉得世界上没有一个政权会比国民党更腐败了。(笑声)翻了半个小时后,才知道我父亲穿着睡衣,从水管爬到楼下的一个花园里,躲在那里。那时候我父亲七十岁。后来被抓出来了,然后在那里批斗。我还记得那个北京红卫兵,十几岁,就问我很多问题,多大啊等等。最后他用很灿烂的笑脸——他长得很漂亮——跟我说:许子东,你是有希望的,你是可以教育好的子女,你还没有受污染。当时听完这个话以后,我心里很高兴,我一点都不恨北京红卫兵,我到现在还记得,我那个时候一点都不恨他。只是,后来我看到我父亲穿着白的棉毛裤站在那里,我心里很难过,我不知道我为什么难过。这件事情就给我极深极深的印象,到现在我半辈子多都过去了,还没有忘掉它。而我看过了那么多的小说,还没有写到过这么一个东西,所以我觉得有一个夙愿没有完成。我自己想写,但是他们说我缺乏形象思维。(笑声)后来我就想我写不好,我就看看人家写得怎么样。所以,这就是我要交代的我的"伪小说史"研究的动机。谢谢大家。(掌声)

陈平原:许子东说他的小说史越写越没有信心,我觉得一个例证就是我们自己。我们从1980年代,我和严家炎老师、钱理群老师、吴福辉、黄子平、洪子诚先生,六个人合作写《二十世纪中国小说史》,1989年第一卷出版,2006年第二卷还没出版。(笑声)我不知道什么时候能写完。但是不管怎么说,在写作中,除了我们个人性格很强,主体性很强,所以很难做成像许子东所嘲笑的那样,有一个人挂头儿,负责管理,我们做不到这一点,每个人都有很强的主体性,合在一起的时候,那套书是很难写很难写的。

我只能讲我自己的小说史研究的一些体会。诸位肯定会注意到一个事情,就是作为"新红学"的创始人,胡适曾经说了一点,他读了很多遍《水浒传》,都没读完,读了以后中间就岔开去了。然后,甚至晚年还说他研究了一辈子《红楼梦》,发现《红楼梦》还不如《老残游记》。为什么?人家老嘲笑他没有感觉,后来胡适非常愤怒,在1950年代给朋友写了一封信,他说他们不明白我是做文学史的,我不是做文学研究的。在他看来,文学评论或者文学研究,和文学史是两种不同类型的研究思路。文学史研究会强调演进、注重实证,文学研究会注重强调片段,强调品味、感觉。而我想说,有没有可能把注重感觉的那种审美的批评和注重实证的那种历史的叙述结合在一起?这起码是早年我做小说史一开始的宏伟的志愿,想这么来做。在具体操作中,有几个设想,有的做到了,有的没做到。有一个做到的是,诸位如果念我们这个专业,都会知道我的博士论文《中国小说叙事模式的转变》,那个书出了以后到现在为止,我还不断被人家问一个问题:你为什么不接着往下做?因为很多人说,小说叙述模式的转变做得不错,为什么不做1930年代、1950年代,为什么不做明代的叙事模式、唐代的叙事模式,为什么你跑了?就做完那个以后,我没有再做叙事模式。我说有几个原因,其中一个原因,我发现叙事学,不足以完成我所设想的小说的研究,叙事学在一个很完整的很好看的体系里面掩盖了很多东西。小说的写作不仅仅是叙事,当然从叙事学角度,我说叙事时间、叙事角度、叙事结构啊,以及各种各样的关于叙事的理论进来以后,我能判断在叙事学上非常完整的小说,但我知道它不是好小说,而有些好小说我没办法用叙事学来解说它。所以做完以后我才说作为转变时期的论述,我理解传统小说向现代小说转变过程中形式的因素很重要,叙事的因素很重要,我抓住这个来做就行了。叙事学只帮助我完成了描述传统小说向现代小说过渡的那个过程,如果我纯粹来做叙事学的研究,又要研究《红楼梦》,又要研究《金瓶梅》,再来研究鲁迅和莫言、贾平凹,我相信我的小说史研究会做得特别乏味,所以我觉得不够。所以你们会注意到我第二本认真做的其实是一个类型的研究,就是《千古文人侠客梦》。《千古文人侠客梦》其实想建立一个模式,就是类型研究中的形式层面和文化层面,或者说内容层面,二者如何交叉。换句话说,我假定每一种形式背后必定有它相适应的内容,所以我会把武侠小说类型的写作分解成若干种功能,功能和形式之间的对应,以及后面的文化层次的解读:比如仗剑行侠,我讲武器;

比如浪迹江湖,我说行旅、启悟等等。就每一个问题都力图兼及叙事的因素、形式的因素和背后的文化因素。做完类型研究之后,第三步我做得比较多的是文体。小说的文体和散文的、诗的,它们之间的差异,像这个问题,我一直在做,还没有做完,但陆陆续续在做,把叙事学的、文体学的、类型学的三者合在一起来解读我所理解的小说。这是我想做的努力,做了若干部书,但现在还没有很好地解决这个问题。

第二个我一直在努力的是打通古今。我进来的时候因为一个特别的状态,我的导师王瑶先生,他早年做的是中古,就是跟着朱自清做中古文学,1950年代以后转为现代文学,我跟他念书的时候,很大程度我们是在谈中古,因为现代文学我自己写作就差不多,所以我跟他讨论得比较多的是阮籍啊、嵇康啊、陶渊明啊。他晚年喜欢谈这些问题。也许在我的师兄弟里面,我是比较多地兼及古代的,所以我选的题目讲晚清也是这个原因。把晚清作为一个桥梁,把古代中国和现代中国先沟通,以后的研究你会发现我写中国小说史,是从先秦讲下来的,一直讲到当代,力图假定中国小说并不是截然分别的两段。古代小说和现代小说之间有很多回应,有很多回声。比如谈金庸,你不谈唐传奇不行;谈《红楼梦》,你不知道今天一大堆对《红楼梦》之谜的重新述写啊、反写啊,也不行。其实,中国小说中间有一个变化确实是西方小说对中国小说有所影响,小说史的研究,博士阶段也许可以做一个点,但是作为一个长期的研究计划的话,我觉得小说史研究确实应该古今贯通。像王德威现在做的那个桲机,其实也是力图把从古到今的中国小说重新理一遍。以前我们假定"五四"以后我们受西方小说影响产生了决定性的变化,对这些论述坚信不疑,后来我们越来越发现其实晚清小说的变化,晚清小说跟此前的章回小说,章回小说再跟以前的传奇、笔记的关系,越来越意识到也许中国小说不见得非把它打成两段不可。作为具体的研究课题,你可以做唐传奇,你可以做明话本,你可以做"五四",这都没问题。但是观念中必须意识到小说这个文类它是自古到今一直存在的,它有各种变异,唐传奇是一回事,明清小说是一回事,或者文言的白话的等等,有一大堆变异,但总的来说,假如研究小说的人,只管古代不管现代,只管现代不管古代,都是一个遗憾。这是我力图做的,就是把古今之间的小说打通。

第三个想法是,不知道诸位有没有读过我那本书,题目叫《中国散文小说史》。当年,他们做课题,其实是"中华文化通志"这个项目要做的。我当时承接这个项目时提了两个要求:第一,允许我从古代写到现代,别人都写到辛亥革命,就我要写到现代,就是我刚才那个思路,小说不是能够抽刀断水的。第二,允许我把两个文体放在一起讲,就是散文、小说里面的笔记,在我看来是理解中国小说的关键,也是理解中国散文的关键。诸位知道笔记可以是小说也可以是散文,这是一个很特殊的文类。在西方文学史上不必要考虑这个问题,但在中国文学史上必须考虑一个问题,有一种介于小说和散文之间的特殊文类,使得它们之间得以沟通对话等等。所以,我要写的话,允许我把小说、散文一起写,然后用散文来看小说,用小说来看散文,这样来讨论问题。在 1980 年代的时候,我们有好多先生提出一个问题:中国小说不是从史诗流传下来的,是从历史写作里面出来的。我们以前过多地考虑神话,我觉得是不对的。神话是母题,而叙事方式是史书,从《左传》、从《史记》这么下来,影响我们的小说,所以在晚清的时候还一直在说,我们的小说写得好,我们是史迁笔法,包括林纾的翻译都是史迁笔法。司马迁的历史写作后来影响了散文,也影响了小说。中国人的叙事能力是从历史著作中学得的,所以我会将散文、小说两个文类放在一起讨论。我还会提醒诸位,可以把小说、戏剧两个文类放在一起讨论,强调它的叙事性,可以把小说、叙事诗和说唱等等放在一起来讨论,就是弹词啊,这些东西放在一起讨论。换句话来说,也许我们必须打破那种把小说当作单个的文类,而意识到中国的叙事的特殊性,叙事可以在叙事诗,可以在说唱,可以在戏剧等等里面得以体现。这样来理解小说,小说的观念会更加宏大,以后来做研究会更加有趣吧,然后才能够实现像许子东所描述的那样左右逢源、上下其手。

然后我给许子东做一个小小的补正,我觉得他对王德威的描述不是很准确。写单篇的文章,确实可以是抽样的办法,一个世纪中的,一个世纪末的,一个马来西亚的,写文章可以这么做。但是,你看他的《被压抑的现代性》,也是一个小说史的写法。其实还有一个问题,写单篇的论文和写专著是两回事。写专著的话,相对来说,在这个特定的范围内,不管你这个范围多大,你都必须扎足寨打硬仗,在这个范围内我必须解决,只不过因为你的理论框架的设定使得你的侧重面可以不一样。假如写文章,我以问题为中心,确实可以纵横驰骋,那样的话会更加自由。当然还有一个问题,上了几次课后,同学们就跟我说,确实国外学者的研究跟国内学者的有差异,包括他要面对的读者,那个是非汉语的研究者,他不能像我们这样的写法;还有他要面对的学生,他也不能像我们这样要求学生们阅读特别多的著作。所以,其实我们各自所处的语境、面对的学生使得我们的研究稍微有点差异。我想这样来说,可能更合适一点。

最后补充一个材料,说到"小说"和"大说",我给你提一个小小的补正。1914年,当时的《小说月报》的编辑恽铁樵就写了一篇文章,就说现在完蛋了,自从梁启超提倡"小说界革命"以后,"小说"变成"大说"了,我们没办法用轻松愉快的姿态来写小说,我们把小说当"大说"来写。这也许是后来的词义发展的一个先声吧。好了,谢谢!(掌声)

林分份:我想问王德威老师的问题是跟您的那本《历史与怪兽》有关的,也是和您研究过程中经常使用的一个词——"吊诡"有关的。我注意到您在《历史与怪兽》这本著作以及同名的论文中指出,作为辛亥烈士后代的国民革命军人小说家姜贵,他在《新梼杌传》也就是《旋风》这部小说中,所要追怀的历史正统其实在理论上正是他与他的父辈所要勠力革除的对象。您的研究指出,姜贵的写作中存在着这一悖论性,用您的话语方式讲也就是"吊诡"。但根据您以前运用福柯理论对鲁迅的"砍头情结"的分析,我以为姜贵的小说中对于共产运动的批判与他潜意识中对共产理论家的乌托邦叙事的过分期待和认同本身也形成了一种"吊诡"。我觉得这是您的论文中所不曾挑明的。这就提醒我思考这样一个问题,就是在这篇论文中,当您和小说家姜贵站在比较相同的立场上,用"共产革命与历史怪兽的生产"这样一个思路来论述和想象1920年代到1940年代中国现代性这个问题的时候,其中自觉的批判和潜在的认同是否也已经暗含着一种"吊诡"?希望您能稍微解释一下。谢谢。

王德威:"吊诡"或是悖论这个问题,在《历史与怪兽》这本书里,的确是我不断思考、不断辨正的一个对象。姜贵的问题是很复杂的,我想任何读过我那篇文章的读者都应该知道。1930年代他是国民党的一个军人。1940年代及抗战以后,他退伍之后经商失败。这里还可以加入一个插曲,他和女作家苏青有过一段恋史,这是很有趣的一段公案。到台湾之后,他真的是非常落魄。他的小说写出来之后,并不能够得到当时国民党宣传机构的青睐。因为这是一部"政治不正确"的反共小说。这里边有无限层次的悖论值得我们去讨论。你直截了当地问我对当时整个共产革命的批判性,这是一个一针见血的问题。在1940年代跨越1950年代这个阶段,我当然对革命本身的所谓实践方式有很多不认同的地方。同时我们也必须注意到,姜贵在写作"梼杌"的时候,这个怪兽指证的是当时很多地方的惊人的暴行。但是同时我们要理解,在《旋风》这样的小说里,即使是国民党所谓的正面人物,如何也被他丑化,被他完全当作一个跳梁小丑式的对象来描写。在这个意义上,姜贵的史观毋宁是更为悲观的。对他而言,当时种种激烈的政治对抗,无非他的现代体验的怪兽性的一个表现,这里就不分左右了。也正是因为如此,我觉得姜贵对历史的宏观看法,超过了当时知识分子——无论是左或右的——对历史正义和理性的辩论。在这个意义上,"怪兽性"这个词,与其把它附会到某一个政党上,还不如把它看作是一个20世纪中国人在追求现代性经验的合理合法性的进程中所不断遭遇的各种各样的挑战,所不断面临的时而可笑、时而可叹的经验。这本书的台湾版中,我在封底做了这样一个描述:我认为以历史的民主进步为名的这样一个大构想,带给我们多么大的震撼,时至今日,我们仍然能深切地感受到。立刻就有热心的读者来问,你讲的"历史进步性",是不是民进党?是不是民进党也是"梼杌"的一部分?这让我无言以对,请大家自行对号入座。

陆胤:王老师您好!我的问题主要是针对您的晚清小说史的研究。我注意到您的小说史研究从1980年代开始,其实是从小说类型角度进入的,都是针对鲁迅的,比如"谴责小说""狭邪小说"等。在您的《被压抑的现代性》那本书中,虽然您说您主要关注的问题不是文类研究,但是它的结构仍然是以四个文类作为主要框架的。那么您是如何评价作为文学史家、小说史家的鲁迅的研究在当时及现在的意义?与此相关的是,您在现代文学研究中似乎一直把鲁迅作为一个阴影,或者是作为一个需要去克服的对象。比如您把他总结为写实主义传统的代言人,而并不是像普实克、夏济安那样把鲁迅看作是抒情作家。那么您是否有这样一个倾向,把鲁迅看成是一个需要克服的障碍,而不是一个我们今天讨论的抒情传统所能包括进去的对象?谢谢。

王德威:这是一个非常精彩的问题!首先我对鲁迅的《中国小说史略》非常敬佩,而且我在书里一再说明,作为一个世纪末的文学史研究者,我不再去积极追求那种超越、那种以革命的方式把前人的理论全部推翻,我不再去追求那种自我表现式的、英雄式的史观。相对地,我觉得鲁迅的见解非常精彩。事实上我所碰触的四个类型,有三个都是在鲁迅影响下做进一步的延伸,做更细腻的辨正,如此而已。当然对于科幻小说,我有自己的见解。在这一点上,鲁迅对我的影响非常大。但是对于类型,与其说是传统定义下的文类,不如像刚才陈教授所提到的,把它当作是一个文化论述模式的虚构的表征。我觉得"文类"这个词已经被污名化了。有时我们很呆板地把它当作一个文类。比如武侠小说,我把它加以延伸,把武侠与正义、律法等问题相联系,当作转型期间的一种知识体系的想象的表达方式,这是我特别想要完成的工作。我在书中反复强调,每一个所谓的类型,其实是和我所关注的20世纪的大型论述——不论是知识、正义、欲望,还是价值等等——相互连锁的。在这样的眼光下看待这些类型,我们的收获会更多。我的"鲁迅情结"或没有"鲁迅情结"是一个很有趣的问题。我们都知道李欧梵教授对鲁迅有非常精深的研究,他把鲁迅从神坛请下来,变成人,这是美国鲁迅学研究的一个大的转捩点,时间是在1987年。在此之后,我一直有一个想法:我们必须承认,20世纪文学如果是一个多彩多姿的表现的话,鲁迅当然是一个不可忽视的巨人;但是他不必被我们当成是一个开头的"big man",一开始简直是惊天动地,从那以后,我们的中国文学史就是走下坡的,我们所有的研究,所有的历史看法,都是回声,都是鲁迅大师的回声,我觉得这大概也不必吧?这是我的一个看法。但是没有人在今天仍然能够运用20世纪初期的那种大叙述,刻意地去提出一种推翻式的论述。我觉得不必,也没有可能。所以鲁迅的抒情面向,我在讲课的第一讲已经特别标明了,他是讨论抒情性的一个很重要的源头。正是因为我们大家对鲁迅的认知已经如此的根深蒂固,在那一天我就没有刻意地发挥,也没有在后来的专题讨论和演讲里继续发挥。回应你的问题,我就要询问自己:我是不是在这样的"情结"下也刻意地遮掩了鲁迅的重要性呢?这中间和鲁迅的"搏斗"是一个不可说的问题。我为什么每次必须要把沈从文抬出来呢?(笑声)这里面的问题大家自己去体会。

鲍国华:三位老师好!我想请教王德威老师的问题是和您那篇"砍头"的论文有关的。我有一点质疑,就是您对鲁迅"砍头情结"的论述。无论1906年的幻灯片事件属实,还是出于鲁迅的想象,我的感觉是鲁迅后来通过各种文类重构这一"事实"的时候,他似乎更关注"看"的行为,而不是"砍头"本身。那么,把鲁迅与沈从文等作家纳入所谓"砍头"的谱系之中,是否合理?谢谢。

王德威:关于"砍头"和"看"的问题我想毋庸置疑。我在好几篇文章里都提到鲁迅观看的位置,他是一个中国人在日本留学,"看"日本学生"看"幻灯片里面的人,"看"那个砍头的现象。这一连串的"看"的问题所延伸出来的那种创伤,是很耐人寻味的。因为鲁迅并不是从第一手材料接触到创伤的场面。这个"看"的问题,尤其是在今天我们如此关注视觉研究的情况之下,特别值得提出来。而且还有一点是,这张可疑的幻灯片到底存在不存在的问题。这已经辩论了几十年了。尤其是在这一层次上,"看"就是一个更有趣的在虚实之间交错的现象。如果你对这个问题有兴趣的话,我推荐周蕾教授的一本书,叫作 *Primitive Passion*,《原初的激情》。这本书在台湾有翻译版,我不知道在大陆是不是已有翻译版。它开宗明义就是讲观看,怎样从1906年的那场观看的仪式、血腥的仪式开始的。对于你的问题我非常感谢。

彭春凌:我想请教王老师的问题,就是对"历史"这一概念的表述,在您的论文和专著中好像有一些差异性。一方面,"历史与怪兽""历史的暴力",好像历史是与个人相对的外在化的一个范畴。另一方面,您在《被压抑的现代性》里又说,小说是呈现20世纪现代中国人精神状态的一种物质载体,如果这种精神状态也是一种历史的话,那么这个历史是不是一种内在化的东西?在您这两种阐释之中是否存在差异性?怎样看待这种差异性?谢谢。

王德威:历史是一个太大太大的话题。尤其是在这样一个语境里,历史所展现的不言自明的具有目的论和始终论倾向的大规模的宏观的历史观问题,恰恰是我们在做历史研究,尤其文学史研究时要去面对以至去克服的问题。我在今天一开始就讲到了文学与历史的错综的辩证关系。我的意思当然是把历史当作一种文化的行为,不把它当作一个天经地义的、亘古以来我们就得去遵从的唯一路向,尤其是以粗黑的大字不断号召出来的历史观,我觉得大可不必。在人类的文化情境里——这个情境是可以不断改变的——我们回顾过往,还有投向未来的憧憬的时候,用叙事的行为所编织出来的一个起承转合的论述,这是我所谓的历史的脉络。这个历史的叙事不见得就是小说。当然我今天特别把小说的叙事行为标明出来,我认为在20世纪历史不足的地方,可以由小说来填补。但是回到一个更大的规模里,历史观念不见得就是用小说这样一种叙事行为承载。在我们今天的视觉媒体里面,甚至一出连续剧,或者我们内心对过去和未来想象出来的一个有意义的叙事模式,都是我们进入历史的不同的门径。所以不需要把历史变成一个不可抗争的雄伟的东西,而是我们在任何文明里不断去辨正、不断去思考的一个看待过去和未来的行为。谢谢。

谢　俊：我想请教许老师的是刚才提到的"文革"文学的写作，特别是红卫兵形象的问题。这里有我个人的经验。我读了几篇小说，包括郑义的《枫》《重逢》，还有冯骥才的《铺花的歧路》，这三篇小说中的红卫兵形象并不像您所说的是一个完全的好人或坏人，而有很丰富的内涵。这几篇小说在当时也比较流行。不知道您有没有把它们列入您的考察范围中？我在想一个问题，就是您这样的研究方法，如果碰到一些意外的材料，您会怎样处理？

许子东：你提到的三篇小说在我的书里都有讨论。我不是讲好人坏人，这一类的作品不涉及好人坏人。我分析的"文革"小说里只有一类是有好人坏人的，就是像古华的《芙蓉镇》、戴厚英的《人啊，人！》之类作品。套用王德威教授的说法，他们想象"文革"的方式，是把"文革"看成少数坏人害了多数好人。一旦有坏人了，事情就好办了。因为坏人的出现，可以帮助我们人民大众消除心中对于"文革"的犯罪感。"文革"当中谁没有被人整过，谁没有整过人？有几个人能够说没有整过人？所以"文革"结束后有几个人被送上祭坛，这是非常重要的。这起到了"为了忘却而去记忆"的功能。另外一类关于知识分子、干部之类的作品，就已经不讲好人坏人了，它讲的是坏事怎么变成了好事。就像王蒙作品中一些干部曾经做过坏事，在"文革"中也受到惩罚，但他反省过来了，从此得到大彻大悟。还有一类是像张贤亮那种描写，是所谓"天将降大任于斯人也，必先苦其心志……"经历了坏事，但最后变成好事，走进大会堂，就感谢当初的马缨花等等。你刚才提到的几个作品基本上属于红卫兵、知青叙述。他们的作品里没有价值判断，没有好人坏人这个概念,整个主题就是一个:我们,或者我,做了很多错事,但我决不忏悔,反反复复地强调决不忏悔。这些作品艺术上有高下。平原兄刚才讲得很重要,这种叙述方法的研究有一个很大的不足,就是把艺术质量很不一样的作品放在一起来讨论。用这样一个讨论方法你就会发现他们的共同点:他反反复复强调我做了那么多错的事情,但是我不忏悔。我隐隐地觉得,老是说"我不忏悔,我不忏悔",是否也是一种变形的忏悔形式。(笑声)因为到今天,二三十年过去了,"文革"到今天的时间,差不多等于"五四"新文化运动到1949年,整体上讲现代文学的时间,就是"文革"到现在的时间。可能今天你去火车站,去飞机场,还可以看到这样一类的书,像红卫兵、忏悔、毛泽东、林彪坠机等等,是几十年不消退的,它一直存在。所以我觉得坐飞机的这些人一直有一个忏悔的需要。(笑声)通过这个东西,每次想想当年我曾经怎样。对于这个问题,当然可以有很多不同的角度切入,比如心理分析、文化人类学等等。我只是关注这个现象。另外你提到关于意外材料怎样处理的问题。其实我在阅读时最希望碰到意外材料,我最希望碰到的一类作品是我解释不了的,然后我试图去解释。比方说有很多关于"右派神话"的作品,但突然出现了一部王安忆的《叔叔的故事》,把"右派神话"解构得非常厉害,我很高兴。有很多关于女性主义的创作,突然来了一部《玫瑰门》,又可以用女性主义来读,又不能这样读。这些解释不了的作品,恰恰是最有挑战性的。陈平原教授刚才讲,中西方研究有一个不同。我自己的体会是,中国的文学研究是从问题出发、从现象出发的。研究的初始动机就是说:怎么啦?这是怎么回事啊?为什么这样啊?我们要怎么来解决这个问题啊?而我理解的海外很多学者的研究,主要是从方法出发的。就是说我有一套理论,我用这个理论来检验很多不同的现象,然后我得出一个和原来的解释稍稍有点不同的结论。我可以用巴赫金来解释某一个问题,我可以用福柯来解释中国"毛语汇"的问题等等,我可以证明这理论的有用,进而得出对原来现象解读的新的看法,那就非常有收获了。我在做这个尝试的时候想,有时候,我们除了证明这个理论有用,甚至提出新看法,也反过来看这个理论本身。有时候这把刀碰到某一块石头就卷了,这也许是最需要我们花工夫停下来的时候。比如用叙事学的理论来检验某些作品的时候,最有趣味的时候就是解不通的时候。这也是做学问有意思的地方。(掌声)

邓函彬:刚才几位老师谈到小说史的问题。就像王德威老师所说,"文学"和"史"两个词放在一起,有的时候是有矛盾的。就它的偏重而言,好像更偏重"史"的一面;而艺术史的偏重点则是在"艺术"方面。为什么我们的研究会出现这样的情况?文学史研究会不会和艺术史一样偏重艺术方面的著作,比如偏重小说,从艺术的角度去考察小说的演变,而不是从文化层面?为什么现在没有?以后会不会出现?想听听各位老师的看法。谢谢。

王德威:关于文学和历史的交错,我同意你的看法。我所接触到的大陆出版的大部分文学史著作基本是偏重历史叙述,而且有一个非常清楚的历史脉络,一个非常清楚的意识形态的脉络。这些书其实很好读,看了目录就可以知道它的起承转合的逻辑性在哪里。当然这几年有很多不同的写作方式,包括我昨天看到一本关于"欲望"的书,作者是程文超。(陈平原:他是谢冕老师的博士生,到中山大学工作,不幸在去年去世了。)他是从欲望的角度切入看当代文学的转折。这是一个突破。所以在这一点上我是同意你的看法的。至于怎样松动文学史的基础,能够把对文学本身的想象乃至于审美的层面提出来,这是我们大家共同努力的方向。这就回到我们前几次的讨论中所提到的,作为一个文学专业的读者,我们的基本功夫是细读文本。对我们而言,作品可能有好坏之别,但有的时候坏作品也能够激发出精彩的阅读成果。我在读晚清小说的时候,期望做到这一点。因为在国外有太多的客观限制,比如材料不足等等,这反而促成我在文本阅读上多发挥出心力的机会。我仔细读了包括《品花宝鉴》《花月痕》等作品,大做文章,有的时候觉得有心得,有的时候觉得稍微要夸张一点。这似乎也代表了我个人和当下主流的文学史论述的一个区隔。我觉得审美的层次还是要注意的。我要提出的一点,在北大特别是有意义的,就是林庚先生的《中国文学史》。这是在"史"和"审美"层面上具有相当精致的对话性的一部作品。试想哪一个作者能够把"黄金时代""黑暗时代""启蒙时代"放在一起?这本文学史的脉络是跳动的,它不是真正地从开天辟地开始,用后面的资料讲前面的事情,用前面的事情照应后来的发展。这是很见个人情性的做法,也许并不符合主流的规范。这本书的存在,我想可以间接地回应刚才这位同学的问题。

许子东:"小说"和"史"两个并重的是王德威,比较重"史"的是陈平原,比较重"小说"的就是我。(全场大笑)因为我只读"文",对"史"真是搞不清楚。(笑声)

陈平原:这其实是由论题决定的,就要看你在写什么样的东西。比如你写一部文学史,不管是大的文学史、小的文学史,还是断代文学史,一定偏重于史。但如果你做偏风格的、叙事的研究,那样必定偏文学。除非做得不好,做得好的人都会考虑这个问题。刚才王德威所说的情况,其实大陆许多人是因为写教材写坏了,结果就是许多人写起著作来都像是写通史。通史的写作、通史的趣味,不是以问题为出发点来展开论述的。假如以问题为出发点,就会以诸如"欲望""性别""国家想象"等问题展开。只是因为现在写文学史的人都是大学老师,大学老师要讲课,讲课同时还要编教材;编教材,写久了就很容易变成这个样子。在他论述的范围内,巨细无遗地铺排出来,那不是一个好的办法。所以我说这是 1950 年代大编教材落下来的一个毛病。现在还有很多学者在这么做。最近几年因为我们要做大课题,我们北大的口号是要造大船,小船不要了。大船怎么办,必然是很多人一起来;很多人一起来,必定要写成通史;写通史,必定成为这个样子。所以这是体制决定的。当然具体的教授、具体的研究者他们要是把握得住的话,会知道该怎样做。

张　帆:三位老师好。老师们刚才一直在讨论文学和史之间的关系,我很好奇文学和人类学之间的关系。也就是说,在文学史研究内部,可能常常是 text 本身的研究,包括陈平原老师提到的叙述模式以及许子东老师提到的自杀主题等等,往往都是文本内部的历史。而人类学研究,文本常常是一个宏大的 context 下面的一个象征,或者一个符号,我们的重点可能是对那个 context 的研究。我想问三位老师如何处理内部的历史和外部的历史这一问题。

王德威:文学史和人类学的关系,尤其是在现当代文学研究中是非常密切的。在英语学界,人类学从外延的层面,甚至田野方面的工作给予我们的新的刺激,是毋庸讳言的。但我们也应理解,在人类学中比较属于后现代的这一支,往往认为 context 也必须是我们的 text 的一种。因为当外来的人类学的观察者进入到一个原始部落里面,去叙事、去观察、去做一个他认为很客观的观看和述写的时候,事实上那个被框架住的 context 已经是 text 的一种。这里边的互动也许可以提供出来作为参考。

袁一丹:我想请教陈老师一个问题。您后来的小说史研究比较关注小说和其他文类,像诗歌、散文之间的跨文类的关系。我关注的是在小说和散文之间,如果打通这两种文类之间的边界,可以提出"作为文章的小说"或"小说中的文章"这样一个理念的话,它对我们文学史书写和文学文本的解读有怎样的影响?虽然您在《中国散文小说史》里用了这样一个题目,但事实上还是把小说和散文分别来写史,而不是采用交织的方式。对于文本的解读而言,您早期使用的叙述学,主要解决的是一些骨架性的、框架性的东西,而没办法触及骨架以外的像文字语言等一些血肉肌理的东西。那么我们在研究小说的语言等软性的问题时,您能不能提供一些具有可操作性的方法?

陈平原:我不知道你是否读过浦安迪的书。浦安迪的书有过度阐释的地方,但有一点,他是力图把传统的评点的东西带入现代的小说研究中来。他不是从叙述学、类型学出发,而是把金圣叹、张竹坡的东西带过来,然后用现代人的眼光来做。这种研究在1990年代被王蒙、蒋子龙、刘心武他们给搞坏了。为什么呢?很多出版社找他们来评点《红楼梦》《西游记》,他们就翻过来说:"真好!"再翻过来说:"棒极了!"(笑声)学张竹坡,学金圣叹,最后反而把评点的名声弄得不好了。但有一批学者力图重新建构中国的小说理论。他们力图从中国的小说序跋和评点里面发现中国人阅读小说的眼光和趣味。但这种眼光和趣味从哪儿来？很多是从八股文评点过来的。所以小说的评点和文章的评点是一个路子。其实金圣叹是用宋代刘辰翁等人评点文章的办法来评小说,评《西厢》,评《水浒》,以后就成为我们阅读小说的趣味和眼光。回过头来重新整理中国人读小说的趣味的时候,这条线假如能浮现,能够和现代的学术观念、术语相结合的话,我们就能够重新打开阅读的视野。

王　洋:我想请教王德威老师一个问题。您刚才提到要扩展到对亚裔美国文学的研究。这类研究在美国是附属于英语系的。这些作家对中国文学没有什么认同,对传统中国文学更没有概念。那么您是否想把亚裔美国文学纳入东亚文学的范畴之中？希望您能够介绍您现在的研究的进展情况。谢谢。

王德威:关于亚裔美国文学,也许您误会了我刚才的意思。我所要强调的是海外用汉语写作的作家。在这个意义上,包括虹影、白先勇、杨炼等等,这是我想继续研究的目标。我对汤婷婷之类的作家,非常尊敬但实在只能敬而远之,那真的是代表用英语写作的所谓亚裔美国人对中国的另外一种想象。我的能力还没有到达那个阶段。也许有一天在许子东的鼓励之下,我会继续前进。(笑声)但是目前我想象的是一个华语语系里的文学研究方式。

于淑静:王老师对"现代"这一概念格外强调,我觉得这不仅是时间意义上的概念。您的表述让我想起波德莱尔关于"审美现代性"的表述。我想问的是,您从现代性视角切入小说史研究背后所借助的理论和方法是什么？

王德威：我做现代文学研究的理论方法真是一言难尽。现代性是我们每一个人都念兹在兹的问题，每个人都有一个说法。我没有办法在这里完满地回答你的问题。但也许我的《被压抑的现代性》的导论和《历史与怪兽》的导论可以提供给你一些线索。的确有太多的资源提供给我作为考察现代性的入门。但是我想特别强调的是，在西方有这么多的西学的洗礼之后，尤其在今天我们谈论理论方法的时候，是不是我们能够援引的还只是一连串的英文的名字，或者是法文或俄文的名字呢？这是我现在最自觉的一个问题。所以我暂时搁置你的问题，因为它实在是很庞大。但是我谢谢你提出来。

彭春凌：刚才陈老师说中国小说的叙述传统是从史传而来的，我很认同这个观点。但是现代文学研究不讨论现代历史学家的著作，是不是只有文人或小说家的写作才算是现代文学？如果把其他写作都纳入研究范畴的话，能为我们的小说研究或现代文学研究提供哪些新的扩展的视野？

陈平原：你的问题是历史写作如何影响到小说。其实不完全是古代中国，现代中国从晚清以后，你会发现革命历史小说是一种叙事，通俗小说里的历史演义又是一种叙事。还有必须考虑到有些作品，现在很难说是小说还是散文。比如大量的自传、回忆录，星火燎原，还有各种各样的口述自传、革命历史小说等等，这些叙事都兼及散文和小说。你可以说他们的本意是一个真实的书写，但所有的回忆都不可靠，所有的回忆都带有创作的成分。我记得钱锺书说过，中国人的想象能力一般来说不太好；而一到写回忆录的时候，中国人的想象力又太强了。（笑声）所以回忆录、自传和各种类似的写作中,会有兼及散文和小说的成分。这些东西很容易被大历史所吸纳,就像我们知道写南朝史、北朝史都会用到当时的小说,《世说新语》会进入历史,今天很多人的自传和回忆录也会进入历史。在这个意义上,历史和文人的写作之间是可以自由浮动的。关注这些问题就会明白,历史和小说之间还不断在对话,不只限于古代。

许子东:我有补充。其实文学史的写作模式,很多是排座次规定出来的,比如"鲁郭茅巴老曹"。我知道我们有些同行,在大学里策划文学史,开始的会议就是分章节、篇幅,然后就是排座次。而这个排座次很多是根据政治的原因,所以现代文学这几十年来在大陆成为显学,一个众所周知、大家又不愿意说出来的原因就是因为它是共产党文化胜利史。在台湾之所以不愿意多讲就是因为它是一个失败史。所以巴金的集子到很晚才能出,郁达夫的书都是改名字才能出版。台湾是痛心啊,不能回首。(笑声)这个背景窒息了文学史的写法。其实仔细想一想,文学史的写法有很多种。我们现在想来想去都是以作家为主线的,而作家都是以有名的经典为主线的,包括生平、作品和文学影响。现在有很多人开始从杂志这条线来做,从《东方杂志》做、从《良友画报》做,这又是不同的文学史。还有一些所谓的断年份其实并不是很准确,讲了一些年份,其实里面都是一些论题。要真是规规矩矩讲年份,就一天一天地写。1942年1月1号这一天,全中国的主要报纸的副刊登了什么样的文章。那样你就会发现,鲁迅的文章旁边登的可能是治性病的广告,另外一边可能是鸳鸯蝴蝶派的小说,是花露水的广告。就是说你可以复原到现场去。就像我们今天看这个乱纷纷的世界,混杂得很,

分不清楚。那个时候也是这样。其实做文学史有许许多多的方法，只是我们精力不够，全靠你们了。（笑声）

陈平原：许教授语重心长！（笑声）

张清芳：我对台湾文学很感兴趣，想问王德威老师的倒不是台湾文学的问题，而是关于"台湾人"的问题。我记得您曾经提到，夏志清先生说您继承了他的学术。我想请您具体谈一谈，您在哪种层次上继承了他的学术？（笑声）夏先生1999年新版的《中国现代小说史》的序言是您写的，您对夏先生比我们熟悉。尤其是您作为一个台湾人，对您的台湾人前辈，理解得应该比我们大陆人更深刻。谢谢。

王德威：好吧，我这个台湾人来回答你的问题。我和夏先生的渊源是在1986年。那一年我们在德国开了一个会——也许我可以把这个故事讲得更复杂一点，大家可以付诸一笑。我在威斯康星大学做博士生的时候，有一次夏先生去演讲。在座的各位很少有人见过夏先生，除了子东和平原之外。他是一个不折不扣的老顽童。如果你问我继承了他哪一点，我大概没有那个勇气在公共场合第一次见到清芳同学就拉着你的小手，说你是个大美人什么的。（笑声）这是夏先生的风格。他是一位"语不惊人死不休"的老先生。到了八十五六岁了，仍然"活蹦乱跳"——这个词只能用在夏先生身上，他是极其活泼的一个人。我但愿有他的五分之一的风格，我就觉得很高兴了。这一点我恐怕没有继承。在1986年的德国会议上，我做了一个关于近现代和台湾文学非常细腻的呼应关系的课题，夏先生当时注意到了。那是我们真正认识的开始。到了1990年，我仍然在哈佛大学教书，他希望我接受他的邀请去哥伦比亚大学，那对于我来讲当然是极大的荣誉,但也有非常非常大的压力。在以后的十几年里跟他有很多的互动。我们的"同"与"异"的方面呢,夏先生是一个坚决的反共主义者,我想我们今天,没有人像他那样还会把"左""右"分得那么清楚。另外就是他对于"新批评"的传统、人文主义传统的大包容。我们这一代的学者身上或多或少都沾染了一些犬儒的色彩,就算是我们自命眼界更开阔,看到的世界、看到的人生更复杂细腻,可是可能不再像夏先生那一代,对人文主义信仰有那么坚定的信心。所以他的《中国现代小说史》这部著作中——这里可以间接回应吴晓东老师上次的观察——我觉得表面地去问他是一个左派和右派,这是一个极其浅薄的问题。因为夏先生在很多左派作家的作品里,看到了这些作家对人生的真切的感受和关怀。包括后来的《欧阳海之歌》《三千里江山》,他所做出的诠释,不是在这里的很多同事能够比拟的。而另外一方面,他对于沈从文、张爱玲的褒扬,是站在一个非常广义的、更复杂的中国现代人生的看法上所做出的结论。但愿我能继承他的这种包容性。在分工方面,我觉得美国的汉学目前在分科系的方式上,太过分地强调门派,强调理论的师承,是我们一个很大的障碍。所以现在如何克服欧美理论强势的压力,这一点是我们所必须要顾及的。夏先生所代表的那个阶段,是中国现代文学在欧美读者的眼光中 nothing,什么都不是的阶段,他等于把没有变成有。那个时代,他运用大量比较文学的方法——不管这种比较是否得体——运用大量的西方理论,是情有可原的。但这并不代表我完全赞成他的比较,赞成他的方法的运用。我觉得过了五十年之后,我站在他这个巨人——如果他是巨人——的肩膀上,我们应该有更广阔的视野才对,而不是像批判吴老师的那位学者,仍然是在分门别类,在讲你是你,我是我,在这个方面反而没有夏先生在那个时代所展现的那种大开大阖的包容性了。我不知道是不是能够回答你的问题,但这至少是我个人的一些观察。

庞叔伟:三位老师好。我想请教许老师一个问题,就是您对1980年代之后的"文革"记忆,尤其是一些释放个人记忆的"文革"写作,比如《动物凶猛》——后来改编为电影《阳光灿烂的日子》——这样一些文本有什么看法?谢谢。

许子东:《动物凶猛》包括在我那本书中。我蛮喜欢这篇小说,我觉得它写得挺好。它从少男的情欲在这种特定时代的转化的角度提供了对"文革"形成的某一种原因的解释。最新有一个小说叫《英格力士》,也有些新意。但我总期待着可以有更好的作品出现。因为这段资源太丰富了,有太大灾难、太多悲喜。我相信这是一个可能要很久才挖得出来的话题。

另外,我看夏志清那部小说史,印象很深的就是他可能有很多东西没讲到,可是放下这本书,你清清楚楚地看到了一个标准,看到了一种价值观,看到了一种眼光。你就可以想象,凭这种眼光,看到别的什么什么作品,他也会怎么怎么评价,好像看到了一个人。这是我看很多文学史所看不到的。很多文学史给了我很多知识,教给我很多不知道的东西,但是我完全没法评判这个作者在这本书外面会说什么话,我不知道。夏志清这本书给我这个力量。这是我很向往的一个境界。

杜新艳(2004级古代文学博士生):我想请教王老师,您将抒情传统追溯到古代,然后谈现当代的抒情传统,那么为什么把近代文学轻轻地抹掉了?我想问在这个过渡时期,抒情性问题可不可以被纳入进来?

王德威:抒情传统的问题,我在讲课的一开始,我把我的源头定位在龚自珍的时代,也许就间接回答了这位同学的问题吧。近代对我来讲是一个很重要的时代,对此我仍然是在一个摸索的过程中,很多作品我的确是还没有很深的理解,尤其是近现代的古典诗词部分,是我必须要很努力地去弥补的一块。谢谢你的提醒,我当然会在这方面加以弥补。谢谢。

陈平原:谢谢王德威教授。谢谢许子东教授。更谢谢各位同学的积极参加和提问。谢谢大家。(掌声)

(初刊《当代作家评论》2007 年第 3 期,原题《想象中国的方法——以小说史研究为中心》。)

文学史的书写与教学

时　间：2010年6月1日
地　点：北京大学中文系演讲厅
主持人：陈平原
对话嘉宾：宇文所安（Stephen Owen）、田晓菲、严家炎、乐黛云、段宝林、刘勇强、傅刚、潘建国、康士林（Nicholas Koss）、张鸣、杨铸、杜晓勤、夏晓虹、李鹏飞、柳春蕊、陈跃红、陈平原等
文字整理：刘紫云

陈平原：各位老师，这一回的"博雅清谈"，邀请欧文教授和田晓菲教授夫妇参加，论题是"文学史的书写与教学"。不说晚清，也不说二三十年代，就说1952年院系调整以后，这半个多世纪，北大中文系成功撰写文学史的教授，古代的有游国恩、季镇淮、林庚、袁行霈，现当代的有王瑶、严家炎、洪子诚、钱理群等。这么一个传统，导致北大中文系对"文学史"情有独钟。我们都知道，1903年以后，中国人的文学教育，逐渐转移到以文学史为中心。可实际情况，各大学不太一样。我以前在中山大学念书，到了北大后，很快就发现，北大人的"文学史"意识之强，远超于

中大或国内其他大学。这是我们的特点。说"优势"大家容易理解,比如知识面广、功底扎实等;可反过来想,我们在教学活动中如此突出文学史,会不会相对忽略文学趣味的培养以及写作技能的训练?本来嘛,"文学史"只是整个文学教育的一个组成部分,而在北大中文系,整个文学教育围绕"文学史"来展开。这是几十年来我们走过的路。所以,我想认真清理四个层面的问题:第一,作为课程设置的"文学史";第二,作为著述体例的"文学史";第三,作为知识体系的"文学史";第四,作为意识形态的"文学史"。前两点好理解,至于说到"知识体系",马上联想到文学史在整个人文学科的位置,比如,与相邻的思想史、哲学史、文化史、艺术史比,我们目前的研究状态,是否让人满意?毫无疑问,从 1903 年开始建这个学科,"文学史"的写作与教学,就与晚清以降现代民族国家的建立紧密联系在一起。举个例子,如何看待民族问题,如何描述女性写作,如何谈论民间文化在中国文学史上的贡献,都是意识形态的一个组成部分。至于"现代文学"之取代"新文学",在短时间内迅速崛起,成为一个强势的学科,更是得益于新中国的建立。王瑶先生告诉我,在五六十年代,让你讲"现代文学",是党对你的信任,因为,"现代文学"这个学科很重要。严老师,真是这样吗?

严家炎:厚今薄古。

陈平原:在新政权的大力支持下,作为学科的"现代文学"得到迅速发展,甚至一度占据主流地位。1970 年代末,改革开放蓬勃开展,很多被打倒的作家作品得到重新评价,现代文学专业的教授及学生,以"五四"新文化为思想资源,直接参与当下的思想解放潮流。所以,七八十年代,这个学科特别红火。因为,它不仅仅是一个专业,其从业人员往往凭借政治激情以及敏锐的触觉,直接介入社会改革运动。我曾开玩笑说,这个学科容易出系主任,出校长。另一方面,学问上则不无遗憾。作为文学史家,不管你做古代还是做现代,都有自我反省的必要。今天请大家来,不是发表论文,是"清谈",有话则长,无话则短。好,先请欧文先生讲讲。

宇文所安:在哈佛,只有一门文学史课,就是中国文学史课,别的系,不管是英语系、法语系,他们完全没有文学史的课。为什么有中国文学史的课?中国文学的作者,他们做文章的时候,自己知道中国文学史,有中国文学史的意识。如果你不是从他们的观点里看他们怎么对待过去和传统,就没有办法理解他们。如果我们讲梵文的文学史,就完全没有意义。为什么?因为梵文作家虽然很多,跟中国一样丰富,但是他们写东西的时候,没有文学史的概念。

田晓菲:印度的文化不太注意时间性,所以他们没有这种线性发展的历史的概念。这一点我觉得中国文化和欧洲文化很像,都比较注意叙事性、时间性。但在哈佛现在来说的话,唯有东亚系有文学史,现在是我在教前半段,从上古到南宋末年,之后就是我的同事伊维德在教后半段,各教一个学期。

宇文所安:但是,我们现代人的文学史的概念,跟中国古代作家的文学史的概念,完全不一样。怎么把两方面的文学史的概念结合起来?在授课里面是很不容易的。

陈平原:去年我写过一篇文章,题目是《假如没有"文学史"?》。假想我们不再以"文学史"为中心来展开教学活动,会是什么样子,我做了很多猜测。一方面,我在撰写文学史;另一方面,我也在质疑文学史。对于北大中文系在实际教学活动中独尊"文学史",我持警惕的态度。好多年前,夏晓虹去德国讲课,我替她教半个学期的古代文学。考试时,有一道题目,是夏晓虹出的,大意是谈《儒林外史》的艺术特色。我看了试卷,很伤心。为什么?百分之八十的学生在分析艺术特色时,举的例子是"范进中举"。为什么会这样?

田晓菲:中学语文。(笑)

陈平原:对。中学语文有《范进中举》这一课。问题在于,你进大学后,有没有读《儒林外史》?学生们说,我们很忙,从古到今这么多作家,这么多作品,这么多流派,都需要我们去了解,去记忆,唐诗宋词还读一点,那些大部头的作品根本没时间读,主要看文学史。这是一个很大的问题。我们的文学史教学,越说越复杂,庞大的知识体系,压得学生没有阅读的时间和兴趣。

宇文所安:这确实是一个问题。作为青年学者来阅读作品,应该和"文学欣赏"或者"文学鉴赏"不一样,也不应该再是中学里面学到的那种总结中心思想式的解读。作为青年专业研究者的阅读,应该是大学里面可以教、可以学到的一套程序。

田晓菲:这个应该是文学史的教学和专题课结合在一起。专题课更多讲文本,文学史课就它的目的性来讲很不一样。

陈平原:这涉及一个问题,那就是整个教学体系,包括课程安排等。我们开了很多专题课,可学生能自由支配的时间不多。本科生需要修很多政治方面的课程,这个问题我们多次反映,说了也是白说。不要说北大做不了主,教育部也可能做不了主。我们这些长期在国内生活的,即便批评,也还比较温和;那些理工科教授,刚从国外回来的,觉得不可思议,批评起来比我们激烈多了。还是回到文学史问题。严老师,您刚写完文学史,欧文老师也是刚写完文学史,我想问一个问题,你们的文学史是写给谁看的?

宇文所安:就是给普通的英语读者看的。

陈平原:本科生,还是研究生,或者非本专业的专家学者?

宇文所安:给任何对中国文学感兴趣的人。

田晓菲:文学史的读者对象其实是很重要的问题。我们编文学史之前开了个会,大家达成共识,就是读者对象是受过良好教育的英语读者,但不必一定是中国文学的专业研究者。比如他们可以是从事欧洲文学研究的,或者他们根本不必是文学研究者,而是有良好教育背景的人,但可能对中国文化几乎一无所知。不过,我觉得这部文学史,从文学史的分期以及具体讲述的方式和理念等等,应该还是会对专业读者也有吸引力,因为有一些新鲜的东西。但是文学史到底细致到什么地步,会受到读者对象的影响。比如在哈佛东亚系针对本科生讲中国文学,主要以文本和作品为主,给他们的文学史背景知识只是非常概括、非常粗线条的。我开的文学史课基本是面向研究生的,内容非常细致、非常专业化。但是对本科生来讲,我觉得古代文学的学者面对的最大问题,就是激发学生对古代文学的兴趣。现在很多学生会觉得学这个古代的东西跟我们的生活有什么关系?为什么我要去学它?连中国学生都会这么想,更不要说是美国学生。所以在本科生阶段,如果只是给他们填鸭一样灌输很多文学史知识,实在没有什么用,比如他们知道了《儒林外史》是经典有什么用呢?他也没看过,也不感兴趣,觉得这跟我的生活毫无关系。所以我觉得最大的挑战是,怎么样给本科生一个具有感召力的文学教育？这个有点像建立一个金字塔的理念，先让学生对"文学"和对"中国文学"产生兴趣，然后再从粗到细，从宽泛到专门。我不知是不是国内中系的同行教本科生的时候也会有这样的问题，尤其是教古代文学。

陈平原：咱们这边，古代文学课有没有问题？

刘勇强：如果只从报考古代文学的研究生人数来看，每年统招部分考生多达二百几十人，而我们只能录取四名，也就是说几乎五六十人才能录取一个，这个比例我怀疑在各专业方向中都是位居前列的，这也许可以从一个侧面说明古代文学的吸引力。

田晓菲：我需要补充的是，我们的研究生就没有这个"兴趣"的问题，比如报考东亚系研究生学古典文学的还是很多的。

宇文所安：是本科生的问题。

田晓菲：对，是本科生的问题。

刘勇强：就我们的本科生而言，古代文学史是中文系的主干基础课，通常有一百多学生，也许有不少对古代文学并不感兴趣，但喜欢的同学也很多。

宇文所安：但是那些对古代文学有兴趣的学生，恐怕往往是因为古代文学"代表了中国文化"，不见得是对文本的本身有兴趣。

田晓菲：而且既然入了中文系，文学史课就是必修的，所以问题可能不是那么明显。

刘勇强：从教学上来说，也还是有问题，主要是课时与内容的矛盾，我们的古代文学史虽然要分四段上四个学期，不过，相对于古代文学的丰富的内容来说，仍然有时间不够的感觉。不仅仅是老师们在讲授时感到总有讲不完的东西，即使是学生，也有希望多学一点的需求。我在教务部的课程评估报告中,就不止一次地看到有学生希望增加古代文学的学习时间。当然,这可能只是部分上面所说的喜爱古代文学的同学的愿望。但考虑到古代文学对中文系学生知识结构的重要,我们还是力图通过其他方式弥补文学史教学的不足。目前,我们古代文学的课程设置大致有三个层次,针对大学一年级的学生,有一门"古代文学作品鉴赏"的选修课,这既是为了培养中文系本科生对文学的兴趣,也是古代文学史教学的一个铺垫;二、三年级就是系统的古代文学史;在三、四年级,则继之以一些专题选修课,如"唐诗研究""明清白话小说研究""《红楼梦》研究"等。这三个层次的课,是以古代文学庞大的知识体系为支撑的,它所代表的文学史书写与教学方式几乎是不可撼动的,我们,实际上不只是我们,我们的前辈一直以来也想改进古代文学史的教学,但除非是取消这门课,否则很难有真正意义上的改变。根本的原因当然是由于这门课从总体上说有着不可替代的必要性与合理性。

宇文所安:那些本科生的文学史课,有没有文本?

刘勇强:当然有文本,而且必然会以文本为中心。只是文本的意义,有时可能不完全是以文学为中心,而是成为文学史的演变、重要的文学史现象等的一种印证。而学生在上课时,可能也会根据自己在文学史学习过程中产生的兴趣去读他们喜欢的作家作品。

宇文所安:跟一个老师看文本的时候,老师可以帮他们很多,教给他们阅读的方法。知识很重要,但是最根本的还是文本。

陈平原:关键是阅读方式以及审美能力的培养。念本国文学的,老怕挂一漏万。听演讲时,关心的不是人家说什么,而是你为什么那个地方不说?昨天田晓菲演讲,同学也是这么问:你为什么只从"宴饮"的角度来谈汉魏文学?当然,可以有很多角度,关键是从何处切入或使用什么理论,到底有无新的发现。若有,那就行了。没必要动辄拉一条线,从《诗经》到鲁迅,都说上一通;或者谈鲁迅时,非要小说、散文、诗歌、杂感全都兼顾。无论撰文还是演讲,都没这个必要。

宇文所安:研究生在这方面没有问题,但是本科生就有问题。

田晓菲:是的,我们教研究生的理念也是要让他们从《诗经》一直谈到当代,就是平原说的对整个知识面有掌握;但是我们会觉得对研究生和本科生的教育和强调的方面应该是不同的。

陈平原:我更倾向于,做研究时以问题为导向,在注重历史线索的同时,强调艺术品味、独立思考以及理论穿透力,不将所谓的"知识"绝对化、固态化。

宇文所安:知识是庞大的,教任何一门课,或者哪怕教一系列的课程,都不可能覆盖全部的知识。问题是,你怎么决定哪些知识更重要,哪些知识没有那么重要?一般来说,总是有一个叙事,一个"故事",来决定我们选择哪些知识,不选择哪些知识。我觉得所有各种各样的中国文学史,都是在用不同的方式讲同一个故事,就是一个关于"中国文化"的故事,这个故事是20世纪20年代、30年代制造出来的。比方说,现在你的文学史课上会说,这个诗人很重要,那个散文家很重要,可是在明朝那个诗人、那个散文家一点都不重要。所以说,现在的中国文学史,和古代人的文学史知识的架构相当不一样，遗漏掉了很多重要的问题、重要的变化。该到了编写一种不同的文学史的时候了。

陈平原：我刚才之所以要追问，你们的文学史是为什么人写的，是因为，为本国读者和为外国读者写文学史，有很大差异。

宇文所安：可是我们的研究生一大部分都是中国人。

陈平原：我不是那个意思。学术史上，第一本"文学史"往往是外国人写的，因为，他们需要在短时间内对异文化有个大致的理解，所以迫切需要一本简明扼要的教科书。在中国学界，我们把欧美及日本教外国学生的"以文学史为主"的教学方式，移植到本国文学教学，出现很多问题。就像刚才欧文先生说的，美国的英文系，不太讲授系统的文学史。

田晓菲：那倒未必是因为大家都已经知道了这个英国文学史的知识，而是因为现在美国的学界对文学史没有兴趣。知识的欠缺其实是个很大的问题。但是现在学界的潮流是把目光聚集在问题上，而不是聚集在知识上。不过，说到"知识"，也分几等几样。像平原说的对一个文化传统做出介绍，让大家在比较短的时间里对一个文化有一个理解和接受，那是我们在美国大学里针对本科生教课时要做的，我觉得这是一些最基本的知识。但是我们在教研究生文学史的时候，至少在哈佛我们是这样教的：给他们一种打破固有叙事的、复杂的文学史，一种比较高级的知识。比如说我常常告诉我的文学史课上的学生，尤其是那些自己以为已经知道很多中国文学史知识的学生：如果他们在上完了我的文学史课以后，觉得不但没有"增长了知识"，反而比以前更充满疑惑了，对自己以为已经知道的东西变得更不确定了，那才说明他们有进步了，学到东西了。所以，不是说文学史课本身没有必要,关键要看教什么,怎么教。

宇文所安:关键在于如何定义"知识"。我想我们对"知识"的理解很不一样。我所说的"知识"其实包括了很多还没有解答和不能解答的问题。

陈平原:好了,严老师先说。

严家炎:我想听你们多介绍一下你们的文学教育以及对文学史的理念所起的作用,稍微具体一点。你们刚才介绍的是比较概括的。

宇文所安:最好的文学教育,我想是阅读文本。学生一开始先看文本,后来再看理论。让学生对文本感兴趣,后来那个环节,才是讲到语境(context),然后再到文学史,从小的到大的。可是学习文学史的原因,还是为了要再回到文本本身。如果不能帮助你看文本,学那么多知识有什么用?这是我的看法。还有一个很大的问题。你们谈到"历史",我是个历史主义者。我讲文学史很多年,一半是理论,一半是历史,可是理论也是有历史性的,我所谓的"历史",跟中国文学史的"历史"不一样。中国文学史讲"历史"总是强调政治事件的背景;我对文学群体还有社会群体的社会史更感兴趣。举一个具体例子,文学史课讲唐代文学,一般总是先讲中唐,中唐下面就会把一些名家一个个数过来,伟大的诗人是白居易,还有一个贾岛,还有姚合;中唐结束了就有晚唐,晚唐有李商隐。中唐、晚唐分得很清楚。可是我们看看公元832年,白居易、姚合、李商隐都在洛阳,他们一定都知道这个白居易的大名。姚合中了进士,所以他去了洛阳,要拜访白居易,他送给白居易一首诗,可是白居易没有答诗,因为姚合是年轻人,所以白居易不理会他。所以,一般中国文学史总是分派、分期,分得很清楚,但历史是有很多重合的。比如说这三位所谓分属于"中唐""晚唐"的诗人,在同一个地方、同一个时间在一起。他们构成了一个 discursive community,不知道中文怎么说?

田晓菲:直译就是"话语的社区"。也就是说这一批人都分享一种共同的"话语"。

严家炎:刚才陈平原先生介绍的中国文学史教学的状况,的确是实情。我觉得,几十年来,我们的文学史遇到的最大干扰来自所谓的"突出政治"。王瑶先生的现代文学史出来得最早,但是反了胡风以后,他的书就不能用了,因为里面介绍了胡风以及胡风周围的很多作家作品。1956 年,我们考副博士研究生的时候指定的参考书,已经是刘绶松的《中国新文学史初稿》。可是到了 1957 年"反右"以后,《中国新文学史初稿》也不行了,因为划了一大批"右派",这些"右派"作家都从文学史里面除名,剩下可讲的就很少了。到了"文革",只能讲鲁迅和浩然的《金光大道》,就变成"鲁迅走在金光大道上"。我们现在做的事情,是让文学史回到文学本身上来,回到文本上来,但是,依然会遇到不少政治"敏感"的麻烦找上门来,尤其当代文学部分。这是一。其二,回到文学上面来有些问题也还是不清楚。比方说,中国的现代文学,起点在哪里?过去讲从"五四"开始,因为毛泽东的《新民主主义论》讲了"五四"以前是旧民主主义,"五四"以后是新民主主义,这个界限过去看得非常重要。其实 1917 年胡适《文学改良刍议》和陈独秀《文学革命论》发表的时候,俄国"十月革命"尚未发生,连李大钊也要到 1918 年才接受马克思主义,陈独秀更是要到 1919 年下半年、1920 年上半年才开始有点阶级论色彩。所以，将1917年划成新民主主义文学的开端，这是极不科学的。我记得1962年秋天唐弢主编的现代文学史提纲讨论会期间，我曾经向林默涵提出一个问题，胡适的白话文学主张是受了欧洲各民族国家的"言文一致"学说的影响，而在中国最早提出这个观念的是黄遵宪的《日本国志》，黄遵宪的思想和胡适三十年后的主张大体上是一样的，那么我们现代文学史为什么不从黄遵宪的理论主张开始？林默涵就说：这个恐怕不行，中国现代文学史必须按照《新民主主义论》的立论来讲，只能从"五四"时期写起。黄遵宪的说法你可以在"绪论"中回溯一下，追述到旧民主主义的戊戌变法时代。现在我们从实际上考察起来，也不是戊戌变法这个时候才开始，应该说19世纪80年代末、90年代初这个时候就开始有现代文学了，理论主张上是言文合一，以白话取代文言，文学作品上也是真正有现代性的，比如说陈季同的《黄衫客传奇》、韩邦庆的《海上花列传》等等。《黄衫客传奇》虽然是用法文写的，但毕竟是中国作家写的，而且在欧洲很有影响。如果一个中国作家不是用汉语写作的，应该不应该写到我们的中国文学史里面去？有的少数民族作家，并不用汉语写作，而是用维吾尔文写的诗歌，这个我们过去就不写，但是从1970年代末1980年代初的时候，我们的现代文学史就开始写了。如果按照这个逻辑，那么像陈季同用法文写的作品，恐怕我们也应该写进中国文学史。法国文学史不会写到陈季同吧？林语堂用英语写作品，美国文学史也不会写到林语堂吧？所以从这个意义上说，陈季同在中国文学史里面来写完全可以。现在我们把《黄衫客传奇》翻译过来，人民文学出版社也出版了法文和中文对照本。这个作品确实比"五四"时候的反封建包办婚姻的要强烈得多,它的悲剧的控诉意义也要深刻得多,令人震撼得多,它的现代性应该说是很强烈的。陈季同对有的法国作家鄙视中国文学很反感,所以他才努力用法文创作这些东西。另外,韩邦庆的《海上花列传》,这个作品在1892年出现,它的意义也是很不简单的。为什么"五四"时期的几位先驱者——鲁迅、胡适、刘半农都很欣赏《海上花列传》,评价那么高,就因为它确实跟"五四"的文学观念很合拍。那实际上也证明19世纪90年代初确是一个新的起点。再有,整个文学发生的背景也不一样,那时确实把歌德、马克思提出的"世界的文学"作为中国文学的参照系数来考虑。所以中国现代文学应该从19世纪80年代末90年代初算起,这个论点是站得住脚的,可以拿出实证性的根据来的。而且这些情况对晚清文学有影响。像黄遵宪"言文合一"的主张,首先是影响到梁启超、裘廷梁等人。梁启超是读了《日本国志》写了"后序"的一位。他后来在《小说丛话》中讲到世界各国文学普遍都是从古语的文学发展成俗语的文学,便是受了黄遵宪的影响。陈季同的文学思想,包括他的《黄衫客传奇》,也对《孽海花》的作者曾朴很有影响,促使他把五十多部法国作品翻译成中文。曾朴还谈到《黄衫客传奇》是个"悲剧",可见他很可能是读过他老师的这部小说的。如果文学的发展实际上是这样子的话,那就不应该简单地根据历史的段落或政治的段落来划分文学史的段落,文学史分期应该从文学的实际出发,有自己的独立的划分方法。这是我们现在的想法。谢谢。

乐黛云:好,我谈一点。我始终觉得这个文学史已在中文系讨论很多很多年了。我是1948年到北京大学中文系的,那个时候没有文学史。那个时候,我们念书的时候,主要是读范文,接着就是习作。第一年是讲记叙文,古代汉语、现代汉语都要讲;第二年文艺文习作,诗、词、歌、赋、小说都要来一遍;第三年是议论文习作;第四年是调查报告。我们的主课就是这个。我觉得这个对于训练自己的社会认识能力、调查能力、文学解读能力和写作能力都非常有用。后来杨晦先生当了系主任以后,把这些都"推翻"了。后来就是"土改",到1952年恢复时,杨晦先生来主持,四段文学史"一条龙"贯彻到底。开始的时候,分量是很重的。第一段讲古典(上古),第二段讲魏晋和唐,第三段讲宋元,然后第四段讲现代文学。那个时候王瑶先生讲现代文学四年级的课,你一来就从古典开始,一年一年从古典文学到现代文学。当时王瑶先生上课,我当助教。后来王瑶先生说他写书没时间,我来上课。那是四年级的课,那时袁行霈曾是我班上的学生,他现在一直还说:啊!乐老师你还真是我的老师啊,你给我上过一年的课。我说我真是不敢当。(笑)这个"一条龙",我觉得对中文系的学生是一个桎梏。到了很多年以后,你问他哪个具体作品,他不是很清楚,没有实际的感受,他可能知道一个框架,发生了什么事儿,他可以跟你讲,但那只是一种知识,而不是审美享受。所以我们要突破这样一个多少年来习以为常的桎梏。怎么样突破呢?当然是回到作品,这是最主要的。可以从先秦、魏晋这些作品一直讲下来,中间贯穿史的线索,可是以作品为主,而不是以史为主。

宇文所安:可是"知识"也在改变。我们得问一问"知识"到底是什么意思。

陈平原:去年我在《北京大学学报》上发文章,探讨新文化运动时期北大国文系的文学教育。我想追问,为什么一开始是文章源流,后来转而讲文学史?而同是文学史课程,不同时期又有明显的变化?那是因为,北大中文系的教授很快就意识到这个问题——"文学研究"和"文学史"之间,存在着很大的缝隙。文学研究包括文学欣赏、文学创作,像俞平伯讲"词选",废名讲"小说",都是专讲一个文类,而且要求"习作"。与此同时,还有一个文学史的线索需要勾勒。

乐黛云:后来就没有了。

陈平原:写作训练,弄起来确实很麻烦。北大中文系自上世纪80年代以后,就不再教写作课了。我们还有一个问题,注重宏大叙事,但对具体文本的阅读、评析、穿透的能力不够。

乐黛云:我觉得现在也可以从文学史回归到作品,而且从对文学作品只用知识来讲授,回归到和人生的联系上。比如人在顺境和逆境中,应当怎么办?我觉得文学的力量是无穷的,可是我们往往忽略了这一点,我们讲的是知识,没有讲人生,没有讲自己的感受。吴宓当年在清华开的一个重要课程就叫"文学与人生",通过古今中外的文学作品来探讨人生问题。所以说从讲解和欣赏文学回归到人生的感悟这一点很重要。讲文学史我特别想就教于你们两位教授,不知道这样是否可行。过去平原编过一大套百年学术史,傅璇琮也编过一套类似的五十年的变迁,我都参与了编写。这样我有一种感悟,我觉得我们需要一种文学史,不光是文学,而且是比较广义的,和人生、和世界、和时代更紧密联系的文学吧。所以,我们正在策划一本《百年中外文学汇通史》,能不能叫史我不敢说,至少是一本在百年中外文学汇通之中,理解和体味人生的书吧!那么这里面就有几个部分,一个是作品方面的汇通,中国作品和西方作品是怎样汇通的、怎样引导的,不光是单面,还是双面;第二个就是理论,我们从中国理论出发,再和西方的理论汇通,比方说中国的音韵文字训诂、西方的阐释学都是从注释经典开始的,但又很不相同;另外,还有一个野心,有的同行想搞多元一体的中国文学的汇通,因为中国文化,按照费孝通讲的就是一个多元一体的文化,汉族文化接受了非常多的其他民族的文化才形成了今天的中华文化,现在我们的文学史对这些讲得很少,而且民间、口头文学也多被排除在外,所以就想策划和研究多元一体的文学汇通。虽然这是很不容易的,但是我觉得有价值去做。不知道大家怎么看?

段宝林:我想请教一个问题。在美国对民间文学教学这一方面有些什么情况和经验?另外,对中国民间文学研究有些什么看法?我们现在有很多新的东西。

宇文所安:在美国,没有"民间文学"的观念,"民间文学"就是文学的一部分。

段宝林:没有专门的学科?

田晓菲:有关于口头创作的理论,学者个人可以有这方面的研究兴趣,但没有独立的学科叫民间文学研究。

段宝林:我觉得中国民间文学是一个独立的学科,为什么呢?因为它是广大的不识字的劳动人民的文学。如果我们要研究人类,只研究识字的那些人是不行的。

宇文所安:在美国这包括在文学的研究里面。

段宝林:他们的文学有自己的特点、自己的风格,他们的语言是活的语言。我编过一本《当代讽刺歌谣》。季羡林先生说民歌比新诗要好。我听杨周翰先生讲在巴黎开的比较文学会，有九个专题，其中一个是民间文学和作家文学的关系。民间文学有自己的特点，在文学史上起到了非常重要的作用，我认为是关键的作用。我写过一篇《民间文学在文学史上的地位和作用》，总结出四点：一、民间文学是最古老文学的起源，它的历史比作家文学的历史长好几十倍。二、所有中国文学史上的最重要的文学形式，诗词、话本小说、戏曲，开始的时候都是从民间文学中产生出来的。这都是历史的事实。如果你不懂这些，文学的起源、各种体裁的起源，你怎么来研究呢？三、中国历史上最尖端的经典作品，像《诗经》、乐府诗等，超过了许多作家文学。如果只是从字面上来解释它们，不知道它们的创作过程，不懂民间文学、口头文学有自己独特的传播过程和创作的过程，它在群众当中接受和修改的情况，你就很难来研究这些经典作品。四、第一流最伟大的作家，像屈原，《楚辞》的内容和体裁都来自民间。屈原研究专家也都很重视民间文学。后来的司马迁、曹植、李杜、关汉卿、罗贯中等都是非常重视学习民间文学进行创造的。所以民间文学是绝对不可忽视的，我们要从理论上来研究它的特点，研究它与作家创作的关系。

田晓菲：在哈佛也有教授是研究民间文学的，并且也有著作。

陈平原：上半场主要是两位嘉宾和几位年长的先生发言，下面是自由发言时间。

刘勇强：将近二十年前，我曾经写过一篇文章《文学没有"史"》，耍了个小花腔，说是文学没有"史"，因为文学没有"死"。我的意思是，古代文学并不同于其他过去的文化遗存，它仍然可以是活生生的审美艺术品,参与着当代人的精神构建。如果一定要写史,那也应该是充满个性意识的。我当然不否定文学史与其他历史叙述一样,要有客观性。但如果说文学史是以某些经典作家和文本为坐标的,这种坐标体系以及叙述线索都是可以变动的。问题是,这种变动性究竟有多大?是否会大到挑战文学史存在的程度?

傅　刚:我们也在讨论是不是不要文学史了。这样的课程清华正在实行。我在那里代课过一个月。我讲嵇康等,他们都不懂。它没有一个坐标,它没有一个概论。这是第一点我们要注意的。第二点,各位老师都注意到了文学史带来的坏处,但我们要考虑我们的学生变了。1949年以前的与1949年以后的学生不一样。1949年以前的学生都知道,1949年以后不一样了,一代一代不一样,特别是现在八九十年代的学生,他们在中学时代对古代的了解非常少,如果上了大学直接给他一大堆古代的作品原著,会怎样?第三个问题,现在很多选修课。以前是没有这么多选修课的,以前我们上的时候是三年,每周六节课(古代文学),现在的学生是两年,每周三节,这样的课程我们怎样调整这个节奏?这个里面有很多问题,去文学史或者采取什么办法?

宇文所安:为什么不可以两者都有?为什么不可以一方面上覆盖面比较宽的文学史课,一方面上相当严肃的专题课,学习如何阅读?

傅　刚:您说得非常好。但是我们古代文学史,每周只有三节课,因为我们的课很少,没办法再安排更多的。

陈平原:我说一下课程的问题。我个人的看法,中文系学生确实需要一个文学史线索,但目前最缺乏的是深入细致的专题研究,比如魏晋文学或者唐诗宋词等。傅刚说的那个问题,专业课程该占多少学时,这涉及学校的整体规划。总体思路是:各院系都得压缩自己的核心课程,在文史哲或全校的平台上建立各种选修课。

宇文所安:当然了,一门课里面我们不可能什么都教,什么都包括。但是,专题课可以为宽泛的文学史提供不同的具体个案和例子。比如说一门专题课可以拿一个历史时期作为主题,另一门可以拿一个作家作为主题,另一门可以拿一个涉及不同历史时期和不同作家的问题作为主题。

刘勇强:其实文学史体例和文学史教材,对文学史教学的影响或约束没有想象的那么大。实际上,每个老师上文学史的时候,并不会刻板地按照教材来讲。教材主要作用是方便学生阅读和考试的。在具体讲授过程中,老师们还是会围绕他感兴趣的特定文本展开,角度与评价也因人而异。

陈平原:你觉得文学史教学的问题不大?

刘勇强:我觉得问题不大。因为文学史课上真正涉及历史发展与文坛现象的内容,基本上还是描述一个简单的线索或梗概,主体还是作品的分析。如果再过于强调文本,很可能变成给中文系留学生讲古代文学的样子。面向留学生的课基本上只讲作品,文学史的介绍即使有,也是附带性的、点缀性的。

宇文所安:对留学生和中国学生应该一样。比如中国学生在美国大学里上课,一切要求都是和美国学生一样的。

刘勇强:我们也希望是一样的,但实事求是地说,本科的留学生大多数几乎不可能接受我们的文学史教学。甚至是只讲作品,对他们来说也有难度。

田晓菲:如果不接受,可以不来嘛。比如我在美国大学里读硕士时,在英文系读英国文学,一切都跟美国学生一样。他们不会说你是外国人,你刚来美国的时候英文各方面不是很适应就给你减轻学习负担,绝对不会的。如果你读不好,就得一个 C 或 D。如果读不下去,那就可以不读。

陈平原:其实,现在已经好多了。以前,各大学抢招外国学生,毕业论文写得不好,答辩时就夸他/她中文说得不错,诸如此类。最近十年,北大在压缩某些国家的留学生的比例。尤其是研究生阶段,我们卡得比较紧。学位论文基本按照中国学生的标准,只是语言上有点照顾。

潘建国:我正在上一个文学史的课,我同意刘勇强刚才说的,虽然我们是两年的文学史,有教材的,但每个老师并非全按教材讲,讲的时候也是不可能非常系统地把这一段的文学史巨细无遗地讲到,也是有跳跃的,因为时间也是有限的。我一学期上明清这么厚的一本,作品都是长篇叙事文学,很难在课堂上进行大量的作品阅读。只能在讲文学史的过程中,举例的时候提到作品。所以我自己有一个建议,现在的课程体系设置,是公共课占去了比较多的课时,这个说了也没办法,不是由我们系能决定的,但是我想是否能利用选修课来对文学史的教学有所辅助?比如说我们的文学史教育有四个学期,是分段的,比如说这个学期我上的是明清文学,那么,能不能规定在这个学期选修课里必须有一门是明清的选读课,刚好可以和文学史配合起来?如果他/她觉得文学史上读的作品不够,那么就可以选明清的文学作品选读。这个是系里层面需要操作好,有这一段的文学史,就要安排这一段的作品选读。也许这样可以比较好地结合到两方面,既有史也有选读。但这样也就不要求每一位学生都要选作品选读,有部分学生可能会有这个需要。

刘勇强:主讲老师同时配套开选修课,势必增加课时,这是不可能的。问题是我们现在的选修课可能有些随意,没有完全与文学史教学形成有意识的互补。

陈平原:不,这是老师的问题。老师们更愿意给研究生开,而不太愿意给本科生开选修课。北大教师多,排课压力不大,尽可能留时间给大家做研究。大家已经习惯于上很少的课,好多人一学期就上一门课。其实,为了学生,上文学史的同时,配套上一专题课,是应该的,而且不难做到。

康士林:欧文教授刚才提到的,在美国的情况是,所有的国家的文学系都取消文学史的课程。当代文学理论说,(文学)历史课没有意义。

宇文所安:可是,什么是"当代"?"当代"理论其实说的是三十年以前的理论。现在的情况开始改变了。

康士林:所以现在已经开始改了?

宇文所安:已经开始改了。

康士林:好,那可以稍微讲讲关于这个(变化)?

宇文所安:学生们对理论教育越来越不满足。年纪比较大的教授常常忘记了他们眼里的"最新理论"已经是四五十年前的理论了。学生有各种各样的兴趣,包括对文学史知识的兴趣。但是理论也确实已经产生了巨大的影响,所以,现在大家所说的"知识",已经和八十年前的文学史"知识"完全不同了。

康士林:所以这边的中文系没有受到这个影响算是好的?

宇文所安：中国现在不好的是，总是在走美国四十年以前走过的路。应该自己找到一个方法。

田晓菲：你多解释一下吧。

康士林：我可以了解他的想法。

宇文所安：我用英语说。（以下原为英文）在中国最糟糕的是大家要追逐"当代理论"，但是"当代理论"已经是美国四十年前的理论了。这很糟糕，因为这让中国总是落后美国四十年。中国必须找到自己的路。但是，如果中国只是继续沿袭教文学史的一贯方法，也不行。应该在现有的文学史课的基础上做出改变。有很多方式，而且不是复杂的，是相当简单的方式，来提出新问题，有新视角和新看法。

陈平原：其他的老师，大家自由发言。

张　鸣：关于文学史的教学，这么多年都在从事这个工作，有一些想法，简单说几句吧。如果从系里的教学安排上来说，我们不必在这儿讨论，不过希望系里以后安排课程时，要注意古代文学教学的特殊性，还是应该采取一些不一样的办法，具体什么办法，以后可以找机会再说。我现在想说的是在古代文学的教学过程中的一些感受。首先，我们的文学史教学，面对的学生，基本上是北大的本科生，从二年级到三年级这个阶段。我们首先应该注意到学生对象的变化，现在学生和1990年代的学生有许多不同。1990年代的同学在中学时代接触的古代文学文本比较多，他们可能会读到一些比较重要的作品。但是最近几年来随着中学教育压缩古代汉语和文学的内容，以及应试教育越来越严重，学生有一些变化，一方面有互联网，他们可以通过网络学习到很多知识，知道的东西很多，见多识广，也很聪明；但另一方面，他们读到的东西，真正认真用心去体会的作品其实并不多，没有培养起品味文学之美的趣味。很多同学在中学时代为应付考试，根本没时间读文学，他们对文学名著的了解往往是通过电视剧，比如《三国演义》《红楼梦》《水浒传》《西游记》《聊斋志异》，都有电视剧，他们通过电视了解文学名著，真正读过作品的不多。看电视培养不出对文学之美的感觉，更培养不出文学趣味。这就是问题所在。所以在古代文学教学中，面对现在的学生，最大的问题，就是引导他们去读文本，还是要回到作品。现在讲文学史，最重要的还是把作品讲透，要从对作品的分析入手讲文学的历史，不讲作品，只叙述所谓文学历史，不会有好的效果。这是我的一点体会。其次，我们要注意，现在中学的文学教育，其实问题很多。整个中小学的教学对古代文学作品的选择是有很大问题的。比如说白居易的《忆江南》，本来是连章体，三首词是一个整体，主题从第一首贯穿到第三首。但中学教材只选第一首："江南好，风景旧曾谙。日出江花红胜火，春来江水绿如蓝。能不忆江南？"不选后面两首。而实际上，把后面两首去掉，就不可能真正理解这一首的含义。还有一个例子，苏轼《饮湖上初晴后雨》，在中学课本中，都选的是"欲把西湖比西子"这一首，但其实这组诗原来一共两首，"欲把西湖比西子"是第二首，原来两首诗也是一个完整的整体，如果不了解第一首，对这第二首的理解也会有问题，也可能理解不到位。还有些例子，比如说王安石《泊船瓜洲》，第三句"春风自绿江南岸"，中学课本都错成"春风又绿江南岸"，许多年都不改。我每次上课都要讲为什么是"春风自绿江南岸"，每次都要纠正这个问题，弄得很麻烦。所以我们面对学生，要了解他们对古代文学文本的理解和阅读的层次,要知道中学教给他们的很多东西是错的,这也是需要我们从文本开始认真对待的问题。从1990年代起我就给学生们说,在大学学文学史,你们要把中学学的东西和那些概念忘掉。也可能我说得绝对了一点儿。但是先把它忘了,然后我们从根本的文本再从头来,这样有针对性地来引导,从文本阅读的角度,来引导同学对古代文学发生兴趣,并且进一步地钻研、阅读,对文学史的了解可能会更加深入、全面。从文学史的教学上看,要求同学比较全面地掌握文学发展的全貌,我觉得这个要求有点高,其实没有必要。那些文学史的知识,教科书摆在那儿了,老师指导同学们去读一下就可以了。在教学过程当中,我们每位老师其实都有所侧重,有所选择,也都有选择那些作家、作品的理由。我在讲课时也会把自己选择的理由告诉大家,并且把我对文学史学科的认识告诉大家,这样的话,同学在学习之初就能够带着问题进入文学史的叙述和文学文本的解读,对同学形成自己的问题意识和自己的侧重点有帮助。我想这样可能是一个比较好的方法。

陈平原:有道理。

张　鸣:有一件事情给我印象很深,我在1990年代讲王禹偁,一定要讲《黄州新建小竹楼记》,非常详细地来分析。本来在课时上的要求的话,讲王禹偁可能十几分钟就要带过去,不能占更多时间,但是我觉得这篇文章很好,会仔细讲,带着读。后来古代文学课时压缩,时间更紧张,有几年我就不仔细讲这篇作品了,就提示有这么一篇好文章,简单地提几句。后来,就有同学在BBS上发了一通感慨,他说他原来是中文系的同学,以前听我讲过《黄州新建小竹楼记》,他觉得很好。知道我这个学期在讲宋代文学,他就带他外系的同学,理科的几个朋友过来听。结果呢,他说,原来张老师是仔细地展开讲过的很好的一篇作品,到现在都已经一笔带过,是不是中文系的课程越来越不注重文学而注重学术了?我看了这位同学的这篇帖子,老实说,有点吃惊。后来我再讲王禹偁,一定仔细地把这篇文章讲透。这件事情给我的印象很深,我觉得培养文学的兴趣和趣味其实是可以在文学史课堂上做到的。只要我们愿意做,方法对路,并不难。以前一直有个想法,我们的文学史其实可以压缩时间,但一定要配套作品的选读,而且课时要多,应该是三个学时或者是四个学时,跟古代文学史配套,并且应当作为研讨性的,留一部分时间来让学生自己读。从文学教育来讲,我觉得这样是最好的。

陈平原:复旦改得比我们大,基本上以经典阅读为主。现在获取知识的途径越来越多,我们若过分强调"知识的系统性",会出现一个问题,课堂上一般常识的介绍多了,占用了本该用来培养分析思考、文学鉴赏以及思想批判能力的时间。

刘勇强:我的理解是,这可能还有一个角度的问题。确实,知识本身过于烦琐,获得知识的方式很多,如果只是围绕知识打转,是没有穷尽的。但是,从另一个角度来看,现在获得知识的渠道很多,而面对海量的知识,可能更需要介绍精准的知识和知识性的引导。

田晓菲:我还是要强调,有不同类型的知识。如果只是说作家名字、作品名称这样的"知识",这个当然互联网上都可以查到,比如知道"三曹""七子",用不着上一个大学的文学课。但是文学史是一个叙事,可以有不同类型的文学史叙事。我觉得文学史课关键还是要看讲什么和怎么讲。

张　鸣：我发现现在的文学教育体制中，我们对文学史的认识往往不是个人化的，大家都接受同一种教科书的知识体系和思想价值，就文学教育而言，这个问题比较严重。我们现在使用的各种文学史教科书，大多是集体编著的，大部分的文学史教科书写作都不是个人化的写作。非个人化的文学史书写的弊病一是缺乏个性，不见作者性情；二是不注重细节，对文学文本的细节和文学历史的细节都比较忽视，许多有意思的东西往往都被忽略掉了。这是教科书性质文学史的通病。这个通病我们要在文学史课堂上指出来，告诉学生。

陈平原：好了，除了古代文学，还有杨铸老师，他是教古代文艺理论的，请他也讲讲。

杨　铸：听了以后觉得挺有意思，我不是教文学史的，但我作为外围的来讲，原来没有想到文学史和文学作品的阅读之间会有非常大的冲突。但是是否有可能，有一种方法，能处理得好一点？能够把这两者结合得比较好一点？这样有没有可能做到？比如以前北大有与文学史配合的挺厚的参考资料，这就意味着学习文学史的同时应该阅读文学作品。如果所有的文学课，包括文学史、理论课，搞得都和文学没有关系，这是个挺可怕的事情。我们搞理论的，也有人认为，现在文学理论已经发展到一个层次，它可以自我生成，意思就是说它可以和具体的文学现象无关，自己有一套运作，然后就创新、发展。这个我不太能理解。我觉得和文学相关的，无论是文学史课还是文学理论课，都要能够给学生提供一个筏子。这个筏子是能让学生借助来渡到对岸的，但最后学生要自己迈出脚步才能真正登岸。文学史和理论，不是在文学现象之间挡起一道墙来，而是建立一种路标，或者桥梁、筏子。陈老师说要重视文学的教育,我非常同意。如果说最后学生学到的完全都是知识性的东西,和非常鲜活、生动的文学本身比较隔膜,他会损失很多。我们面对的毕竟是文学,不是其他的学科,文学有它的魅力。当你面对文学时,不只是一个知识的获得,还有很多人生层面的东西。刚才好像乐先生讲的,文学其实是和人生有关的。有时候我们现在的学科教育,容易把它分开。有没有可能既有知识的层面,有文学史的层面,同时也把具体作品结合得好一点?我有一个想法,我觉得在现在的北大中文系,这个古典的部分还是应该加强。如果对这个起码三千年传承的线索有比较充分了解的话,在别的方面,在现当代研究方面,都会有潜移默化的无形的助益。即使以后不从事文学史的研究,有这种文化传承和没有是不一样的。还有,想请教一下,那些比如说法语系,如果不开文学史,他们开什么课程?是对具体作家研究的课程吗?

田晓菲:关于具体作家或者更多的是关于一个问题的专题课。

宇文所安:但如果所有的课都是这样,我想有问题。

田晓菲:不能矫枉过正。

杨　铸:实际上,我们现在文学史的概念,或者治学的这个路子,都是从西方借鉴过来的。

宇文所安:但是这个是很久以前的西方。

陈平原:没错,我们现在接受的西方理论,很多是二战以前,或者是冷战时期的。好,还有几位老师。

杜晓勤:我觉得在教学实践过程中,问题没有这么严重。我告诉学生欣赏的能力,不只是光知道文学史的常识。作为一个内行,他去给朋友分析一个作品,他跟一般的历史系的同学是不一样的。尤其是刚开始上的时候,文学史自觉时期,我会告诉学生,文人是如何有意识地创作,从具体的字句,分析其创作由来。这和中学不同。在这个基础上,还原活生生的人,如白居易,我可能会花更多的时间在白居易是怎样谈恋爱的,而花比较少的时间在作品的艺术分析上。我会分析个人的因素。我会培养学生对作品的深入了解,包括仿作:一个是吴歌西曲,一个是唐代的律诗。我的课是个大杂烩,既有讲故事,也有学术的引导,哪些问题是学术界比较关注的,哪些是不关注的。所以,这样学生会比较丰富一些,虽然时间很短,但各个角度都能覆盖到。

刘勇强:这可能还有一个大学教师授课的自由程度问题。记得吴组缃先生曾经说过,当年俞平伯先生在清华大学上课时,事先让教务部门出个通知,进教室后就说,我最近研究《红楼梦》有些心得,二三十分钟讲完了心得就下课。这也许只是一种偶然的情形,却也是一种理想的情形,即讲课完全是以独立的研究为中心的。

夏晓虹:我的问题跟大家不同。我是讲近代文学的,处在古代文学史的最后一段。我们对文学史讲授的要求基本有两条:首先是一个线索的问题,就是从古到今的文学演变线索;还有一个是文本的解读,让学生体会作品的魅力,这个时间再长都不够。所以,在很多老师那里,近代文学永远讲不到。既然存在这样的问题,我觉得我们可以参照港台的做法。他们的文学史其实很短,就讲一年,就是讲一个概要的线索,然后再配上大量的选修课。这个选修课可以规定为"限定选修",都是配套开设的。其实,我们当时做课程改革设计的时候,也有这个方案。比如说，唐代文学至少要开三门课，唐代诗歌、唐代古文、唐传奇，对唐代文学有兴趣的学生就会选这些课。可以对限制性选修课有学分的规定，把文学史减省下来的学分用在这边，就是说，整个古代文学课程的学分还是一样的，但你学到的东西可能更多。比如说，我就是对唐代文学感兴趣，那我就多选和唐代有关的课程，宋代我不感兴趣，我就不选，学生选课的自由度可以更大。当然，港台也有他们的问题。上学期我在香港，那里开设的课程虽然也叫"古代文学史"，但是授课内容和老师个人的研究兴趣有很大关系。如果开课的老师做戏曲，他可能会把文学史讲成戏曲史；另外的老师做小说，他也可能就讲成了小说史。这样，学生会有很多的知识盲点，也就是说，他们连文学史的基本线索都不了解。不过，我觉得对于我们来说，目前最重要的是，应该把选修课的系列建立起来，真的有这些课能够让学生选。其实我们现在的问题是，我们都是从自己的研究兴趣出发来开课，很多应该开设的基础性选修课，包括我个人在内都不愿意承担。虽然在课表上原先设计过，比如晚明小品文研究等，但并没有老师讲它。所以，我们应该把原来课表上设定的那些课程，指定专门的老师，确实把它建设起来。这样，对学生来说，文学史讲得虽然比较简单，可是你可以在这些选修课中得到补充。也就是说，既有文本阅读的深度，也可以回应你原来学习的文学史知识。

李鹏飞：我接着刚才夏老师的话题来谈。文学史的基本历史线索虽然不可或缺，但纯粹的知识线索是否一定要放到大学来讲授？根据我个人切身的感受，当年上大学时听我的老师们讲文学史，但听完、考完之后很快就差不多全忘光了，印象比较深的主要还是一些老师对经典作品的精彩分析,而且这么多年来一直都还对我发生着影响。我认为纯粹的文学史知识在大学时代已经很难成为学生最重要的兴趣。是不是可以尝试着将"中国文学史"的系统教育放到初中和高中时期去完成?高中讲授中国文学史,这在民国时期已经有过先例。现在初中就有"中国历史"的课程,那么为什么不能从初中开始系统地讲授"中国文学史"?现在我们已经编写出成百上千种"中国文学史"论著,从这些论著中选定一些质量比较高的作为中学阶段的文学史教材应该是完全可能的。在中学阶段进行文学史知识教学的同时,再辅之以经典作品的系统选读,而不再像今天的中学语文课一样用一种比较驳杂、缺乏体系性的读本来作为教材。这样,六年下来,学生完全可以获得关于中国文学史的完整而系统的知识。加上这一时期人的机械记忆力和文学感受力都很强,因此关于纯粹知识和具体作品都可以留下很深刻的印象。这样一来,纯粹的甚至有些枯燥的文学史知识的学习在中学时期就已经完成,到大学时代就完全可以将文学史变成经典文本的阅读。大学四年,应该让学生完整地阅读那些最重要的原典,比如《左传》《论语》《孟子》《庄子》《史记》,陶渊明、王维、李白、杜甫、韩愈等人的别集,不能只读选本,必须完整地、仔细地、深入地读,四年之中,能读多少是多少。课程的设置也可以围绕这些基本的经典来开设,或者是作品导读,或者是作家研究。因为大学生里面有相当一部分人以后并不会从事职业的文学研究,这样对经典原著的深入阅读对他们将来的发展也会有很大的帮助,至少可以大大地提高他们对文学经典的理解力和判断力,也必将更为有效地增强其人文素养以至写作能力。在大学时代阅读经典的基础上,一部分将来继续攻读硕士、博士学位的学生可以仍然按照这样的方式去完成他们对于经典文本的系统阅读,这样的话,这一部分人就可以获得完整的对于经典原著的直接感受和具体知识,如果他们将来从事职业的文学研究,这一持续的完整的阅读经验就会成为十分深厚扎实的基础。目前的中国文学史的教育存在严重的危机,课程量的大大压缩,对经典原著的长期疏离,都造成文学史学习的浅表化与常识化,而这样一种浅表化和常识化的知识的获得对于大部分人来说,都没有太大的意义。只有在与经典原著、经典作家的直接的亲面与深入的体会之中,才会获得触及阅读者心灵与人生的真正的文学知识,才会让文学教育真正成为塑造人的精神、培养人的创造力的有效手段。我觉得,大学文学史课程的变革从小的方面来说,关系到学生个人的人文素养的形成,从大的方面来说,关系到全体中国人整体人文素质与文化创造力的培养。据说现在有些高校已经在推行类似的改革,但实际效果似乎不佳。我想,这并不说明这一改革行为本身有错,而是具体的方式需要进一步摸索和完善。大学文学史课程的改革不仅仅是大学的事,同时也是整个教育体系的事,至少应该从中学开始进行同步改革,才能获得比较好的效果。

柳春蕊:我在文艺学教研室,讲授中国文学批评史。文学批评史是文学专业必修课,安排在大三上学期,每周三课时。在这么少的课时内将先秦到近代的文论知识讲完,是不现实的。以前有老师,一学期才讲到《文心雕龙》;有的讲到唐代意境理论;卢永璘老师上文论,我做过助教,那一轮他花在宋以后文论课内容的课时只有四次课,都是粗线条地讲几个要点。鉴于这种现象,去年第一次开这门课时,我将文论内容有所调整,主要围绕古文论的"体"与"用"来讲。第一讲是"文与文论",讲到汉字的特点、"文""章""文章"与"文论"的关系,并以章太炎《国故论衡·文学总略》为例,讨论现代意义上的"文学"概念自 20 世纪二三十年代以来的演变及受此"文学"观念影响的"文学史"书写对于"读书人"精神意志之培养的正负面,讨论文学批评史学科的知识生产以及那些被忽略的知识何以遭到"悬搁"等问题。因而,讲授时,将文论知识的"边界"在已有框架下有所调整,既讲《说文解字序》,又将《文心雕龙·史传》《史通》《文史通义》并合一起,名为"史学要义",为一目;鉴于学生们古典诗歌阅读能力较强,在传统诗文理论讲解方面,略诗歌之意境而详古文之要义,有"文统与道统(古文与政治)""古文与德性""《古文辞类纂》解题及其读法""姚永朴《文学研究法》选讲""诵读及古文研究与创作"等内容;具体文本解读上,将历史还原与审美接受结合起来,将古人的言说修辞、言说修辞的传统及从"古为今用"出发而生产的"知识体系"结合起来。讲《毛诗大序》,则与"思孟学派"传统相结合,谈到古代"移风易俗"何以成为"道统"可能实现的唯一途径,往下则有梁漱溟、晏阳初、陶行知等人的努力;将《典论·论文》的写作意图与文学史意义结合起来讲;用陆机和同时人的作品、文学现象等互证《文赋》中的理论命题,将《文赋》尽可能讲透;欧阳修《送徐无党南归序》,重点给学生讲授宋人对"三不朽"的看法以及陈寅恪先生对于宋代士大夫及宋型文化之基本判断;既重点讲文论概念、理论命题的内涵,也照顾到理论实践和创作实践;清代这一段,尝试性地用"明末清初学风之转变及清代文论"为一目,讲"明末清初之学风""重学之传统与清代文论之展开""近代知识型话语对传统文论的挑战——以戴震、章学诚、姚鼐和袁枚为中心",详"学术观念"而略"文论知识",原因是,中国传统文论到了明清近代,精彩内容较此前要逊色。从这些课目上也可看出本人对于文论教育和文学教育的三点粗浅认识:一是,要理解和尊重中国古代"文"的观念(杂文学观念为主)以及在此观念影响下的文论知识(汉字与文章、文体与文类、文学与人生);二是,要理解和尊重中国古代创作经验(我称之为"言说世界",它与我们今日所谈的不尽一致);三是,要理解和尊重当代的社会问题,即教学中如何贯穿"古""今"之争问题,不要患王充所批评的"知古不知今""知今不知古"的毛病。

陈跃红:大的趋势是对的,处理知识、史和文学性的问题,将来文学性这一块会越来越弱,我想这个趋势很难改变。因此有几个要素,可能是老师们从自己专业出发,但是要参照的。中文系本科教学改革在处理文学史、学科研究方法和文学性素养的问题均衡诸方面,将来文学史这一块的分量肯定会越来越递减,我想这个趋势恐怕很难改变。尤其是下一步学校的本科教学改革,有几个重要的趋势需要关注。一是未来十年北大本科教育改革的走势,在处理教与学、学与行的关系上,会不断加强学生的自主学习和实践能力方面,由教师全程满堂灌输式授课的模式将逐渐淘汰,研讨式、研究性的学习会不断提倡推进,尤其在北大这种研究型的大学。其次是本科学习的国际化趋势,北大计划提出十年之内要实现让每个本科生在四年期间都有一次在国外学习的经历。上述这些改变,必然还要进一步缩减课堂教学的时数。现在我们总的学分也就 140 学分上下,一部分国家规定的公共性课程没有讨论的余地，在这样的前提下，院系一级在教学安排上其实没有多大回旋余地。要想给相关的文学史或者其他课程再增加学分不太可能。现在除了古典文学、古汉语、现代汉语外，其他专业教研室的本科必修课要么只有 2 至 4 个学分，像当代文学、文艺学；要么像文献、比较文学已经没有了。古代文学虽然是五千年，可现在想增加学分的余地几乎就没有。学生的自由选修课四年内只剩下可怜的不到 20 学分，也难再减少。唯一的大概可到助教工作方面动动脑，如果像国外那样让助教真正承担课程，在主讲教师讲授之后开设相应的答疑课、作品导读课、讨论课，文学性和学分不足的问题也许能够缓解。其二，另外一个核心问题恐怕还是在教师本身的教学方式和教学质量方面，刚才有很多老师谈到自己的教学改革，我觉得非常有启发。思路可能要改变，不仅仅是争学时，而是要按照现代教学的要求和标准去设计和改进教学，这方面老师有充分自由来操作，你在你的课堂上怎么讲、讲什么，只要在学术上能够抓住学生、影响学生，使其有所收获就可以，怎么教是你的自由。要学会用好你的助教，现在博士研究生待遇已有大的改善，助教津贴要真正用到教学上来，不应该是生活补贴。如前面所说，国外助教是要上课的，带着学生讨论、报告和阅读，可是我们的助教并没有发挥真正的作用。其三，由院系独立完成本科通识和专业教育的趋势也正在改变。学校规划中的本科全方位培养计划，本科除了元培外，以人文、社科、理学等学部为大平台的专业学习体制，甚至是一定程度上的学部本科学院学习都有可能出现，核心课程建设也在议论中，培养、管理、课程、教学都要打通。这样一来，要守住现在某个专业的必修课程数量更不容易了，必须另寻出路。所以,重点在于教学本身的改革,在处理好教与学、学与习方面下功夫,在必修课和选修课的改革、在现代教育理念和方法上去想办法。一句话,还是要在国家和学校本科教育改革总的趋势、总的框架下去考虑中文学科专业内部的改革。

陈平原:感谢欧文先生和田晓菲来参加我们的"博雅清谈",也感谢中文系诸位老师的积极参与。明天,欧文先生还有最后一讲。我们很高兴,这次开办"胡适人文讲座",不仅是学生听,很多老师也在听,很受益。你们两位还有什么要说的?

宇文所安:听了大家的话,我想再做两点补充。第一,在大学里教"文学阅读",和一般所说的文学欣赏——鉴赏文学作品之美,应该是不一样的。大学里教的"文学阅读"应该是学生经过训练之后学会的"读法",受过这种训练以后,自己看文学作品,就知道该注意什么,该提出一些什么样的问题。第二,今天大家谈文学史,不断提到"知识"。但是,到底什么是"知识"?很多人一般所说的"知识"并不真的是"知识",而是一些从传统中沿袭下来的约定俗成的说法。如果我们真的要教给学生"知识",我们就应该首先检视一下这些约定俗成的说法是不是真的有基础,基础到底是什么,把真正的知识和很多还没有解决的问题区分开来。一个好的文学史教育,应该不仅仅把答案摆到学生面前,更要把问题摆到学生面前,应该教学生提问题,而不是只教给学生们一些答案。

(初刊《现代中国》第十三辑,北京大学出版社,2010年11月。)

都市研究·香港文化·大众传媒
——陈平原、陈国球、李欧梵三人谈

时　　间：2010年12月8日 15：00
地　　点：香港中文大学陈平原宿舍
主持人：陈平原
对话嘉宾：李欧梵(香港中文大学人文学科讲座教授)、陈国球
　　　　　(香港教育学院语文学院院长、中国文学讲座教授)、
　　　　　陈平原(香港中文大学中国语言及文学系讲座教授)
文字整理：黄念欣、陈子谦

内地城市明白"文化是城市核心竞争力"，香港不明白

陈平原：中文大学文物馆最近有一个展览，叫"毋忘香港的根——发掘港深7000年的历史"，让我挺感动的。然而考古学意义上的七千年，跟历史文化上开埠至今的一百七十年是不同的历史时段。我们往往更关注后者——那是作为都市的香港，而不是从人类文明存在说起的香港。

我不是香港人，但知道九七前后有一批香港论述，讨论什么是香港人、香港的主体性问题，既是针对港英当局与内地，也是寻找自己的定位。当时学术界做了很多工作，这些年却没那么热闹了。

李欧梵：回归后也有一些人一头栽进内地文化，什么都说好，反而不关心香港。其实香港跟中国的关系很复杂，既是岭南文化的一部分，也有自己的殖民文化。

陈国球：香港这个议题，是从1984年中英联合声明、九七问题炒热起来的。过去当然也有论述，不过当时不是很有意识。

陈平原：倒是内地城市对自己的定位越来越重视，例如明年1月4日广州市政府和中山大学合办"广州建设世界文化名城高峰论坛"，邀请世界各地十多位学者主讲，我是其中之一。内地这种演讲会，学者跟市政府的领导都会去听，一起关心：我们的城市到底处在什么位置？如何令百姓生活得更幸福？怎样令这个城市变得更有文化？

2003年我和王德威在北京合办"北京：都市想象与文化记忆"，2006年又有西安会议，明年还准备在开封开，都是关于"都市想象与文化记忆"的会议。我们通常跟大学合作，也会得到当地政府的关注与支持。我在中大讲课提到那次西安会议，有学生 Google 了一下，发现那次研讨会，西安市党政领导都去听学者说西安该怎样发展。实际作用暂时不知道，但西安市政府起码有倾听学者意见的姿态。在香港开研讨会，政府官员会来听吗？不仅不来听，申请经费也未必批准。也许香港自觉很了不起，不必反省与批判，只需一直往前走。

李欧梵：说得太好了！中国各大城市都在对话，香港政府却只管经济形象。你看索罗斯来港大家那个紧张就知道。

陈平原:中国大城市的"都市研究",做得比较粗,也有些为政府贴金的感觉,但起码他们正努力去做。

李欧梵:内地城市明白"文化是城市的核心竞争力",香港不明白。

陈平原:对,他们都知道文学、文化对城市形象有多重要。我感慨的是,香港不觉得文学和文化重要,不觉得值得由政府来支持,更不用说用心经营了。其实,关于城市的记忆,是一次次讲述出来的,城市的视野也是再三讨论出来的。政府官员、企业家、建筑师建设有形的城市,人文学者则通过反复讲述与阐释,帮助引导我们的城市往哪个方向发展。

陈国球:我们该怎样处理香港?一条是纵线:过去、现在、将来是怎样?另一条线是作为地区,研究它跟其他地方有什么交流,比如西方文化如殖民教育或南来文化怎样影响香港。我前阵子到马来西亚,看到他们受《中国学生周报》影响很深。他们先是有《中国学生周报》,后来拿掉"中国",就叫《学生周报》,里面大多是周报的文章,再加入一些本地的东西,后来发展成重要刊物《蕉风》。另外,香港作为北美或海外华侨的文化输送点,是非常明显的。过去香港对中国大陆也曾有一些影响的:夏志清的《中国现代小说史》、司马长风的《中国现代文学史》影响了陈思和的重写文学史运动,也应该影响了你们(按:钱理群、黄子平、陈平原)的《二十世纪中国文学三人谈》;更别说金庸、流行小说与电影文化的影响了。

从大局看来,其实香港对周边地区影响很大,所以香港研究也不应只有香港人关心。我们这次会议特别希望香港与外地研究香港的学者交流,邀请了马来西亚、中国台湾及大陆与北美的与会者。西方学界对香港的关注不够,需要再推动。

李欧梵:美国人只会看香港电影。

陈国球:可能大家没想到香港研究的意义。其实香港文化对欧洲也有意义,例如反思如何面对殖民主义、自由主义与封建王朝?怎样走在现代化的前面,面对什么困难?

政府应该为香港文化做什么?把文化责任推给市场是有问题的

陈平原:我问过香港三联书店:你们出版王赓武的《香港史新编》、刘以鬯的《香港短篇小说百年精华》、薛凤旋的《香港发展地图集》,都很不错,是不是得到政府的支持?他们说没有,都是凭良心一本一本做出来的。我问为什么不做大一点,他们说必须考虑资金和市场。可这不是个别出版社的责任,也不该靠一个出版社来经营——没有城市像香港这样对待自己的历史与文化的。把文化事业全都推给市场,是有问题的。内地任何一个大城市,都会有意识地做这些事,而且做得很大。例如,上海刚刚出版130卷的"海上文学百家文库",都由政府资助。他们通过上海文学发展基金会,由学者评估哪些项目值得支持。要是只靠出版社,即便像三联那样认真地干,也只能一年出一两本。香港这样富裕的国际性大都市,不论商界还是政府,都该向自己的历史文化研究投入较多精力。

内地整理过晚清以降一百多年的许多学术著作,出版了如"民国丛书""中国现代学术文库"等。起初我以为香港也有这类关于香港史地、香港学术研究的丛书,最后发现图书馆根本没有。所以,我们应该要求香港政府支持编纂"香港学术文库",整理这一百多年来出版的各种学术著作,如经济、历史、哲学、文学理论等,还可办研讨会——我曾跟人打趣说,就出个 100 卷吧,一半送到全世界的图书馆,一半留在香港,不用多少钱就能完成这事情。不做的话,香港怎能建立自己的学术形象和历史文化面貌?

另外,香港该有"香港研究"出版基金,由政府投资。像广东有"岭南文库",北京有"北京古籍丛书",都是政府出钱支持学术著作出版。在我看来,不仅是香港人研究香港,全世界学者只要愿意研究香港且能通过学术评审的,都应该能够取得资助。以香港的经济地位、财政实力,这样的事只是小菜一碟。

"东归学人"参与的香港文化建设,
有不能忽视的贡献

陈平原:我这次会议提交的论文题目是《我见青山多妩媚》,那是辛弃疾的句子。当年余光中临别香港之际,说起初只看到青山背后的大陆,到快要离开时才突然觉得香港是这样可爱。其实,学者不管从哪里来,到了香港,必须面对这个"青山"。欧梵,你知道我论文的副题是什么?——叶灵凤、李欧梵的"香港书写"。

李欧梵:啊?我也有书写吗?

陈平原:有,写了好多。我有一个观点,你听听是不是有道理:1930 年代至 1940 年代,叶凤灵来港后撰写了大量有关香港史地、传说、故事、人文、风物的文章。"南来文人"中,愿意扎下根来,认真寻找"香港"的,当然不只叶灵凤一人,我只是举例而已。1990年代以后,原在美国教书的学者,好些回到香港各大学任教,也积极介入当下的香港文化生活。我称之为"东归学者",初步列了一个名单,十多人,还在征求国球的意见。他们有些是香港人,像陈炳良、张洪年、刘绍铭,也有些是台湾或大陆出去的,如张信刚、张隆溪、郑培凯、郑树森、钟玲等。三四十年代是"南来文人"与本地作家共同构成香港文学的高峰期。而1990年代以后,一批"东归学者"跟本地学人合作,完成了香港想象。我想讨论在这两个不同时空里,他们的香港书写有什么变化。

李欧梵:这个论述唯一的问题——你把我们这批人的地位提得太高了。

陈平原:没有。东归的学者也有自己对话的目标。正如叶灵凤不是本地人,他每回谈到香港,其实都以上海做对话的对象。我想谈的是,他们如何与本地的作家学者合作,完成香港论述。我也是外地人,也希望参与这工作。

陈国球:这很有意思。早在1970年代后半期,我们已看到东归学人为香港带来很大的学术动力,特别在文学和文化方面。中文大学有一大批,像周英雄、郑树森、陆润棠、王建元等。钟玲、黄德伟以及我的老师陈炳良就到了港大。还有从美国回来的黄维梁,也为香港文学做了不少工作。他们对香港文学研究有新想法,会到大会堂演讲比较文学和新的文学方法论。陈炳良老师也开始办香港文学的会议。他真的很用心,艰难地面对一些传统的阻力,因为当时学界根本看不起香港本地文学与文化。是他们一步步地做，为大学注入学术动力，再加上政治因素催化，才使香港渐渐受关注。

我还记得欧梵1995年在哈佛大学连续办了几天workshop，那次藤井省三也去了。他跟当时在哥伦比亚的朋友说要去参加这个会议，朋友听到"香港文学"都不回应，只是笑。可见这种非常轻蔑的态度，在外地也有。

李欧梵：是。那次在哈佛一连开了几天会，有陈清桥、王宏志、郑树森、许子东等。当时有人研究香港文化，我叫他们一起来，没任何条件，不用提交正式论文，只管尽情讨论，之后也不出版论文集。

陈国球：在海外会议里，我觉得这次会议很重要，印象特深。

学者的条件相对优裕，就有义务进入媒体跟社会对话

陈平原：学者介入社会，不外从政和议政两条路。议政，以欧梵为例，你回港十年，贡献很大，这不是客套话。现在回头看，你确是利用哈佛大学教授的头衔，为香港文化带来积极的影响，因为这里的人确是迷信这些……

李欧梵：学术名牌，文化资本。

陈平原：对。坦白一点说，哈佛是你的文化资本、象征资本，很雄厚。你刚来香港的时候，写了很多很凌厉的文章，批评港政府不重视历史文化，发挥了很大的作用。而且你没有评估的压力——现在香港的学者，再勇敢也先要顾及学术发表、申请研究计划、教学行政工作，没那么多时间写这些短文。因为在大众媒

体发表,不会得到什么学术认同。你没这些顾虑,很潇洒,左一巴掌,右一巴掌,唤起了不少对于香港问题的关注。

李欧梵:这是老人才能做的事。

陈平原:学界就是应该多些愿意走出来与社会对话的人。学者彻底地变成媒体从业人员是不行的,过多跟政府或商人牵扯,独立性也会消失。你保留了独立性,还能写这些文章,用胡适的话说:这自由是你自己争取来的。这是相当理想的状态。

香港的媒体人生活压力恐怕比大学教授大得多。学者的条件相对优裕,就有义务进入媒体,用某种形式跟社会对话。这次会议,我通知了内地两个报纸媒体,《南方都市报》和《深圳商报》,都是当地发行量最大的。我说广州、深圳的读者,都必须关注香港问题,与之对话。他们一听,都很高兴,说一定要来做专访。

媒体不见得就不关心学院的事情,有时是我们高傲的姿态拒绝了他们,有时是我们关注的事离他们太远。有些题目特别专业,的确不可能要求大众关心;但有些可以共同关心的话题,如香港文化与历史,是应该跟大众沟通对话的。我们应该学会用公众听得懂的语言,把我们的思考、积累、知识传播给公众,这是我们该做的事情。

编纂《香港文学大系》说了快二十年,为什么还未出来?

陈国球:关于香港文学研究,香港政府付出过多少?曾有过一些经费,打算用来开展香港文学史的研究,但没有号召学界来做,结果不了了之。香港政府不懂处理香港文化,不然就要靠艺术发展局。他们也不知道发展文学该找作家还是学者去处理。

李欧梵:政府最会分饼,分出来再切成一小块一小块,等你们填写一大堆表格去申请。

陈平原:我听说香港要编《香港文学大系》,都快二十年了,为什么还未出来? 部分原因是经费问题。那天我听到陈智德和国球说要找私人募捐来做研究,我的天啊,政府在干什么? 如果学者没看到这问题的重要性,没想过要做这事情,那是学者失职;但如果学者想做而得不到政府支持,就是政府失职。

陈国球:的确早就有学者提出编修《香港文学大系》,只是最后没拿到经费。部分原因是学术力量分散,没有非常有远见的人推动,结果一拖再拖。现在我跟陈智德找到一些私人捐款,很少,但不管多少,一定会做。我们会先做1949年前的部分,现已组成一个团队,希望慢慢招募多些合作的人。

我完全认同平原,至今还没有一套《香港文学大系》,我们学界有责任。内地人写香港文学史我也不反对,不同的人来做也好,但香港也该自己动手,而且不是一个人,是一起来做,希望组合出一种力量。推动香港文学必须有所承担,这次会议起码是个开始。

文学散步、都市漫游,我们曾经怎样记录香港?

陈国球:回头看我们的文化文本,比如电影、建筑、绘画,怎样记录香港? 在里面有没有香港情怀? 不管是什么文本,不管是本地还是南来、外来的,只要对这里有感情,其实都非常重要。

李欧梵：应该包括各种语言的记录，本来就是英国殖民地嘛。我替哈佛大学出版社写的 *City Between Worlds: My Hong-Kong* 就是刻意用英文写关于香港的书。我认为这是我用整整一年时间为香港做的贡献与服务，结果可算石沉大海，只有外国大学用作教科书，只有英文书评，本地几乎没有读者。我想：够了，我算为香港服务够了！

陈国球：香港现在当然需要做这些回顾、寻根。像小思老师主持文学散步，欧梵老师带我们去都市漫游，都让我们了解香港。香港人教育上没有得到这方面的知识，若要关怀就得自发地做。1997年，我曾在《明报》、北京《读书》和台湾《联合文学》发表《感伤的教育——香港，现代文学，和我》，就是想说出那份感觉。我们过去的教育根本没有身边的东西，基本上不告诉你个人身份是什么，也不教你去思考它，我觉得很有问题——比如教科书里许地山的《落花生》，我们一直念，却从来不知道作者就在香港，就在港大！明明是身边的东西，联系起来，就会更了解《落花生》、许地山，以及香港。我觉得过去殖民教育真的亏欠了我们一点点。

我最近研究抒情文学，就看看香港有什么抒情文学，其中一篇文章蛮有意思，就在《中国学生周报》，我从中大香港文学研究中心的香港文学数据库找到的，就叫《弥敦道抒情》，我很喜欢这篇文章！没有说弥敦道有什么了不起，但有非常复杂的眼光和态度，从声音、色彩、灯色写弥敦道的感觉，有正有反，感情非常复杂，那是1960年代的文章。

陈平原：这两年有本杂志叫《城市志》，有诗有文，有照片有漫画。他们一个一个街区地写，一小块一小块地做成一本杂志。

我觉得,说不定现在年轻人已经在关注社区文化了。我这学期给学生上一门"都市和文学"课,最后一课,请他们一起讲"我的香港记忆",从一本书、一幅画、一部影视作品或一个场面说起。刚开始布置时,有的人说,我刚到香港不久,哪有什么印象与记忆?也有人说,我从小在这里长大,根本没感觉,怀旧又太年轻了。可是我跟他们说,不管什么年纪,都必须停一下脚步,往回看,珍惜那些即将消失的场景与心情。结果呢,真正发表时,学生们都很感动。其实,每个人都有自己格外深刻的"香港印象",每座城市也都有值得格外珍惜的生命记忆。

编者按:"香港:都市想象与文化记忆"国际学术研讨会于明、后两天分别于香港中文大学与香港教育学院举行。会议前,两位主办人邀约李欧梵教授聚首一堂,畅论他们多年以来对都市研究、香港文化与大众传媒的批评与展望。"世纪版"将于今明两天连载刊登。

(初刊 2010 年 12 月 16 日、17 日香港《明报》之"世纪版",编辑改题《城市书写·文化缺席——陈平原、陈国球、李欧梵三人谈》《学术声音如何介入都市论述——陈平原、陈国球、李欧梵三人谈》。)

"跨媒介"如何对话

时　间：2012年4月25日 15:00—19:00
地　点：北京大学中文系一楼会议室
对话嘉宾：李欧梵、乐黛云、浦安迪(Andrew H. Plaks)、黄子平、
　　　　　王风、陈平原等
文字整理：陈伟华、张丽华

陈平原：开始吧。今天下午，我们是见缝插针。本来，五讲已经结束了。那天我偶然提起，前面，我们请过王德威、宇文所安(Stephen Owen)来北大讲学，除了演讲，他们都会跟老师们、同学们有一个对话，那些对话效果很好。欧梵先生一听，自告奋勇说他也来一次。我怕他太累了，说好定一个题目，请几个老师一起来参加讨论，乐黛云老师、黄子平老师、王风老师，包括我自己，我们也参加对话。李先生你随时插嘴，随时表达，要讲多少都可以，然后我们几个人互相帮衬，把这个题目撑起来。"跨媒介对话"，这题目是我定的。因为，诸位都知道，欧梵先生的兴趣特别广泛，人文学的各个领域都有所涉猎。他的好处以及缺点都在这个地方。我们今天要讨论的问题是：当一个人文学者面临众多学科的挤压、众多文化、众多媒介的诱惑时，我们该如

何处置,或者说如何安身立命。

好,我自己先说一个开场白。2000年,我写过两篇文章,一篇是《数码时代的人文研究》(《学术界》2000年第5期),那里面谈到了进入数码时代,我们整个人文学科的发展,肯定跟以前不一样了。最后说到一点,那就是超媒体的出现,使得文字、图像、声音三者的结合变得轻而易举,而且天衣无缝。因此,导致图文并茂、动静相宜的知识传播途径,极有可能催生出新的知识框架。十几年后看,这已经成为现实。我上课使用PPT已经很努力了,学生们还说不过瘾,他们要上台玩,比我玩得更开心。这一类的,导致我们对文字、声音、图像及各地方的使用方法都不一样了。

同样是在2000年,我还做了一件事情——第一次在报纸上开专栏。那个专栏叫"看图说书",是讲明清绣像小说的插图的,后来出了一本小书,就叫《看图说书——小说绣像阅读札记》。做这些事的时候,我一直在思考,我们中文系的学生们,以前的任务主要是"说文"与"解字",也就是说,经常与文字打交道;而今天,我们必须兼及图像与声音,这会导致我们的知识结构以及治学方法产生很大的差异。这些年,我自己做得比较得意的,是在香港三联书店刊行的《左图右史与西学东渐——晚清画报研究》,以及在《文学评论》上发表的《有声的中国——"演说"与近现代中国文章变革》。

然后呢,我一边做,一边惶惑。以前说"跨文化研究""跨学科研究",我大致知道是怎么回事。今天谈"跨媒介研究",到底应该如何操作,对我来说是个很大的困难。第一个障碍是个人修养和学术方向之间的差异。作为个人修养,比如欧梵先生除了是个人文学教授,还喜欢音乐,喜欢电影,喜欢小说创作,喜欢玩各种新奇的东西。问题来了,当我们把各种个人兴趣投射到自家的学术研究中,会出现什么奇妙的变化?王风老师喜欢古琴,可我不知道,这弹古琴与现代文学研究之间,到底有没有什么关系?如果只是个人修养,那没有问题。可一旦希望将不同的媒介结合起来,那后面是有一整套知识体系和审美趣味的,怎么结合?对于兴趣广泛、身兼数职的现代学者来说,我们到底是暗度陈仓呢,还是触类旁通?抑或是学问归学问,兴趣是兴趣?上午我讲文学的现代性问题,晚上我弹自己喜欢的古琴,各归各,两不相涉。可我们都知道,最好是个人兴趣与学术研究有某些契合点,那样读书更有趣。现在问题是,在以前的跨文化对话、跨学科研究之外,再来一个"跨媒介",如何应付?"跨界"是一种时尚,也是一种陷阱。做得好,成为中心的话题,甚至成为时尚;做不好,谁也不认你。我记得戴锦华教授曾跟我抱怨,不管是学术评奖还是申报课题,她都不做,为什么?她说,因为她是中文系的教授,报电影研究成果,人家会说这属于艺术门类;到了艺术类,人家又会说,她是中文系的。所以,两头都不搭界。

跨媒体、跨学科、跨文化的研究,在世俗层面面临的危险是,很可能谁也不承认你。你的电影研究,你的音乐研究,放到中文系来讨论,人家即便嘴上不说,心里也是不太认同的。而在学术层面,我们的困难是,如何把不同学科、不同媒介的技巧及趣味糅合在一起,以达成一种新的工作目标,甚至建构一种跟今天的文学教授不一样的新的学术表达方式。困难在于:各种各样的媒介,本来就有自己的形式感与审美趣味。媒介并不透明,媒介自有立场,也自有独立的趣味。当我们选择这个媒介的时候,已经内在地被规定或被它限制。这个时候,当你努力在众多媒介之间游走的时候,若是一个自由人或艺术家,没有问题,但作为一个学者,在大学里教书,会有很大的压力。像欧梵老师有点特殊,他可以天马行空,香港中文大学谁也管不了他。他爱怎么说就怎么说,爱怎么写就怎么写。你说我有学问也行,说这不是学问也行,都没关系。对他来说,没有任何问题。可年轻一辈就不一样,面临各种评鉴,很麻烦。拿博士学位,评教授、副教授,有一大堆学术规制。这么层层规制,我们的趣味会不会被压缩成一张平面的纸?还是说,我们可能借助于跨学科、跨文化、跨媒介而重新打开心灵,成为古人所说的"博雅君子"?用我们的视觉、用我们的耳朵、用我们的心灵去感受各种各样的文化,接受各种知识以及审美趣味,这是我关注的问题。

今天请到的几位,都是这方面的专家。为了让欧梵先生稍微休息一下,我想按照年资排队,请乐(黛云)老师先说几句,后面我们不断接话。今天下午的对话,我的设想是,不是每个人都必须长篇大论,随便说几句,大家不断插话。

李欧梵:我插嘴也可以。

陈平原:当然,您插嘴也可以。(众人笑)还有一位浦安迪教授,他现在在上课,四点钟会赶来,那时再让他说话。昨天浦安迪在中文系做了个讲座,谈中国古典小说的物质文化层面,包括明清小说里的猫和狗的功能,还有荡秋千,从《金瓶梅》《醒世姻缘传》一直讲到莫言的小说。秋千是干什么用的,为什么要荡起来,作为一种物质文化,如何同时又有象征意味。当然,有的有象征意味,有的没有象征意味。他特别强调那没有象征意味的,到底该如何阅读。等下他来了,有兴趣的朋友可向他请教。现在我们先请德高望重的乐(黛云)老师,因为最近她身体不是很顺畅,不太好出来,难得今天出席欧梵先生的座谈会,我们先表示欢迎。(鼓掌)

乐黛云:不不不,你说的是来插话的。

陈平原:(微笑)好吧,那您等一下插话。

乐黛云:我等着插话,李老师先讲。

李欧梵:老乐让我先讲,我就先讲吧。(众人笑)

李欧梵:我想,刚刚陈平原说的,其实牵涉到至少三个方面的问题。一个是跨学科,一个是跨媒体,还有一个就是学院里面的升等问题。关于升等不升等,我没有什么话讲,因为各个大学的制度不大一样。我常常说我如果再年轻20岁,要升等,我绝对升不了,所以这个事我是缺席的。另外两方面,跨学科和跨媒体,我是很严肃地对待的。我觉得中国传统文史哲不分家就是跨学科,学科这个定义,其实是西方近代才有的。我常常讲,现在香港的专业化,已经到了令人难以忍受的程度。所以在香港中文大学,我就故意跟他们过不去。他们来找我,要我到中文系,我说我不要;然后,他们让我成立一个东亚研究中心,我说我反对东亚研究中心,因为要用英语教学;最后他们也没办法,说那么就文化研究吧,我说可以。为什么呢?这就涉及平原提的两个问题。因为目前在美国,文化研究本身是一个跨学科的研究,并且特别注重跨媒体。什么叫文化研究?长话短说,就是喜欢将电影、电视、通俗文化,然后加上性别、政治、后殖民等等放在一起,用的材料很多是文学材料,但也可能是广告、电影,甚至社会学的,各种各样都有。哎,我说这个很好玩。结果在那里教了两年,我就发现一个问题,这可能跟我的中国文学本来的底子有关,我觉得没有历史感,没有深度,好像讲的都是很浮面的东西,理论也是浮面的。我记得当时开了一门课,是高级研讨班,就是读本雅明的《拱廊街计划》(The Arcades Project)。这是本雅明的一本新书,刚刚出来,一千多页。我说我们从头看吧,不全部讲,我就选几章,两百多页。学生们叫苦连天,因为有的我也不懂。然后我还教了一些什么课呢?本科生的课有一个"电影经典",另外一个是关于萨义德(也译赛义德)的课,还有一个是"都市文化和现代性",这个课我在港大也教过。那么这样我就已经跨了媒体。这些东西在香港非常时髦,特别是都市和媒体、都市和视觉文化。所以有时候"跨"起来是由于一个城市或者一个时代的环境的影响。像香港是一个电影城市,大家都喜欢看电影,这就很自然地进去了。

  我发现一个问题是,当你教一个跨学科的学问时,你要说两边都行、两边都懂,那是不可能的。比如你说我懂电影,但不见得。如果戴锦华来,我一句话都不敢讲;她不来,我还可以卖弄一下。我觉得跨学科的好处是,当你在进行本学科的专业研究时,会碰到一些问题,这个可能会逼着你,或者是很自然地将你带入另一个领域。像平原和晓虹研究《点石斋画报》,整个的就是视觉媒体,这个很自然地就"跨"起来了。跨学科是一个很自然的现象,特别是现在年轻一代的学生,如果兴趣很广泛的话,就会觉得光是书写的文本远远不够。可是也不能为了时髦而乱跨,那样反而有很大的问题。我自己讲一个失败的经验。我在普林斯顿大学教书的时候,身兼两职,历史系聘我教中国近代史,东亚系叫我教中国近代文学。我说很好啊,教得很高兴。等到要评职称的时候,历史系说你太文学化了;文学这边说,你搞的根本是历史。那怎么办呢？就乖乖走路了。过了一年,到了芝加哥大学,开始理论挂帅了。芝加哥大学的好处就是后来杰姆逊(Fredric Jameson)说的那句话：真正跨学科的是理论。你只要懂理论,你就会跨学科。杰姆逊自己懂法文,写过科幻小说的研究,也写过关于电影以及其他各种各样的东西。对他来讲,这都是理论。特别是当他进入到后现代主义理论时,这个理论本身,就是由于新的经济,特别是资本主义带动了新媒体所促成的,所以杰姆逊可能对于纯属文字的工具觉得不过瘾。我觉得,将来我们人文研究要面对一个很大的挑战,就是跨学科。如果大家对于西方理论有兴趣的话,它会永远带着你走向一个不是你自己专业的学科。

跨学科研究有相当大的好处,特别对于各位年轻的同学来讲,它绝对能让你开拓将来写论文的视野。我记得我第一次到北大来的时候,王瑶先生说了一句话,吓了我一跳。他说中国文学的小说就那么几百本嘛,你全部看完就行了。你问他(看着陈平原),是不是说过这类的话？可是后来,就有学生说,那我们每个人都研究这些小说、这些作家,研究完了之后,没有题目怎么办？其实题目有的是,就看你怎么去找。跨学科就带给了我们一个找寻相关题目的可能的方向。常常有一种跨学科的研究启动之后,很多新题目就出来了。也许我带动了一点小小的都市研究,马上平原的北京学、开封学,整个就出来了。如果是在二十年前,让大家做北京的公园,我想可能不会有人做的。做这个(看着陈平原),你要插话吗？

陈平原：(微笑着)没有。

李欧梵：(笑着)我看见你举手了。

陈平原：(笑)没有,不是我举手。(众人笑)

李欧梵：赶快,老乐(黛云),你要插话赶快插。

乐黛云：我不,还没到。

陈平原：您先讲,您讲完我们再插话。

李欧梵：我是乱讲的。这个跨学科,我现在有点走火入魔了,我觉得自己已经变成一个半吊子学者了。我对于香港中文大学也没有什么贡献,唯一的贡献就是把文学院不同学科的研究,特别是年轻的老师们组织在一起。我最近开了一个 Seminar,刚刚结束。英文是"(Re)connection"(中文叫作"人文重构"或者"重新连接")。用时髦的做法,把其中的"Re"用括弧括起来,因为本来就该连接的,现在我们再连接一次。前三讲是关于文化研究跨学科的理论,我就把文学研究批评了一顿。然后呢,中间那一段是我讲,讲不同的题目,每一个题目都是跨学科的。第四讲我就讲到朱光潜、萨义德,然后就讲到维柯,维柯本人其实就是带动跨学科的,他的研究一个是人类学,一个是历史学,另外就讲到翻译的问题。这样基本上就带动了中文大学的翻译系、英文系、文化研究系、历史系。然后呢,最后3月到4月份,大概有八次课,一次两个人,我把历史系、哲学系,甚至于心理系、音乐系的几位教授拉到一起,让他们每个人来报告一次。我说唯一的条件就是要跨学科,至少跨两个。于是科大卫(David Faure)就讲他怎样从人类学做进来,开始研究中国南部,特别是广州那一带的历史。还有一位年轻的同事,他是研究心理学的,自己特别喜欢古典音乐,于是就一头栽到傅雷翻译的《约翰·克里斯多夫》里,准备就从心理学讲过来。另外还有一位哲学系的关子尹,他是研究德国现象学的,他就讲洪堡特这样一个语言学家,怎样从中国的古文里面得到现代灵感,写出他的一套理论来,结果就把胡塞尔、洪堡特、中国古文连在了一起。我听了一愣一愣的,可是非常兴奋。我回到家里,请他们吃饭、喝酒,从来没有这么兴奋过。

我为什么这么高调地倡导跨学科研究呢?我觉得在香港这个环境里,人文研究有一个很大的危机,就是基本上从政府一直到商人,都认为人文学科没有用,一点用都没有。那么我就用用途跟他们说。我在国内见到很多记者、编者朋友,他们懂得很多东西,我们一谈,马上就知道我的文章怎么改。香港的编者、记者没办法,最简单的东西都会搞错,一点知识都没有。为什么?很简单,人文修养不够。你只念你专业的那么一点点,譬如说念新闻的就不念中国古典文学,那怎么可以,对不对啊?所以,这样自然就有很多很多的漏洞。我们现在生活在一个可以说信息充斥的时代,信息这么多,你应该有所选择,并且应该知道怎么选。那么这就需要一种跨学科的能力,也可以说是修养。我这种做法刚刚开始。我不敢做到跨文明对话,我知道乐(黛云)老师做过,杜维明先生做过。(看着乐黛云)艾柯还为你写了一篇文章,吓死我。我好佩服她。那么这是我的一种跨学科的基本经验,细节我们大家待会儿可以再聊一聊。

跨媒体这个问题其实是一个很大的理论问题,我也从一个实际的例子来讲。现在在美国非常走红的一个学者,就是周蕾,她在一本书里面一开始就用鲁迅幻灯事件的例子,说幻灯事件是一个视觉的东西,鲁迅怎么从这里走到中国文学了?然后就说,研究鲁迅的、研究中国现代文学的那一帮人(包括李欧梵在内,虽然没有点我的名,因为我是她的朋友),也都回归到文字了,为什么不注重视觉?她的话是有道理的,她背后的理论根据是:当时有几位研究法国文化史的人编了一些书,就讲法国文学和文化里对视觉的忽视和轻视。视觉艺术是什么呢?于是,理论就出来了,什么本雅明啦、福柯啦,一大堆的,然后电影也都进来了。现在在美国几乎变成一种视觉挂帅,挂帅到连文字都不管。我们在美国教书,包括王德威在内,总要教点电影。我听说王德威非常用功,他买了几十部中国老电影在家里苦读(众人笑),不知道是真的还是假的。我们昨天晚上讲到的周成荫,她是非常懂电影的,根本就是心在电影,可同时还研究鸳鸯蝴蝶派,写那个写不完。于是我说,你干脆做电影算了,只要做得好(就没问题)。所以我们现在面临一个困难,不知道北大的情况怎样,在美国研究现代文学的,几乎个个都在跨,个个都在用不同的媒体。研究古典文学的可能少一点。其他的像日本现代文学的,就跨得更厉害,理论更厉害。研究阿拉伯文学的也许少一点。可是你看,研究当代的,或者是法国的,像他们的法文系,基本上就变成翻译德里达、翻译法国各种理论的机构了。每个人都在那里翻,不然他们连饭碗都没有了。说得不好听一点,就是似乎对于文学文本本身,他们觉得已经做完了,现在能够做的,只是把原来的一些文本用新的理论再重新解构,做新的解释。所以理论层出不穷,各人把自己的专业改头换面,变成了理论架构。我最近看了一本书,是史书美和她的一个同事合编的,叫作 *Creolization of Theory*,"Creol" 是一个混血民族,南美的。然后她就把这个民族的研究当成一个理论的架构,意思就是说,我们研究的东西都是散的,每一个地方怎么样怎么样。现在这个似乎是大势所趋了。

我现在反而回归到一个比较保守的立场。跨学科也好,跨媒体也好,我们都要扪心自问:作为一个人文学者,或者作为一个人文人士,我为什么要做这个?这个问题是个人的操守道德问题。你表现上可以玩玩,可是最后你的目的是要做什么?我的目的非常清楚,就是要恢复人的价值。各种学科、各种媒体的背后,不是机器,而是人。当然人的定义可以是五花八门的。所以,我最近常常做的一个事情,就是用各种方法,让年轻人、让香港人愿意听我讲这个,能够得到一些启发。

最后再回答平原所问的一个问题:到底我的这些课余研究,这些乱七八糟的东西,是不是影响到我的"主业"?我现在已经有点分不清了,以前是分得非常清楚的。在香港我常常讲我是两栖动物,到了岸上,是在做学问,然后一下海,到香港,就乱写影评。后来写着写着我发现,我的一些想法,是先在我的一些杂文里面写出来的。包括我现在做的很多东西,比如我讲维柯的那篇,最早就发表在报纸上。这有很大的好处也有很大的缺点。缺点就是升等绝对不可能,中大每次要我报最近出版的成果,我都把它们放在"另类"。论文啊、翻译啊、学术研究啊,我都没有,然后在"另类"中我就列了一大堆。另类就是 other,我就故意跟他们过不去,他们拿我也没有办法。

这些另类的东西,是不是可以对本专业的研究有所帮助呢?我只能说:有时候有,有时候没有。好几个年轻的同学问我,对音乐的爱好跟你研究文学有没有什么关系?你从音乐中的收获如何?我从来没有想过音乐跟文学有没有关系的问题。可是,有时候我跟别人谈音乐的时候,他们总说你是从文学出发的,或者谈电影时,他们也说,你这是从文学出发的。我自己也没有想到，就是我真的是搞文学的，这个种子已经播在了我的心里，跑也跑不掉。我们搞文学是一辈子的事，你喜欢也罢，不喜欢也罢，都是一辈子的事。可是，倒过来说，当你有了文学的阵地，再重新来做一些杂七杂八的事情的时候，有时候也有意想不到的效果。这个效果不见得是学术的效果，有的时候往往是一个……怎么讲，我常常用的一个词是"accidental coincidence"，指的是偶合式的、巧遇式的效果。而这种偶合的、巧遇的效果，会带动你的研究兴趣。我随便举一个例子，最近香港管乐团演奏了一个冷门交响曲，叫作《抒情交响曲》，有人知道吗？*Lyric Symphony*. 这个作者呢，是马勒（Gustav Mahler）的太太的第一个情人。

陈平原：太复杂了。（众人笑）

李欧梵：嗯，太复杂了。你懂得音乐马上就知道了，他的名字我现在忘记了，他是 Alma Schindler Mahler 的作曲老师。这个人长得奇丑，可是呢，他这个乐曲非常有名。这个乐曲是根据什么诗呢？马勒用唐诗来作《大地之歌》，而他是用泰戈尔的情诗作这种抒情调。后来他们要让我去讲这段关联，我就做了一些研究。我发现，原来他们研究音乐的人也提出来了，这些诗选自《园丁集》还是什么集我忘记了，是不是《园丁集》？是《园丁集》。原来有冰心的翻译。于是我就把冰心的翻译和那位德国作曲家引用的来作对比，发现他跟马勒一样，在中间加油加醋；而冰心的翻译是很清晰的，可是没有欲望（erotism），没有那种性的成分，没有颓废感。后来我又发现，泰戈尔这诗是用英文写的。哎，这对我来讲，就变成一个有意思的题目了。我不知道有多少人还在研究冰心为什么翻译泰戈尔。泰戈尔对中国的影响，除了大家知道的那一段之外，还有其他方面没有？泰戈尔在中国扮演的角色和他在印度扮演的角色有什么不同？他在1915年左右(确切地说是1913年)拿了诺贝尔奖之后到欧洲去旅行,到处结交欧洲的名人,对于欧洲有相当大的影响。那么,这就是我所说的所谓跨国际、跨学科、跨文化的一种研究。当然它有相当大的难度。因为我不知道泰戈尔在印度本国的地位。我们知道他非常有名。其实他在印度有一个试验,这个试验是类似英国罗伯特·欧文(Robert Owen)的一种乌托邦式的试验,就是要把工业、音乐、艺术、种田和手工业等等放在一起。在英国有一个地方,叫作Totness,我以前去过,研究徐志摩的时候去过,我曾经写过这一段。没有想到,那个小提琴家就在那里教过一个学生,告诉我的这个人是泰戈尔访华的英国秘书,叫伦纳德·埃尔姆赫斯特(Leonard Elmhirst)。那么这个试验在印度,原来已经有一个学校,是泰戈尔成立的,我最近在台湾见到了一个在这个学校教了二三十年中文的老师。那么,好,你怎样把这些乱七八糟的东西连在一起,这就是学问了。讲到这儿,我就没得好讲的了,看一下各位高手,谁能够联系一下？

我最后的结论就是,有时候一个人实在处理不了,就提倡小组研究,让不同领域的朋友,比如你是研究印度学的,我是研究音乐,他是研究文学的,把这些不同的人召集在一起,我觉得是非常值得提倡的。我个人觉得,把我自己的所有研究放在一个系里面,至少在香港这个环境里面,我觉得是不够的。我常说的一句话是,中国文学的研究,近代、现代、当代全部要打通,中国近代文学应该从晚明开始。今天听了平原的演讲,应该从魏晋开始。(众人笑)

陈平原：好,谢谢欧梵先生！接下来,子平你先说吧？

黄子平：那个，好，我来说。网上有一张照片，照片上是湖南一个市的交通管理的一个标语，在马路的栏杆上挂的一个条幅，写的是"刘翔不好当，跨栏会受伤"。（众人笑）

陈平原：交通管制的？

黄子平：对，不要跨栏。我觉得是很严肃的很重要的警告，对于我们这些想跨的人。丽华给我 E-mail 说，有这么一个座谈会，说是跨媒介的一个交谈。然后，说要欧梵讲电影和音乐，平原讲图像研究，王风讲古琴（众人笑），请戴老师戴锦华讲电影，我就无路可走了。（众人笑）讲一个笑话，就是说被熊追的一群人里头，你不必跑第一，跑倒数第二就行了。（众人笑）我就报了网络文学这么一个题目。我搞网络文学至少比在座的各位稍微拿手一点，同学我不敢说。（笑）各位，我就斗胆讲一讲网络文学。

网络文学，首先我的感觉是网络已经成为我生存条件的一部分。我有非常深刻的感受，就是上个月，有一天我们住的那个周转公寓停电。星期天，我以为是跳闸。一看这个闸好好的，我又以为是小区停电。结果发现对门也是亮着的，楼下也亮着，楼道的灯也亮着。我就去敲门，敲对面邻居的门。邻居说你的那个电表用电量用完了，要去买一个卡插进去。星期天怎么办，星期天没办法，房产部没人上班。所以这整个一天肯定就是若有所失。（众人笑）被全世界抛弃的那种感觉。（众人笑）最后，我决定拿着我的手提电脑跑到咖啡店里面去，跟世界产生一些联系。就说现在是这么一个情况，网络已成为我们生活中的一部分，但是我们对它其实很不了解，并由此产生一种恐慌。我一辈子经历过类似的恐慌，只有"文化大革命"，整个卷进去，然后不知道它要干什么。这次也是。网络已经成为我们的生存条件之一，但是我们完全不知道它是什么东西。所以，我们经常引用马修·阿诺德的一种说法，就是说，旧世界还没死掉，新世界也还没有产生，在方生方死、若明若暗之间，怪物（monster）浮现。

20世纪有两个怪物：法西斯主义和斯大林主义。21世纪就是这个玩意儿，就是这个网络。我想起来前阵子一个报道，也是湖南的一个大学，突然规定说是子夜以后，也就是晚上12点以后断网，就引起"暴动"了。所有宿舍的大学生都骚动了，烧报纸，扔东西到窗子外头。这是很重要的一个信号，就是说，网络的畅通是安定团结的基本条件，（众人笑）是维稳的一个基本条件。这些人坐在屏幕前边，就不会上街。以前，我们1980年代闹学潮是因为食堂里面的菜涨价，或者强令所有人早上七点半就要起来在操场跑步。现在是因为你断了他的网。这告诉我们，当所有的人都乖乖坐在自己屏幕前面的时候，社会确实就是和谐的。

一般人的误解，说因为网络才会有茉莉花革命，等等。其实是错的。在埃及，它把所有的网络都关掉了，把电话都关掉，手机都关掉了，革命照样发生。如果我们回溯历史的话，法国大革命、俄国革命的时候，那个时候任何网络都还没有。但是回过头来言归正传，为什么要谈网络文学这个题目呢？我其实是没有资格谈的，最有资格谈的邵燕君老师不在，她是被熊追的时候跑在第一的。（众人笑）她这学期在北大中文系开网络文学的选修课。我也想去旁听。说起来我上网还是历史悠久的，就是在1990年我有幸参加欧梵的一个研究计划，芝加哥大学57街那里，有个士林书店，玉莹也记得。士林书店那个台湾来的老板，前面卖书，后面卖电脑。我掏了 1300 美元，买了一部 286，(众人笑)喔，很贵啊，1300 美元。钱是跟我老丈人借的。老丈人是缅甸远征军的译报员。他对这个 26 个英文字母的键盘能打出汉字来很感兴趣，于是就借钱给我。当时的系统是 DOS 系统，那个屏幕是黑的，里面冒出那种暗绿色的字母来，一闪一闪的，很好玩的。到 1991 年的时候，那个 modem(俗称"猫"，即调制解调器)才刚刚发明出来，可以接到旁边那个主机里头，通过电话拨号，接上网络。

开始第一份中文的网络文学叫作《华夏文摘》。可以在校园的 BBS 上看到，是留学生办的，这是最早的网络文学。后来就是方舟子的《新语丝》，1992 年创办的。1993 年我到了香港以后，我当了一个诗社的网络顾问，"方舟"。"方舟"的这个社长是港大土木工程系的一个学生，诗写得很不错，他自己建的一个网站，发表了诗社社员很多诗。那我就斗胆为他们做顾问。他们后来还出了两本诗集。我大胆地推测"网络诗学"的出现，对诗歌的形态做了一些很大胆的判断，主要是相对印刷文化而言的，认为可能会恢复到印刷文化产生之前的那种兴观群怨的状态。"群"的范围无远弗届，他们有很多社员远在加拿大温哥华，而唱和这种古老的古诗才有的形式也在网站出现，"同题唱和"这种形式就在他们那个诗歌网上出现。在网络办这个诗的杂志，比纸、比书的成本要低很多，自发的、不受编辑体制限制的全民写作得以实现，等等，做了一些推测。后来我没有接着关心这件事，虽然都活在网上，但对网络文学这一块没有太关心。过了很多年回头再看，跟我那个推测完全不是一回事，预测完全失败。我那个预言，就是说那种山民野唱，那种国风式的、自发的、全民的、草根的创作,已经不是这么一回事。最重要的当然是商业势力进来了,网络跟文学的关系完全被"点击率"所控制。多少年以后回头来看,产生了一系列的疑惑。欧梵老师问我,为什么只有汉语世界有网络文学,台湾和大陆有网络小说,别的地方好像没有产生出来。在美国它是电子书,电子书都是跟那个亚马逊连接起来的,卖纸本书也卖电子书,电子书便宜一点,买来在 kindle 上看。最早卖过 Stephen King 的惊悚小说。但是都没有所谓大面积的这种"网络小说"出现。这是一个比较奇怪的、独一无二的现象。这是第一个疑惑。

第二个疑惑就是,为什么只有网络文学?我们有很多照片都放到网上,但并没有网络摄影。我们很多论文都放到网上,为什么没有网络学术?更没有网络音乐,这些都没有。你可以写一些歌放上网,但不成气候。规模大到来势汹汹的只有网络文学,这也是一个比较奇怪的现象。

那第三个疑惑就是说,后来网络文学缩小到网络小说。这是我刚才所讲的这些诗歌啊,散文啦,没有一个名牌出来。很多人在上面写诗,在上面发散文,发博客,甚至发一些个人随笔的东西,现在就没有人再关心了。但是在争夺传统文学应该有的文类里头,只有网络小说一枝独秀。这些我都没有办法回答。我用邵燕君老师说的一个比喻——她用的是人类学的比喻——我们不是土著,虽然住在网上,但是不是网络文学的土著。所以我们真的要去研究的话,必须住到部落里头去,跟他们同吃同住,娶他们的女子为妻,(众人笑)学他们的语言。出来以后才能发表一些人类学著作。就是说,这些疑惑我们暂且放下。

回过来看,就说,突然就发现网络文学、网络小说已经发达了,发展成了一个壮观的滚滚洪流。尤其是 2011 年,我找到一个材料,说,不到十年时间,中国的文学网民人数已经达到 2.27 亿,占网民总人数的 47%。以不同形式在网络上发表作品的人数高达两千万。还有一种很奇怪的,叫作网络写手,注册网络写手的有两百万人。网络写手和网络作家的区别在哪里呢? 就是说网络写手是跟那个网站有签约的,那个叫网络写手。网络作家是另外一回事。然后,通过网络写作来取得收入的,人数已达到 10 万。职业和半职业写作人已超过 3 万。男女作家的比例基本持平。年龄,这个很重要,年龄在 18—40 岁之间的作者占了 45%。在读学生占 10%,在座的可能就有。还有一个很重要的数据说,理工科的占了 40%。这些数字还是很能说明一些问题。比如方舟子,理工科;当年的痞子蔡,是台南成功大学水利系的,博士生。痞子蔡经典的作品是《第一次的亲密接触》。它是经典的网络文学,里面的人物是在网上认识的。网名一个叫痞子蔡,一个叫轻舞飞扬,哲学系的,哲学女,这边是理工男。他们网上的签名特别能够表现出他们的身份。平原你不知道这个签名? 不懂就算了。每个网名 ID 下面有一个签名。痞子蔡的签名就是那种写电子的 program,写程式的写法。If……then……, if not……then……意思是,那种如果是什么条件,然后得出一个什么结论,三段式的。如果我有翅膀,我就能飞起来。因为我没有翅膀,所以,我不能飞起来。完全是一个理工男的那种句式来写这个文学句子。那么轻舞飞扬是哲学系的,痞子蔡的同屋比较粗鄙,就问是头发飞扬还是裙子飞扬。就这样发展出来的亲密接触。其实这个故事是一个非常简单的校园爱情故事(love story)。1970 年的那个电影讲的是哈佛爱情故事。后来女的得了绝症,是吧?非常简单。跟我们现代文学里早就发展得非常复杂的那种叙事,完全不能相比。但是就走红。然后产生了一些非常重要的网络写作的特点。就是说,它是一节一节放上去的,类似金庸时代的连载小说。但是同时跟网民——他们叫作迷群体?——发展出了一些新的概念。迷群体或者粉丝、粉丝群体,有非常密切的互动,就直接会影响到创作。因为原来这个轻舞飞扬的死法是比较凄惨的,是台湾经常见到的那种泥石车辗死的。所有的网民、粉丝都焦虑,都说不能这样。(众人笑)而且很多人哀求着,不要让她死,等等之类的。就是这些互动。后来痞子蔡用了红斑狼疮,但不是红斑狼疮那么难听,叫蝴蝶症。(众人笑)这么浪漫的、诗意的一种死法。

那么这个网络小说的发展过程中,最近就是那个九把刀了。九把刀的《那些年我们一起追的女孩》,改编成电影,影响极大,红遍海峡两岸。香港的学生最近大学三改四,中学七改六,中学六年级就毕业了。毕业时候在校服上签名,同班同学签名,签得黑压压的一片。据说就是受到了《那些年我们一起追的女孩》的影响。网络文学现在就是形势大好又形势极坏。所谓大好呢,就是说,急速地被转换成影视媒体。所谓严峻就是版权。现在大家都去抢版权,看谁下手早。

最近国内比较走红的《失恋三十三天》,也是网络文学。鲍鲸鲸,一个女孩鲍鲸鲸在"豆瓣",一个比较小范围的网站上,把她写的33篇微型的小说,每一天放一篇,其实是33篇日记的形式。放到第十天的时候,就有影视公司过来说,10万块卖给我们好不好,就说这个。原来我是设想这么一个全民的、草根的小说写作,基本上就是这个非常强大的网络经济介入了。其中最重要的一个网络公司是盛大文学公司。它见一个文学网站就买一个,买了以后就开始打版权官司。我们最应该关心的,我觉得非常重要的就是这个版权官司,无数的版权官司。因为它这个网站的阅读有一个很重要的参数——点击率。越是好的,粉丝多的,给钱就越多。平原你不看网络小说?不贵,一千字两分钱、三分钱这样的。然后这些网络写手才能够赚钱。但是谁有那么傻,好不容易上了一个网,还去给钱看小说。所以有很多盗版。所谓盗版的就是,整个复制你的网站,劫富济贫,免费看。上万个上千个盗版网站,所以这个盛大文学公司就忙着打官司,主要是跟百度打官司。百度上能搜到本来要给钱才能看的小说,这是一起官司。还有一起官司就是,那些传统的作家也跟百度打官司,比如王蒙啊、池莉呀这些。另外又跟苹果打官司,你打开 iPhone、iPad,王蒙、池莉随便看,作家们不干。大家知道版权官司永远打不完的,"野火烧不尽,春风吹又生"。这些都是非常重要的迹象,对我们这些研究文学的人来讲,就是说跟我们这个印刷资本一起诞生的总体局面正在改变。这首先就是涉及版权问题,就是说,跟资本主义一起,这些版权啦、产权啦,这些都跟资本主义一起产生,之前山民野唱的时候,哪有什么版权?那么我想象未来,我的理想就是说版权也会消失。就是说在未来,回到全民的作者、全民的读者,这是我非常激进的一个想象,就是说版权制度会跟资本主义一起灭亡。

王　风:进入大跃进民歌时代。(众人笑)

黄子平:大同世界。那么现在的问题在哪里?就是说传统文学这一块也感觉到了必须要跟网络文学发生联系。有的名词叫作收编,另外一个网络作者就抗议,说不能叫"收编",也不能叫"招安",叫作"承认"。"承认",怎么"承认"呢？有意思的就是中国作协它开始评鲁迅文学奖,你可以用网络小说作品来参评。茅盾文学奖,也有七部网络小说进入评奖。当然初选就被选掉了,等等。然后,最有意思的是中国作协安排的两批那个所谓传统作家和网络作家的"结对交友"。

王　风:过去叫"一帮一,一对红"。

黄子平:那非常有意思。在这里,可以看出网络文学和传统文学之间其实是奇怪的不平衡和不对等。这些网络作家很多都是90后、80后,战战兢兢地去跟这些前辈配对。(众人笑)然后,王刚,这个传统作家,问一个知名的网络作家,说你有没有看过卡夫卡？这就是一个很挑衅的问题,用网络的说法就是"嚣张"。(众人笑)那个网络作家说没看过。又问一个,说你有没有读过托尔斯泰呢？这个网络作家很嚣张地说:"谁是托尔斯泰？"

这非常有意思,非常有意思。其实是两种文化,就是说"monster"和我们存在已久的印刷文化产品之间的一些差异。这些我觉得都是非常有意思的小细节。危机在哪里呢？对我们这些在传统文化里头、印刷文化里边长大的人来讲,一个非常严重的挑战,就是我们的阅读习惯,已经完全不能适应了。印刷品的阅读是从口头文化发展过来的。回到印刷史,最早欧洲的那个文字是连单词之间的空格都没有,更不用说标点,所以你必须朗读才能把那个印的是什么呈现出来。奥古斯丁的《忏悔录》里面写道,他有一次看到一个人读书,居然默读,不出声地读书,这个人很奇怪,这个人太了不起了。所以默读这种阅读方式是在印刷文化里发展而来的,让我们能够沉思,能够专心致志地一个钟头两个钟头地读,能够有一种深度阅读。这是一个非常有趣的思维方式,就是说当你专心致志地读,同时心理联想和解释都非常活跃,这就会有学术呀,就会有长篇巨著那样的产生,所以阅读文化是现代文明的基础。

但到现在就是我刚才讲的,互联网是吸引我们的注意力的一个怪物,它吸引我们的注意力的目的是要分散我们的注意力。因为我们有无数的链接,看到这个地方"竹林七贤"什么意思,旁边有一个链接,就去看。阮籍很好玩啊,阮籍是怎么回事?阮籍才看了两句,链接到了花雕酒。再一链接到了绍兴。弄了半天,读了很多,再回到那个地方,已经忘了我刚才是从哪里开始的。同时我还要查我的E-mail,同时手机又响了有短信,然后facebook 那个人的头像又在闪了。(众人笑)

王 风:太忙了!

黄子平:就是说我们的阅读量是空前地增大了,空前地增加,但是记住的很少。这就是我们现在的阅读现状。不要以为只有我们的学生这样,我参加过北京大学中文系当代教研室的开题、论文答辩,那些教授也是,根本就没有在听人家说什么,不断地从口袋里掏手机出来看短信。这就是所谓深度阅读的消失。

那么这种深度阅读消失以后,很奇怪的就是我们去参加 IQ 测验的话,分数更高,这就是说我们并没有变蠢。那么是不是我们的前辈蠢呢,他们的平均 IQ 分数比我们要低呢?我儿子,我看他做作业的时候,开着电视,开着电脑,听着耳机,放着手机,做作业,我问他怎么能做作业呢,他说能做呀,做出来的分数也很高。那么这个 IQ 分数里面分析出来就是说,他们对图像的分析能力非常快,而且非常准。旋转的几个图形,他们马上知道是什么意思,这方面的分数极大地增长。但是语言跟我们的爷爷辈没有什么区别,语言这方面的智能没有随着增长。而我们现在训练出来一种,叫作跟电脑一样,人脑变成电脑,多任务,多任务就是 multitasking。就是说,我们以前是专心致志地看一本专著,如平原的博士论文。(众人笑)现在不行,我现在也是抓耳挠腮,看着看着,就觉得自己特别烦躁,已经很难坐下来用一个钟头看完一篇文章。所以这就是我们要面对的,不光是方法的问题,思维方式都已经在改变之中。我们被网络这头熊追赶着,尽管会受伤,还是跨过了栏,伤得起还是伤不起,到了需要严肃考虑的时刻。

陈平原:好,接下来是王风老师。

王　风:嗯,我要讲的内容好像陈老师已经定了,说是那个古琴和现代文学的关系。(众人笑)前几天张丽华给我打电话,我还在山东,正在梁山泊的顶上。在那么一个豪放的地方接到了这么一个豪放的题目。然后我就想,在梁山泊顶上想,古琴和现代文学,有什么关系呢?(众人笑)过去我可从来没有想过,而且因为古琴,曾被陈老师批评不务正业。所以后来与张丽华两次通电话,我都专门问到这事,我说陈老师到底是怎么说的。她有点含含糊糊,故意说得不清不楚,像是有个陷阱,所以我一直到昨天晚上还担心这是张丽华在恶作剧。(众人笑)

现在我明白,是要陪李欧梵先生"跨媒介"。不过问题可能要稍微置换一下,古琴和现代文学,这个过于具体,要说关系大概没什么关系。但要放大到古琴跟文学,或许能有一些关系啊什么的问题。我也就是这两天才被逼着考虑的,过去没专门想过,只是有些感觉,似乎有一些若有若无类同的地方。其实古琴对我来说,就是平常比较喜欢而已,平时弄一弄而已的一个东西。而且说实话,讲这样一个话题我是有压力的。一个就是,我担心讲着讲着给人的感觉有点"显摆",好像会那东西就如何如何;另外一个我觉得可能有些部分到最后变成"瞎掰"。

按照八股的程式,首先要"破题"。所谓的"跨媒介",先得区分"媒介",那么有图像、声音、文字等等。从文学上来讲,可以分为口头的、纸本的,还有现在的网络等等。这都是按物质性来分类。另外也可以从感官接受的角度来区分,比如说视觉、听觉、味觉、嗅觉,还包括触觉,也就是所谓"五觉"。那么在中国古代,这与五音、五味、五色、五行等等,都有各自的对应关系。这些关系看起来玄妙,其实一点都不奇怪。我们谈到音乐感受的时候,会说音乐是有味道的,或者说音乐有色彩。这就是钱锺书所谓的"通感",在文学中此类"跨媒介"更是再普通也没有的事情。

我想先从一个方面来谈,也就是在同一个时空里,不同的媒介总会具有某种共同的趋向,或者更准确地说——气质。因为我是临时接到的这么一个问答题,所以就想着用什么例子来说明。首先举一个北大中文系师生非常熟悉的,大家都知道林庚先生提出"盛唐气象",来说明当时的文学尤其是诗歌的状况。当然"盛唐气象"并不是林先生的发明,这在古代就是成语,初、盛、中、晚唐的划分本就是谈论诗歌的。那么这就涉及一个问题,何谓"气象",显然"气象"云者,是笼括那个时代一切的,远不止诗歌乃至文学。我该讲到古琴了。(众人笑)我每周到故宫博物院的郑珉中先生家问琴,已经十年以上,从他 77 岁到现在89岁。之所以要跟他,是因为他是古琴国手管平湖先生的弟子,一双手就直接来自管先生。在我看来,现代中国,古琴管平湖、围棋吴清源,都是雄视百代的人物。能有跟随郑先生的机会,那真是费了非常大的努力,前后有两年才拜上师。最后我的"保人"了不起,是王世襄先生夫妇,他们在电话里劝了郑先生快两小时。那么王郑二先生都是文物鉴定名家,跟他们交往,自然见到旧琴的机会就很多,我有兴趣,也上了点心,就跟着瞎看。现在算是看得懂了。古琴至今还保存着唐代的制作,有盛、中、晚唐器,最早的是盛唐。面对这鼎鼎唐物,确实是能感受到"盛唐气象"的。同样,如果去看当时的陶俑,比如唐三彩;书画,比如怀素、颜真卿、韩幹、张萱;诗文,比如王维、李白、"燕许大手笔";或者建筑,比如山西的那些,也会得到同样的感受。觉得就是这么回事,有那种"气象"在里头,明摆在那儿。后来我明白,文物行分门别类,只能在某一门类里面进行判断的,即通过纵向比较断年代先后,并不如何了不起,那是专家;真正的顶级行家,应该称为通人,还能有个横向联系,即在同时代不同部类的百工技艺之间,能够把握统一的——也就是所谓"气象"吧。

再可以举的一个例子,是鲁迅提到的"魏晋风度"。鲁迅喜欢魏晋,欣赏嵇康,但他也一直在解构普通的印象。比如1920年代的演讲《魏晋风度及文章与药及酒之关系》,谈到那时风流人物之所以宽衣博带,是因为吃药,药物中毒造成皮肤敏感,也不能常洗澡,于是微生物滋生,就会有"扪虱而谈"的"风度"。鲁迅固然是不以普通所以为的轻飘飘的魏晋为然,不过他将"文章""药""酒"连带而论,涉及文学,也涉及行为方式,比如衣着、谈吐等等,从方法论的角度看,不正是论述了一个"跨媒介"的"风度"吗？而事实上鲁迅也并没有颠覆"魏晋风度"，读了他的文章反而让人觉得更为合理自然，似乎非如此不成其为魏晋了。同样，1930年代他批判朱光潜的陶渊明论，说渊明并非浑身"静穆"，陶诗还有"刑天舞干戚，猛志固常在"这样金刚怒目的一面，也是为了还一个完整的陶渊明。其实陶更惊人的是《闲情赋》，说要化为各种物事纠缠女子。还有《形影神》三首，"形赠影""影答形"，意象的使用简直类于《野草》，而这是千八百年前的作品。比他还早的嵇康也有篇奇文，叫《声无哀乐论》——声无哀乐，这真是难以想象。在"乐教"一统数千年的中国，能有这样的理论出现，非常非常的现代派，但它就是出现了。不过仔细想想，如果必须要出现，那只能出现在魏晋嵇康的时候，往前一点、往后一点都好像不行，都搁不下。这里可以涉及古琴的历史。大家应该知道科举取士始于隋炀帝即位的大业元年，不过可能不知道当时考生的不易，隋朝科举是要考古琴的。具体考的曲目是"九弄"，"弄"是琴曲的量词单位，"九弄"就是九首琴曲。因此这"九弄"在历史上地位非常高。"九弄"中有五弄是蔡邕，也就是蔡文姬的父亲作的，还有四弄是嵇康作的。我们来看，蔡邕是东汉末年的，他这"蔡氏五弄"叫作《游春》《渌水》《幽思》《坐愁》《秋思》，都是很具象的题材，借此来表达情绪，其意境也是我们很熟悉的。那么，其实过不了多少年，到西晋嵇康的时候，就有"嵇氏四弄"，叫《长清》《短清》《长侧》《短侧》。什么意思呢，宋元的时候就不明白了，后来琴谱的解题其实都是误会，说什么《长清》描写的是白雪。现代顾梅羹的研究搞清楚了，《长清》《短清》这东西和白雪根本没有关系。长清、短清的"清"指的是清调，长侧、短侧的"侧"指的是侧调，都只是表现调性，没有什么主题的。这种抽象在中国传统音乐中实在是超乎想象的异端，但没办法，魏晋时确实有。古琴曲的历史遗存是不少的，但有个不小的问题，即大部分作者都失落了，标明作者的很多也不可靠。不过，"九弄"的作者没有疑问，反而著名的《广陵散》，就我个人的看法，至少存世资料只说嵇康临刑时弹奏，并没有说就是他的创作。而"嵇氏四弄"正应该看作"声无哀乐"的具体实践。将"四弄"、《声无哀乐论》与当时出现的山水诗、山水画，以及田园诗、玄学、王羲之书法、竹林里的长啸、《世说新语》中的隽语异行，乃至于《闲情赋》等等并置，是很和谐的，隐隐然有共通的"风度"。

也就是说，各个时代不同层面的文化门类，或者说不同的"媒介"，其背后有一种共同的——不管说审美也好，或者说广义的语言也好——一种共同的趋向在里头。这种共同性或趋同性的气质该怎么来把握，该怎么描述，其实是一件非常困难的事情。这种东西很难形容，但是它确实存在，是我们感觉得到的。或者可以笼统地称它为"媒介间性"，不同媒介之间所共同拥有的气质。这种情况可以说无处不在，在另外的文化地域——比如说我们都读过西方的象征派诗歌，我读到它们的时候就很容易想到印象派绘画。虽然说一个是书写的语言，一个是图像的语言，但总觉得它们背后好像有一套共同的符码，或者称之为"元语言"吧。"元语言"隐性地存在于不同的媒介之中，尽管不同的媒介用各自显性的语言进行表达，但因为都是同一套"元语言"的不同表达方式，因而在本质层面上是一致的。所谓"跨媒介"或者也可以作如是观。

要说起来，其实我们每个人都在"跨媒介"地表达自己的

"元语言"。一个人,他的行为方式,衣食住行,穿什么样的衣服,留什么发型,蓄不蓄须以及什么样的胡须,聚会选择什么样的饮食和环境,还有言语方式,都会趋向于统一的表达。就跟鲁迅谈的魏晋人物穿着啊清谈啊药啊酒啊等等一个道理,否则旁人就会觉得不和谐,甚至古怪。我先举一个例子,现在讲所谓"四大俗",叫作唱昆曲,弹古琴,喝普洱,练瑜伽。(众人笑)

陈平原:过十年就有几个俗。

王　风:我这所谓的"四大俗",是最新流行的。

李欧梵:我觉得我一样可以喝普洱。(众人笑)

王　风:(笑)我有信心来讲这个话题,主要就是因为这"四大俗"。因为里面有个"俗"是古琴,我先招认了,大家就不会觉得是在炫耀了。这"四大俗",昆曲是诉诸视觉还包括听觉的,古琴是诉诸听觉的,瑜伽是诉诸触觉的,普洱是诉诸味觉可能还有嗅觉的。那么为什么它们会被放在一块儿,而且似乎我们能感觉到它们确实是一类东西?这几个"俗"是现在白领阶层的文化表达和展示,(众人笑)其实并不是真懂得,也未必真喜欢,但就得掰忽这么些东西。以前的白领,有了一定收入,听摇滚,后来是爵士。尽管可能喜欢乒乓,但必须得打网球,当然也不能高尔夫,那是老板的文化符号。拜佛,不过瘾了信喇嘛。跑到三里屯,宁愿挨宰也要喝冒牌的法国红酒。喝着喝着不过瘾了,觉得"四大俗"了,(众人笑)那怎么办呢?那就改成昆曲呀古琴呀瑜伽呀普洱呀搁一块儿了,不幸的是现在又变成新的"四大俗"了。(众人笑)所以以后还得找更新的版本。

我们换个严肃的角度,(笑)就是不管是什么版本的"四大俗",内部都是统一的。红酒总不能跟昆曲搁一块儿,同样,喝普洱听爵士也是很古怪的。一次古琴的场合,有人问我,你在哪儿工作,我说北大中文系,他说那你具体做什么,我说近现代文学。他非常诧异地看着我,说:"你怎么会是搞现代文学的?"前后说了好几遍,我心想我怎么就不能搞现代了。(众人笑)这种事我不止碰到一回,大体这些问的人总觉得你会古琴,那当然应该跟古代有关系,所以觉得我这样很奇怪。还有个朋友,写了关于我的一篇小文章,也说到古琴,然后就说我一年四季都穿一双布鞋。(众人笑)这当然是想当然,但这种错觉其实有它的道理,也就是对待他人,常有一种统一的预想或期待,不符合自然会觉得奇怪。所以类似"四大俗",其实并不出于精心的设计,是很自然的感觉联系起来的。这也发生在每个人身上,比如你是西装革履,可能就不好留长发扎个大辫子;如果剃个光头,再穿件长衫,那准得要双布鞋;或者干脆套着大棉猴,那你总不能这么吃西餐,总得蹲街边羊肉串配二锅头才像样。所以每个人都在不自觉地塑造自己的一种形象,这种形象是通过所有可能的不同媒介构成的,包括物质的方面和精神的方面,形成一种统一的表达。

"四大俗"为什么老是四个,我想过但没考证过,古代倒有"琴棋书画",也是四个。(众人笑)"琴棋书画"这个说法是到宋代才有的。为什么是宋代?主要是宋代较以前的朝代有了很大的变化,一方面城市管理的变化使得市民阶层有了勾栏瓦肆这样的文化空间,另一方面科举制度的成熟也造就了士大夫阶层,士大夫阶层的文化很大程度上表现在"文房"这个空间。"文房"当然首先有书,有书架书桌,还要有笔墨纸砚。到了宋代开始出现大量所谓文房清供,后来明清类别就非常之多,比如跟笔有关的笔筒、笔架等等,跟墨有关的墨盒、水丞等等,跟纸有关的镇纸、臂搁等等,跟砚有关的砚滴、砚屏等等,以及与印章相关的。此外如盆景、花插、屏风等等,不下数十种,如再考虑其工艺与材质的不同,可说是包罗万象。宋代赵希鹄《洞天清录集》、明代曹昭《格古要论》、张应文《清秘藏》、屠隆《考槃馀事》、陈继儒《泥古录》、高濂《遵生八笺》、文震亨《长物志》,乃至清代李渔《闲情偶寄》等等,都有篇幅谈论这些。琴棋书画更是雅致点的文房所必备,书画不必说,琴也得挂一床,不必一定会弹,但不能没有。琴棋书画有内部美学的统一性,围棋黑白二色,相反相生,书画主要也是黑白,古琴虽不能说成黑白,但琴器的历史解说从来是从天地阴阳立论,因此可以四者并称。而琴棋书画作为文房的构成,又与笔墨纸砚、文房清供等等塑造出美学上的外部统一,后人所谓"书卷气"。因此,类别虽多,媒介各别,但所表达的文化语言是和谐一致的。同时具有排他性,比如在我们现在的分类体系中,围棋象棋均属智力竞技,古琴琵琶都属民族乐器,但古代文房中如以象棋代围棋,或以琵琶代古琴,那简直不可想象。

这些不同媒介之间背后的统一性,看着很神秘,但说开来其实容易理解。给人起初的感觉是怎么扯一块儿了,回头想想,确实就是一回事。那么,现在我反过来说另一个层面的问题,就是同一个媒介,是可以分裂的,变成完全不同的两回事。作为例子,还是从古琴举起。我当年刚学琴的时候曾经问过一位知名的琴家,问了一个傻问题。我说古代讲的是"琴棋书画",现代"琴"被认为是民族乐器的一种,那么我问他:"您认为它跟棋、书、画更接近呢,还是跟二胡、琵琶更接近?"这位先生是音乐学院出身的,他说当然,琴首先是一种乐器。这确实是个傻问题,不过我后来想想,傻问题背后似乎也有些傻道理。为什么呢?因为这说明同样是"琴",古代和现代是在完全不同的分类体制里的。到了现代,首先不是"琴棋书画",围棋是智力竞技,书画是美术,古琴呢,是音乐,然后是民族音乐,然后是民族器乐。音乐学院民族器乐系,下面分专业,二胡专业、琵琶专业、古筝专业等等,还有就是古琴专业。而古琴在中国古代的时候,跟琵琶、二胡其实是不大可能碰面的,是在什么诗社呀、吟社呀里头出现,"琴棋书画"同时出现;而琵琶可能更多在歌舞场;二胡原来就是茶馆街头的艺术。所以现在的这样一种分类体制,已经造成了理解方式的截然不同。比如古人说"琴不入歌舞场中",它不会在那种场合出现,是文房里的东西。那现在古琴的训练完全是为了上舞台,是民族音乐的表演,完全不是一个东西了。

所以,同样一床古琴,一个单一的媒介,就分裂成两种门类。演奏方式、理解琴曲的方式都不一样了。现在还有老先生,民国时代过来的,已经没剩几位了,真正传承他们的也非常之少。占绝对主流的是1950年代以来音乐学院培养出来的几代专业学生,大量民间习琴的也主要是他们教出来的。当然,老先生们的风格也不大一样,但对琴曲的处理方式是一致的。而音乐学院培养出来的就完全不同,闭着眼睛都能听出来,根本无须事先了解他的师承,一听就听得出来。我原先一直不太明白这是什么道理,后来才发现这其实是语言变了。古琴原来是有谱的,最早文字谱,后来减字谱。这种谱能够显示音位、双手的指法,但是不标明节奏,靠的是口授心传。如果师承中断了,谱还在,后世琴家按自己的理解,把节奏重新编订出来,把曲子弹出来,叫作

"打谱"。"打谱"的第一项工作是什么,就是断句,标示也是用句读,跟古代文章一样。后来我恍然大悟,哎呀,古人对琴曲的感觉其实是跟文章一样的。听老一辈的录音,就是这种感觉,读文章的感觉。

那么现代呢?现代的比较科学。古琴谱上加五线谱,或者简陋点加简谱,那都有点不好意思。但是你看它小节线出来了,用小节线断,大部分琴曲确实也能这样断出来。那么,四四拍,强—弱—次强—弱,这种感觉就弹进去了;四三拍,蹦擦擦、蹦擦擦的感觉搞不好就出来了。句子呢,不能说完全没了,但至少也就可有可无。所以你现在一听,哎呀,背后怎么是钢琴的味道?现在音乐学院是怎么训练学生的呢?进去之后,不管你学什么专业,学民族器乐、学古琴,首先都得先学乐理,这个乐理不是宫商角徵羽,是西洋乐理。还有什么?学钢琴,钢琴过了关你才能学别的乐器,或者钢琴过了关才进得了音乐院校。所以现在的古琴界,是一种很分裂的状态。一部分人觉得古琴应该是老先生那样的,另一部分人就认为不该那样,时代发展了,古琴进步了,与世界接轨。在同一个媒介——同一张琴上,它其实已经分裂了,语言完全不同了。这其实是中国进入现代后整体性发生的一个问题,比如水墨画,书画同源,用的都是毛笔,中国画其实是写字写出来的,首先要有书法的功底。而现在美术学院培养的呢?是从素描入手。过去画仕女画,说要"开脸",现在是谈比例、解剖学原理。所以同样是水墨画这个媒介,也分裂成两种语言。要举例子的话还可以举中医,道理一样,中西医现在在舆论界简直成了动感情的主义之争。这我就不谈了。

其实要说到现代文学,也有同样的问题。文言与白话,可以算作两种媒介。我们现在谈"文学革命",以白话代文言是很主要的一个方面。但是白话宋代就开始有了,凭什么到了20世纪才"革命"呢?当然,拿一篇古代白话作品和一篇现代白话作品,我们一眼就能分辨出来,文本的味道就不一样。那么还有一个文言,回头看晚清的文言文,尤其周氏兄弟《域外小说集》之类,会发现要比同时代白话更现代。这样说起来,古代的文言和白话都可以称为古典书写,近现代的白话和文言都可以称为现代书写。文言居然"现代",听起来有些不可思议,但将周氏兄弟的文言与白话作品笼统观之,在某个层面上性质是一致的。这里的"某个",在我看来就是书写形式。书写形式的变革造就了汉语现代书写语言,这其中主要包括段落、标点这些我们根本意识不到的"小事体"。在此介绍我的阅读史中信心受到的一个打击。早年读林纾的《春觉斋论文》,其中有一条,他说什么呢,他说"唐宋八大家",长文章写得好的是王安石,苏东坡长文章写不好。什么道理呢?王安石的长文章一气呵成,东坡写起来一段一段的。哎呀,我一想,我们现在读苏轼的文章,读古人的文章,绝大多数都是所谓整理本,人家都给分好段了,读的就是一段一段的。我们自以为读了古典作品,也读懂了,但其实跟古人读的根本不是一回事。从这个意义上说,等于什么都没读过。当然古典文本不分段,并不意味着没有段落感,但与现代文本随时随手分段不同,它需要另外的工具,就是词汇手段。比如我们耳熟能详的"一夜无话""话分两头,各表一枝"等等。忘了后来因为什么事,我专门去统计过《三国演义》。在某个《三国演义》整理本里,真的找到一回,我忘记第几回,所有分段的第一个词都是"却说"。为什么那么多"却说"?就是小说作者追源说书先生,用词汇手段来分段。古典文本没有标点符号,我们现在的"古籍整理",加问号呀、感叹号呀,在我看来毫无必要。为什么?因为不管问句还是感叹句,无论在白话文本还是文言文本里,都用词汇手段标示了。同样,类似"唐宋八大家"那样的古文,人物对话也不应该加上引号,因为根本不存在直接引语。如果要"整理",我觉得用老办法,加上"句读"就可以了,那样才不伤害阅读感觉。而现代书写,打个比方,是加了小节线的——我终于将古琴和现代文学联系起来了(众人笑)——段落、标点等等本就存在于写作之中,这是全然不同的表达方式。因而同样以汉字为媒介,古典文本和现代文本,是异质的两种书写的产物。

最后再谈一个对我震动很大的事情。今天谈到很多乱七八糟的东西,琴棋书画讲到琴,讲到书画,我想再谈谈围棋。(众人笑)为什么谈这个?因为前面的内容会让人感觉到,媒介的分裂是因为西方,因为欧美。但是围棋跟西方、跟欧美没有关系,完全没有关系。围棋我的水平不太高,但跟白种人下,无论对谁都有点信心。(众人笑)所以我得举这个例子。围棋我现在下得少了,但还常看棋谱,作为艺术品来欣赏。顺带着我对围棋史也有兴趣,读过不少材料。我们知道,围棋发源于中国,后来传到日本去了。大概四百年前,在日本发展了起来,一直兴盛到二十年前,近来有点不行了。而中国,大概也是四百年前的明清之际,开始进入最好的时期,全盛就在康乾。不过当时中日之间是没有交流的,双方都海禁,不允许人员往来。后来中国围棋衰落了,到了 20 世纪不但国手没有,次国手一级两级的也没有。现代中国围棋是学日本的,尽弃所有,因为被人让几个子都下不过。晚近崛起的韩国围棋也是学日本的，所以今天围棋的源头都在日本。有一件事，我认为不只是围棋史，包括从文化史的角度都是让人扼腕的。19世纪中叶，日本有一位高手幻庵因硕，是前三位的水平。因为争夺最高荣誉名人棋所失败了，不知道怎么想的，跑到九州劫持一艘渔船想偷渡到中国来，结果没有成功。时间是日本的嘉永六年，在清是咸丰三年，公元1853年。我觉得这真是非常让人惋惜的事，因为那个时期虽然不是中国历史上围棋最好的时候，没有乾隆时范西屏、施襄夏这样"棋圣"级别的人物，但当时所谓"十八国手"也仅是次一等级。日本的这位同样没达到道策、秀策这样的层次，并失败于另一位称"圣"的丈和，但无疑也足够出色。为什么遗憾？因为在我看来中国的古谱现代人是看不懂的，完全是另一套逻辑、另一种语言。当然也有一些当代高手的解说，但是我能很明显地感觉到，那是以现代日本围棋的思考方式来解说或者欣赏，中国古代的国手并不是这样思考和判断的。这些古谱的水平很高，比如当代棋圣吴清源说过，黄龙士是十三段。康熙时的黄龙士，和范、施是中国古代围棋三大顶峰，吴氏是现代围棋的顶峰，这个判断自然够分量。发源于日本古代的现代围棋段位制，最高是九段，说黄龙士十三段，这是什么样的评价。可惜的是，别说生年相差无几、才思可谓天纵的黄龙士和道策，中日像样的高手古时候一局都没对弈过。否则我们可以通过实际的对局，了解中国古代围棋的逻辑和思路。这其中惊人之处在哪儿？在于围棋是个竞技性的东西。如果是书画、音乐，或者文学，我们还可以说这是一种选择。但围棋是要分输赢的，所以相对来说，什么审美、喜好、偏向，都要赢了才有资格说，也就是说更加要不择手段一些。

而同样一个媒介———一块棋盘,中国古棋和日本古棋发展起来的现代围棋,居然是如此隔阂的两套逻辑和语言。

总而言之,统而言之,熟语所谓"历史长河",我们都是河里的鱼。但在可能的世界里远不止一条河,我们其实不知道其他河里的事情,也不知道其他河里的鱼在想什么。如果真的知道了,那就是跳过龙门的鲤鱼了。

陈平原:下面,乐老师您讲讲?

乐黛云:(笑)我没有什么准备。

陈平原:刚才子平说到计算机网络,我讲一个乐老师用电脑的笑话。(众人笑)很多很多年前,严家炎老师到美国讲学,回国时带了一个 PC 机。那个时候,美国人搞封锁,高科技不能进入中国。所以,当严老师在东京停留几天,然后准备转回北大时,被海关给截住了,说高科技不能进入中国。记得是东京大学的丸山昇先生等出证明,保证他不是工业间谍,这东西才可以带回来。(众人笑)带回来后,大家都当宝贝看。后来这东西转给了乐老师。再后来,我们开始用电脑了。乐老师很高兴,说:我早就有电脑了,只是还没用而已。于是,请著名中国哲学史家、我们的电脑老师庞朴过来看,看这台从美国带回来的宝贝。庞朴先生看了看说:"除了外壳,别的都没有意义了。"(众人笑)

乐黛云:那时 286 都还没有。

陈平原:记得我们当初开始用电脑时,有很多笑话,包括袁行霈老师、谢冕老师、钱理群老师,都有很好玩的故事。我记得很清楚,那时北京大学还规定:年轻老师晋升职称要考电脑。

李欧梵:考电脑?

陈平原:是的,考电脑的知识及使用。因为我较早评上教授,不用考。像夏晓虹老师,需要知道 IBM 的历史,(众人笑)还有 DOS 系统的使用方法等。我相信,现在的大学生,不如我们那一代了解 IBM 的历史。(众人笑)

李欧梵:现在考什么,用苹果?

乐黛云:现在不用考了。

陈平原:很难,现在大家都不会的。(笑)好了,下面请乐老师谈谈。

乐黛云:别别别。

陈平原:那我先说几句闲话,预热预热。这些年我同时在香港中文大学教书,好多学生知道我做过晚清画报研究,于是跑来请教。有文化研究系的,有艺术系的,也有历史系的、中文系的,都来跟我谈《点石斋画报》。我发现他们的立场及思路很不一样,因为各自的训练不同,对画报的看法迥异。艺术系的特别强调形式感,历史系的强调历史感,做文化研究的则突出理论性。所以,每个人都在谈同样的媒介,可说出来的话是不一样的。我们都有自己的趣味,那是长期训练出来的眼光决定了的基本判断。刚才欧梵先生说了一句很豪迈的话,我们的文学训练,十年二十年后,不管你到哪个地方,都看得出来。现代大学里每个院系的训练,其实是不一样的。比如,同样读一篇文章,有人把它当文本推敲,有人把它当史料使用,这就很不一样了。每个学科训练出来的眼光,将来会影响到你的趣味和视野。同学们看老师在各个不同领域自由驰骋,好像玩得很开心,很想学。我劝他们不要,还是先在具体的学科打基础,等翅膀硬了,再出来自由翱翔。如果没有好的学科训练,今天语言,明天文学,后天艺术,大后天科学史,什么东西都弄,将来连在哪个领域做博士论文都成问题。

黄子平：刘翔不好当！

陈平原：是的，刘翔不好当，跨栏不容易！（众人笑）北大学生聪明，而且志趣高远，很容易被忽悠，就想着天马行空，不愿意脚踏实地。可你没有那个根基，想像欧梵先生那样飞，那是飞不起来的。

李欧梵：那样落地会落得很惨。

陈平原：欧梵先生是从《浪漫的一代》，从《铁屋中的呐喊》，还有《上海摩登》等，一步步走过来的。有了这些知识准备后，你可以天马行空。学生们要是一开始就这么做，做不到，而且很危险。其实，我内心很矛盾，一方面意识到现在的学科设置有很多弊病，但另一方面又担心学生若没有好的学术训练，将来很难在学界"安身立命"。

刚才，欧梵先生还没有谈音乐。大家都期待您谈文学、史学与电影和音乐的关系。您怎么一边玩，一边做学术研究？

李欧梵：刚刚我听你讲了，我发现我真的是个另类了。

陈平原：能成功就好。

李欧梵：我从一开始就是另类的，（笑）可能也是失败的。我觉得自己就是在几个领域里撞来撞去，很难讲我专业有什么成就。我这几本书里面，《浪漫的一代》基本上是一个历史的东西，因为我当时是学历史的，这中间加上很多文学的材料。《鲁迅》（指《铁屋中的呐喊》）是一个四不像，这里一点那里一点，好像是一个介绍性的东西，没有一个地方深入。倒是《上海》（指《上海摩登：一种新都市文化在中国》）这个东西是撞出来的。因为当时在美国大家都研究革命啊、乡村啊，我说你们研究乡村我就研究城市，你们研究进步的我就研究颓废的，我常常有这种逆反的心理，所以就这么撞进来。没想到这一下子搞出来之后竟然有那么多人看。当然也有很多人批评，说为什么不把上海的另外一面写出来。

后来我就觉得很歉疚，觉得上海那个鸳鸯蝴蝶派也应该研究一下，不能总是研究十里洋场、新感觉派之类，就从这里开始，我对晚清的兴趣又回来了。如果研究晚清的话，我就觉得有那么多翻译，值得好好研究。我这个跨学科，是由研究的兴趣带出来的。当然你可以说，本专业的训练是非常重要的，我完全赞成。因为我一直说基本功不可废，你有了基本功之后才可以游刃有余。而我的基本功本来就是杂的。我这个人的长处就是非常开放，别人有的我马上吸收过来，变成自己的，而不分我的专业是什么。我用自己做例子的话，当然有很大的缺陷，就是什么东西都不精，不像一个专业人士的思维，能将一个问题挖得非常深。我真的是这里一块那里一块的。这个始终是绝对不可以的。各位，此风不可长！这个绝对不可以！（众人笑）

乐黛云：我就提一点，你说"此风不可长"，我觉得此风非长不可。

李欧梵：哦，是吗？（笑）可是一开始就这样的话，真的很危险。

乐黛云：这个问题就看你怎么看了。当然我自己的经历也是经过很多波折的，一开始回来搞比较文学，就挨了很多骂嘛。

李欧梵：为什么？

乐黛云：他们说中国文学你不懂，西方文学也不懂，投机取巧搞什么比较文学。（众人笑）所以我的老伴给我写了一首诗：

"古今中外四不像,摸爬滚打脸红惭。"(众人笑)那个时候,我真的就是那样的。这对我的打击是很大的。可是我这个人吧,虽然有打击,我还是要做下去。我认定了一个路子,我就要往下走。而且我现在越来越感觉到,懂得古今中外,懂得摸爬滚打,是非常重要的,因为我们生活在21世纪。如果说19世纪是一个启蒙的世纪,20世纪是一个战争的世纪,那么21世纪,它的时代精神应该是什么?我觉得就是跨文化、跨学科、跨媒介,就是回到费孝通先生一再提到的"多元一体"。56个民族的"多元一体"怎么体现?过去我们是受到了很大的局限,比如说中原中心主义,只关心汉族文化这一小块;然后就是知识分子的文化正统主义,根本对民间文学很少关注,而且也没有很好的整理。现在从比较文学领域分离出来的文学伦理学,就特别强调怎样能够回到少数民族文学、口头文学的研究等等。今天欧梵最早讲的一点,我非常赞同,就是说我们玩这也好,玩那也好,学这也好,学那也好,懂得这个也好,懂得那个也好,归根结底是为了人,是为了人文学科。人文学科对人类的发展有见识,这就是我们最根本的目的。所以有时候我就觉得有点悲观,我看到中文系好多同学的毕业论文选题,啊哟,我觉得越做越小,越做越封闭,对别的外在的东西知道得很少。(这些选题)在某一点是很专,可是我们如果一早封闭在一个选题里,不知道时代精神,不知道我们追求的到底是什么,那就很容易失掉方向。

　　欧梵他虽然玩得很广,诗写得也很多,可是最后归根结底他有一句话,就是说:"我是一个人文学者,我必须关心人。"应该抓住他最后总结的这一条。好多人都是这个样子,比如说夏志清先生,也是非常会玩的,而且非常会海阔天空地讲话。可是他谈到中国现代文学的根本精神,他认为是"感时忧国",(对李欧梵)你在你那本书里也特别强调他这一点。所以,总之需要有一个根本的精神,如果没有的话,我们谈什么中国文学?有了这个,不管我们谈小的也好,大的也好,跨也好,不跨也好,都可以随心所欲。而且现在我们这个跨文化、跨学科、跨印刷文化和媒体文化,都是我们必须了解的,可能这个就是21世纪最根本的精神。

　　最近我看了一篇文章,觉得很有体会,是赵汀阳写的,我觉得他讲得特别好。他说为什么人类经过这么多年,这么多的反复,你谈和谐也好,谈和平也好,可是人类的冲突始终在,而且不断地变厉害,没有解决的希望。他认为根本的一点,就是我们整个思维方式错了,我们总是从个体出发来考虑问题。他认为中国的传统是从关系来考虑的,中国古代文化一直这么下来,如果你不能给别人自由的话,你自己也是不会自由的,如果你不能给别人好处的话,那你自己也不会得到好处。他认为这就像分一块蛋糕,不在于你分得多还是我分得多,而是在于你要考虑到这个蛋糕怎么分才对人更有好处,更能服务人类的需要。那篇文章我觉得讲得非常有意思,如果用这样的一种思维方式来考虑问题,可能人类社会会有一些改进。最近我也特别读了一些西方讲后现代主义的变形和转型的理论,最后从一个支离破碎的、有时候互不相干的后现代主义,转变成为能够互相关联、互相关照的,而且是能够互相起作用的一种后现代主义,这就是所谓的建构性的后现代主义。这个现在在加州好像非常盛行。我最近在山东开一个会,就是讨论这种新型的建构性的后现代主义。有学者特别提倡这个建构性的后现代主义能够从中国的前现代思想里吸取很多东西,认为这个前现代跟他们所提倡的后现代是可以有沟通的。我觉得特别有意思。他在文中举了例子,比如说以西医为例,就能看出西方的学问一开始就是分类的,一分为二的,分主观客观,分得很清楚,分类然后再分割,分割然后一点一点地越来越小,然后你就能够掌握一个最精通的东西;但中国的文化不是这样,从中医来讲的话……

李欧梵:中医是讲整体的。

乐黛云:对,就是整体的、综合的。比如对癌细胞来说,西医会说这个癌细胞要分离,这个是癌细胞,这个是好细胞,你把它分开以后,你把癌细胞杀掉,那这个人就好了。但是中医就不这样,它认为癌细胞是可以与人和平共处、互相滋养、互相共存的,在这个共存中再慢慢把癌细胞调理好。

李欧梵:我老婆就这个理论,(众人笑)我现在家里就练这个……(众人笑)

乐黛云:那我们真是同道。

李欧梵:(边做动作)整体有效,平衡操,平衡操。(众人笑)

乐黛云:就让你身体整个达到一个平衡。因为没有时间,我就不多讲了。我的意思就说我们现在这个综合的时代,一定要关心整个人类文明命运的发展。往往在这里夸夸其谈,没有谈到一点东西,可是我觉得你做什么,你人活着,你总得有一个追求,这个追求并不一定是对每个个体的追求,而是说要广泛地发现你对人类生活、人类发展的追求,而且做对人类有益的事,这一点还是很重要的。

李欧梵:我现在发现一个问题了,我觉得你们两个人(指着乐黛云和陈平原)都很有道理了,那怎么办?(众人笑)

乐黛云：可以结合起来。

李欧梵：有什么可以结合的办法？也许（浦）安迪有办法。

乐黛云：安迪来说一说。（笑）

李欧梵：他这个就太特别了。你现在到底在以色列呢还是在美国？

浦安迪：以色列多一点。

李欧梵：因为我上次见你，你说一半一半吧！

浦安迪（点头）。

李欧梵：现在是一半一半。哦，你有没有感觉美国教育的思考方式或者研究方式和以色列的差别很大，还是差不多？

浦安迪：你这个问题和跨学科或跨文化没有太大关系吧。

李欧梵：对，我是乱讲的。

陈平原：我想，本科教育和研究生教育是有差别的。而今天北大中文系的学生，大都看不起基础训练。

李欧梵：哦，看不起啊，这么好的大学还看不起？

那我讲我自己一个例子，我突然想起来的。我在哈佛念历史的时候，有两个老师。一个是史华慈，他完全是放任式的，随便你，我讲列宁他跟我谈列宁，讲孔子他就跟我谈孔子，完全不管。另外一个就是费正清老师，他也跟我说同样的话，说你是自由精神（free spirit），但他不希望我才华"横溢"。结果在博士考试的时候，他就硬"整"我。他跟俄国史的老师一块儿串通好了。那个俄国老师专问我地理，第一句，叶卡捷琳娜二世的版图北边在哪里？南边在哪里？西边在哪里？我念了一大堆俄国思想史，没有用。（众人笑）其实这位老师是专门研究俄国思想史的，因为这个我才跟他念的。那么费正清问我什么呢？各位猜猜看。他问了我二三十个日期。

陈平原：哦？日期。

李欧梵：太平天国哪一年征服南京的？我说1856还是1857年，忘掉了。他说是哪一个月？（众人笑）然后说容闳哪一年耶鲁大学毕业？这个太过分了，这么无聊的问题。（众人笑）哪一月？这简直是故意整我嘛。……后来结束了之后，他通过秘书跟我说，说我的口试其实已经通过了，可是呢，我们男人没有怀孕的经验，所以我要让你阵痛一下，一辈子都记得。女人有怀孕的经验，还有痛苦，然后才会把孩子生下来。他说我就是故意整你的，让你感觉到这个阵痛。也许我们可以把这个故事变成一个例子，就专业的训练来说，越是有才华的人，你越是要逼着他，要将基本功打好。这就好像练武功，你不能马上就学飞，要先在腿上绑着两块大石头学走路，等你可以跑的时候，石头一拿走，你就飞起来了。就是说你要能够让基本功训练和才华的诱惑，有一种创造性的、悖论式的组合。

乐黛云：总的目标不要脱出。

李欧梵：我觉得训练还是很重要。

乐黛云：如果总的目标都没有那就麻烦了。

李欧梵：我觉得训练还是很重要的。比如说我对古典音乐，只有一个基本的知识，我普通的谱勉强可以看，交响乐谱就不会看。可是有一次我就去指挥了。（众人笑）（对王风说）跟你弹古琴不一样，你真的学了，我没有学。我一辈子都梦想要做指挥，玩玩票，人到七十以后就可以乱玩了嘛。有一次台大交响乐团就请我去，说让我指挥一个序曲，威尔第的《命运之力》序曲。哎呀，我说太好了，我的命运就是在这里了。然后呢，我本来以为开玩笑的，结果真的要去。9月7号还是8号演出，他们9月1号打电话给我，说你准备好了没有啊？我说我根本不知道你真要请我，那怎么办呢？我就在家里把所有的唱片全部听一遍。我觉得心里很虚啊，这个就是我对专业的要求，就是说你指挥的话，乐谱都不会，这怎么行呢？我就请到香港管乐团的一位副指挥，三十多岁。他为什么跟我很合呢？他是耶鲁大学比较文学系出来的，是 Michel Hockx 的学生，因为 Hockx 是我好朋友。我一个电话打过去，我说你非来不可，到我家里教我。他真的来了，带了乐谱。然后他把唱片一开，说好，你这里先深呼吸，这都是基本功。然后他教我拍子，一拍怎么打，两拍怎么打，三拍怎么打，然后这个地方，你看大提琴的谱……大提琴的谱，我也不懂。那么我就开始练习。当然强弱我不懂，音符怎么奏出来我也不懂，可是我大概结构摸出来了。当我去指挥的时候，我就可以唬我那些年轻的学弟学妹。我说你看这段，你们小提琴，奏快点。（众人笑）因为那上面的小节多，我以前拉过小提琴。

所以比如说你本行是文学，你要在音乐上做到专业（水准），那是不可能的。可是你要是能做到基本上可以不出太大的错误，那时你就会觉得安全一点。比如说我做指挥，虽然别人说我指挥得应该算很呆板了，可是我觉得我至少到达了一个目标，就是逼我自己在那一个礼拜里面，练了一个指挥家花二三十年的基本功。当然我那是八流指挥。可是我还是可以指挥啊，就那七分钟我就指挥出来了。我太太为我念佛祷告。（众人笑）我常常讲这个故事，我觉得我一辈子，这几十年里很大的成就，就这七分钟！因为我尝试到那个领域里面，而它我可能一辈子都不会试的，因为跟我这研究没有关系。可是后来想想，也不能说完全没有关系。为什么我现在每次讲课这么紧张？因为我是背的，那些资料都要背下来，我记不住，就一遍一遍地看。就像子平刚刚说的，如果我用电脑，用 PowerPoint 不就行了，我就跟着它念了。所以我就背，忘记了，第二天再背，然后再画，再背。这个我太太老说我，你不是跟自己过不去嘛，教了四十年书，还这个样子。

也许这就是专业的细胞在作祟。我为什么这样地要求自己呢？因为我以前学的不是文学，在美国念书念的是历史，可是教书之后我的专业变成了文学。我总觉得面对他们这些伟大的专业人才，我就心虚。那怎么办呢？我就拼命地要求在自己研究的专业里，一定要达到他们的水准，这是苦工。理论也是一样，我在芝加哥大学默默读理论的时候，没有人知道，我也不露出来，我觉得我还不够。我很反对有些人根本没有看几句话就开始在那里卖弄，我觉得现在我们面对的这个世界……怎么说……真的很难应付。有时候我觉得很悲观，觉得也许我们每个人已经注定了变成这种人，这里碰一点，那里碰一点。像在香港，他们不停要求你去开会，做这个，做那个，你根本就没有时间自己专心在那里！所以我在香港提倡面壁主义，每个人不管你做什么事，每天面壁一个钟头，就是自己看一本书，或许看一篇陈平原的文章，一个钟头。（众人笑）

黄子平：脖子不动一坐四钟头。

李欧梵：对，思考。外界越是引诱力大，越是要有自我的纪律。

我最近还有个兴趣就是建筑，我大言不惭，说 21 世纪是建筑的世纪。我的例子是什么？就是 CCTV 的大楼、鸟巢……（众人笑)你们的鸟巢,花那么多钱,多少亿,比我们写本书影响力大多了,可是危害也大。(众人笑)它整个改变我们的生活,那我作为一个人文主义者,我必须面对这个问题。我要面对它,就要研究它。另外一个关心的问题,就是消费社会里面的伦理问题。因为香港实在太面临(这个问题)了,它那个贪污什么的越来越厉害了。于是我就看关于消费社会的伦理的书,那么真的发现有些后现代名家回来了,就讨论这个。不过今天您(指乐黛云)说的那个我第一次听到。后现代联接,我听了很高兴。因为我做的差不多就是这种东西。

乐黛云:重新建构。

李欧梵:对,我就叫作重新建构。

乐黛云:子平刚才讲到,为什么在美国、西欧都没有网络文学?

黄子平:畅销书机制还是比较完整的。

李欧梵:他们不需要了。

黄子平:他们主要是电子书,电子文本。还是遵循原来的那个出版的规则。

乐黛云:他们有他们的那一套系统。

李欧梵:听说那个 Steven King 做了一个实验?

黄子平:不成功。日本是另外一回事。日本有手机小说,《女性》,2009年开始,出版了三本。另外日本动漫很发达,上网还看什么小说,动漫就够你看了。

乐黛云:它的网络小说不如中国的。

黄子平:网络小说就是中国两岸,台湾没有大陆火。

李欧梵:你有没有一个解释呢,为什么这样?

黄子平：我现在还是外族人，不是土著。（众人笑）那要娶土著为妻才行。（众人笑）

陈平原：那么这样，开放给同学们，看有什么问题，好吧？

李欧梵：好，不然我们讲起来，大家讲不完。

陈平原：提问的话，请简洁，同时说明你希望谁回答。

张一帆：我的问题是关于您讲座中的第四讲，就是维柯、萨义德和朱光潜那一讲。您在演讲的最后提出回到语文学，如果我们在中国的语境中找的话，可能会想到训诂，尤其是想到章太炎的很多论述。我们知道鲁迅受章太炎的影响很深，但是最后其实鲁迅又放弃了章太炎的一些东西。比如鲁迅在说到青年必读书的时候说不要读中国书，要多读外国书。我不知道他会不会去国外寻找这样一个回到语文学的传统，但他一定是拒绝中国的语文学传统。所以这就面临一个问题，一方面是学术研究，另一方面学者背后有他的文化关怀。刚才乐老师提到夏志清先生讲感时忧国精神，可是实际上夏先生自己就认为可能就是那种感时忧国精神阻碍着现代作家的写作技巧更进一步地提升。所以我在想，应该怎么平衡学术研究和现实关怀的关系呢？如果彼此冲突该怎么办？其实除了跨国界，还有一个跨学科的问题，比如说现代文学，学科本身还有一个精神性的东西在里面，尤其是鲁迅的精神在里面，那么回到语文学的话，又怎么和这个精神去平衡呢？

李欧梵：你这个问题提得很好。我又要提到我那个学生张历君，他最近在我班里报告，就讲章太炎和鲁迅。因为我那会儿讲鲁迅最失败，没得新意，我就请他帮我讲。其实鲁迅据他研究一直没有离开章太炎。你说到训诂，章太炎训诂的方式、对古文的解释，其实已经超越了传统中国的训诂学的意义，由他从这个里面引发出来，对于中国的古文字本身的一种执着或者是一种象征意义的探寻，甚至于发展到他整个对于革命，对于当时中国种族、中国革命的本质的研究，章太炎他都是从那一套训诂里出来的。我最近突然又回到鲁迅，我是在中大一个演讲上讲到，为什么鲁迅讲神鬼讲得那么多，讲古小说讲得比较多，明清反而少一点，而且他的小说里面那么多的鬼气。然后用的那些字眼，很多字眼，特别是《故事新编》《野草》里面那个字，像复仇那个仇字，对吧，是古字吧。他为什么在一个现代文学里用一个古字？他一方面说不要看中国书啊，因为什么拉丁化的，我想他下意识或者上意识里就觉得中国文字本身有它的魔力。他要表达一种非常现代的感觉，你要用中文的话，白话不够的，白话绝对是不够的。可是中国的古文字，对我的妙处就是说既是形声又是会意，那个字形出来，甚至有言外之意。所以鲁迅就是抓到了这些东西，使得我们研究他的时候永远是片面的，永远抓不到矛盾面。我们看这面，然后矫枉过正得太厉害。所以我提出一个所谓取来外籍，是从萨义德那儿得来的。物质是中国那种训诂学，或者是文字学，就是立意是什么呢？是从中国的那个字意里面引申出它背后的文化背景，或者说它对我们的一些启示，有些字眼，有些什么启示。这些东西我提出来，我自己又没有能力做，所以我就很希望大家研究训诂学的、研究传统中国古典文学的能够做。我觉得你(指王风)谈古琴那个，很有启发的就是，我突然想到，我现在搞晚清小说嘛，《老残游记》里有个四重奏，一个磬一个笙，一个什么。我真的想知道它那个音乐是什么，我看那一段的时候，我就想这音乐，我就问当时那个磬是什么样子的?晚清的琴是什么样子的?那个磬,他们说就是某一种像古琴一样的东西。

王　风:不是一回事,差得太远了。一个木质的,一个石质的。一个弹拨乐,一个打击乐。

李欧梵:磬,上面一个声音,下面一个石头。

王　风:曲尺形的,挂架子上敲击。

李欧梵:是一个老乐器,是吧?

王　风:非常古老,也许并不比琴的出现晚多少。礼乐必备,汉墓里画像石必然会出现它的形象的。

李欧梵:可是呢,它的声音是什么样子?是什么样的感受?

王　风:叮叮当当石头的声音。

李欧梵:另外还讲了一个东西,我记不清楚了。可是呢,我真的希望能够把宫、商、角、徵、羽注在旁边。因为西洋的小说里边,我最近重看那个《埃尔赛姑娘》,我不知道迷迷糊糊买了个德文本。我不懂德文,就发现里面,当那个裸体的埃尔赛姑娘下来的时候,听到了一首音乐谱,那个乐谱就印在了书上面。我本想跟各位谈谈多媒体。

乔伊斯《尤利西斯》第十七章,两人在那里有一段歌唱,爱尔兰民歌,乐谱歌词三段摆在那里。那中国文学为什么不可以把乐谱摆进去?就是说多媒体,中间照样可以插出去,可以丰富文本。甚至有人认为,建筑是固体的音乐。我有一个建筑的同事,他就跟我讲一个新的建筑师,他整个的建筑世界的灵感,就像那个柏辽兹(Hector Louis Berlioz)的乐谱——柏辽兹是法国的作曲家。不过你碰到这种时候会很危险,会走火入魔,不务正业,你根本忘了你自己在做什么,跟你(看黄子平)上网一样的,

(众人笑)你到了那儿,根本忘了你原本在研究什么。这样下去的话,麻烦得很,你的正业怎么办?

黄子平:退休了以后做。

李欧梵:就说我们现在生活在多媒体的刺激世界里,真的很难掌握它。

浦安迪:其实(你上面说的中国小说不印图式),有一个小例外。

李欧梵:啊?

浦安迪:《红楼梦》无论什么版本,在第八回,薛宝钗讲她的金锁时,就一直有那个图。

李欧梵:那个图有,中国小说里插画有。德国小说里面,插图或者插画都有,音乐的歌词有,还有曲谱。你看,好厉害!马上把文本拿出来,这就是(专业人士)。(众人笑)

陈平原:再给一个问题。

林　峥:我谈两点感想。刚才黄老师谈到网络文学,我想到,贺麦晓(Michel Hockx)老师最近在做英美网络诗歌的研究,讲多媒体书写。有意思的是,英文传统是网络诗歌,而我们中国是网络小说。

然后还有一个就是,刚才听王老师讲到古琴,就是您说中央音乐学院现在是先学西方的技法,然后再弹古琴,就让我想到,有一次,我跟一个在中央美术学院学国画专业的同学聊天,我问:"你经常出去交流吗?"(他说):"我学国画能够出去交流的吗?"(我说:)"为什么你不能够出去呢?"(他说:)"那你觉得以前有出去的吗?"我想了想,说,徐悲鸿,他就笑了一下。然后他说,对,就是从徐悲鸿那时候,他们就把西方的这种画法,就是素描的传统传进来以后,其他中国传统的国画是非常式微的,所有的国画专业都已经采用西方的这种画法了。他现在的老师是潘天寿的学生,是唯一一个还在坚持这种画法的。我当时听了以后就很震撼,因为我以前一直觉得,我们要跨文化,要保持世界的眼光,但是同时要怎样去守住我们自己根本的东西,我反而觉得可能是我们这一代人需要想的问题吧。

乐黛云:你如果没有"根",就跨不了了,你从哪儿跨啊?

李欧梵:对,要先有根。

乐黛云:这个一定是基本功,绝对是最重要的。

陈平原:黄老师要不要回应一下?我可以给她做一个补充。网络诗歌是一种文学实验,可网络小说不一样,已经变成商业行为了,可以收费。当它跟商业联系得很密切时,就不可能是一种纯粹的语言或文学试验。

黄子平:我原来寄希望于对抗,因为它背负那种完全非功利的、草根的、直接应和的文学使命。美国很多小型的诗歌俱乐部,是吧?都不是什么专业诗人,就是些平民百姓,每回作诗作完以后跑到酒吧,大家一边喝啤酒一边听你朗诵诗。香港有一些年轻人找到资助,主持街坊的"师奶写作坊",家庭主妇送孩子上学之后,到这里来念她写的文章,可以是诗歌,也可以是回忆,不是为了出版发表,而是为了"兴观群怨",为了社群沟通和心理治疗。很多师奶通过写作,找到了欧梵所说的"人的尊严",越写越来劲。我觉得这些跟印刷出版没有关系的文学,跟大学文学史课堂、跟评奖委员会没有关系的文学才是属于未来的文学。目前看不出有什么苗头,但这才是我的梦。

李欧梵:有没有跟科幻或是后现代科幻有关的那种网络小

说？关键是那个故事，看你在按哪一个按钮，你按的按钮不同，故事就不一样。以前后现代小说就有，第一、三、五章是一个故事，二、四、六又是一个故事，有人写过的。那网络更方便了，你根本不需要翻页。

黄子平：好像没有那种实验性很强的小说，它绝对是情节单一的累积，反而很像……

陈平原：很像通俗小说。

黄子平：现代印刷进到晚清中国以后，能够出版畅销的就是言情啊、官场啊、黑幕啊，如今多了穿越。穿越就是把现代职场政治穿回去变成宫廷政治的那种。一边就是玄幻啊、仙侠啊，它产生很多新的类型。特别类似现代印刷进来中国以后，类型小说都蓬勃发展的历史现象，现代新的技术和新的产业链进来以后，可能更能突显大众文化生产的种种特征。

李欧梵：有没有电脑自己写作的，自动写作？

黄子平：也有，很少，还有一种接力写作，但全部失败。各种实验都有，但是最能够吸引那些人肯一千字掏两分钱出来看，还是这一类，类型化，类型化得很厉害。而且每一年的热点都不一样，因为有一段时间是穿越。最近穿越又被"和谐"了。（众人笑）有一段竟然是婆媳关系成为这一年的主流，网络小说的"婆媳年"是吧。

乐黛云：电视剧里头也是这样子。

黄子平：然后穿越里面又分为清穿和明穿，大部分是清穿，穿到清朝去的。

王　风：宋穿也有。

黄子平：对，宋穿也有，类型化里面已经在细分，各有各的迷,各有各的粉丝群。类型生产它所对应的消费者,这是大众文化的逻辑。实验小说、先锋派,要靠学院派批评的支持,靠网络不行。不过文学教授也都混到网络里去了。如果还有残存的先锋派作家,也真是四顾茫然,荷戟彷徨。

陈平原:好啊,你来。(指向一个举手示意想提问的女生)

刘汭屿:我想请问李老师,刚有听到您的讲座。

李欧梵:请声音大一点。

刘汭屿:各位老师谈到跨媒介、跨文化的研究,老师们的观点给了我们很多学理上的启发,但我更想请教一些方法论上的问题。就是结合您自己这么多年的研究经验,在各个领域、各个课题中进行这种技术操作的时候,有没有一些重要的原则或规则,是可以提供给我们遵守、借鉴,或者需要规避的?能不能举一个您以往研究中的经典案例,来让我们学习?比方说我自己想做晚清戏曲研究,我就感觉在文学与艺术(音乐)、文本与舞台演出及观演效应的沟通,戏剧作为这个时代新兴娱乐工业与作为传统教化手段之间,很多问题其实很难整合。好像不像您说的,跨文化可以跳来跳去,利用"通感"的内在性如何如何。这些研究理念落实到具体操作上,比如最直接的,体现在学位论文的组织结构上,这种跨学科跨文化的知识体系和研究理念其实会遇到很多困境……想听您进一步谈谈这方面的问题。

李欧梵:没错,你说得很对,外面跳来跳去是可以,但当你面临实际问题的时候,操作的时候很难,所以我反对那种"大而无当"的理论跨界。我的办法就是,我面临某一个问题的时候,就是用那种非常传统、保守的办法。比如说,讲晚清,特别是文明戏,我就专门看人家研究文明戏,我就摸透文明戏到底是什么样的演出形式,而不会把那个所谓演出理论先拿出来。而文本问题,一个外来文本怎么介绍进来,我不会马上用那个翻译理论——那些刘禾用得非常好——而我就会直接一点一点地看,这很花工夫的。所以说我现在交白卷嘛,我的晚清的研究到现在还没有写出来。晚清其实是一个很难研究的题目,你那个实际上是积攒,它什么都进来了,而且很多物质文化上的东西。我今天这次讲的一点点,灵感就是从王德威的那一句"贾宝玉坐潜水艇"而来。于是我开始就说,那句话绝对是船坚炮利的象征主义。可是下面我就开始好奇了,为什么要把潜水艇放在《后石头记》呢?吴趼人心目中想象的潜水艇是什么样子的呢?我就问这些很奇怪的问题,理论不能解决的问题,自己琢磨。然后就想到那种空间的感觉。我觉得有时候做这种比较细致的研究,真的是没有窍门的。说到晚清研究,我这次有幸见到一位博士后的学生,他说你讲的东西(我也是露了一句)——就是说鲁迅念的那个地质原理,我说是维多利亚科学史上很重要的一本书——这个同学就说,我的老师就是研究维多利亚科学的。我知道以后,我就向他请教,因为我要研究那方面的东西。为什么鲁迅要看这本书,这本书到底跟他的文学创作有什么关系?……这个东西就是很麻烦的,你就要一直追下去。后来我又发现另外一个我解决不了的问题——《电术奇谈》,就是催眠,用那个电一碰,那个人一碰就那样了,很神奇。后来有人告诉我,在维多利亚科学里面这个很重要。维多利亚心理学认为,人触电之后,就会怎样怎样。所以这就变成当时维多利亚小说里常出现的一种很典型的情景。我们不知道,以为这是很新奇的东西,但晚清的小说家可能不只是觉得好玩而已,他们是认真的。那么这个追寻过程呢，就展现了一个非常有意思的世界。只是中国的学者，比如说上海的一班学者，他把晚清的一些利器都弄得很清楚，什么时候有电器，什么时候有收音机什么的都有。可是当你们面对周瘦鹃的小说——一个岛上，一个男的爱上那个女的，就把他自己的爱情讲了一大堆，灌成一张录音唱片，送给那个女的；那个女的一天到晚就听听听，把那唱片听坏了，就这么一个故事。那你怎么研究这个留声机呢？这个就是大问题，现在还真有人研究这个东西。我们学术的好处就是，很多同行啊，每个人都研究不同的东西。我还是觉得，如果大家在一起，把各自的专长填起来，一定很过瘾。你研究留音机，我研究电器，有人研究小说，正好碰在一起，一起碰撞。只是有一点我倒不完全同意，如果你碰撞得对的话，那真的很兴奋；可假如碰撞不对的话，就变成各说各话——还真有的就是各说各话。各说各话的不是新人晚辈，反而是大师——我以前见到很多就是，那些理论大师们根本不听你的。我有一个很不好的经验就是关于德里达的。有一次一个日本学者跟他讨论，非常有名的一个日本学者，德里达却根本不理他，说你把我的书看错了。这种态度根本是帝国主义态度，我非常讨厌他，就是因为这件事。那个日本学者就是写《日本现代文学的兴起》的柄谷行人。我亲眼看到那个情况，我对他说，你怎么用这种态度来讨论学问，难道你不明白"误读"吗？你又懂得多少日本文学？……可他不以为然。他说文学"literature"这个词，本来就欧洲有，其他国家没有；没有这个词，也就不存在什么"文学"。这很过分，但严格来讲，他也有道理。文学"literature"这个词，日本确实没有，日本的"文学"也不完全是欧洲说的"literature"。所以，像这类的"碰撞"就非常麻烦,因为霸权到处都有。但像我们这种细致性的研究,那是我们专业的好处,就是说大家在一起共同讨论,你真的可以学到很多东西。所以这方面我赞成和提倡的就是,你不要躲在家里自己搞自己的东西。特别像研究我们这种比较乱七八糟的题目的话,真的是需要到处去碰撞。比如在台湾就有一批女将,大约十几个人,大家都研究晚清,但每个人都有不同的路数。我把她们组织起来,就说每个月一起喝一次咖啡。后来我自己走掉了,她们也不见面了。(众人笑)。

王　风:都是为了来看您的。

李欧梵:没有,没有,倒过来,都是为了来看我老婆的。(众人笑)

陈平原:好,今天的对话就到这儿。谢谢李欧梵教授。(鼓掌)

(初刊《现代中国》第十五辑,北京大学出版社,2014年7月。)

中国现代文学研究的方向

时　间：2013年8月5日上午
地　点：日本名古屋爱知大学
主持人：爱知大学黄英哲教授
对话嘉宾：藤井省三、王德威、陈平原
文字整理：神户大学副教授滨田麻矢、熊本学园大学讲师
　　　　　小笠原淳

一　"中国""现代""文学"的定义

主持人：当前，究竟怎么叙述"中国""现代""文学"这些名词？而这三个名词的意涵，可能与你们当初刚投入中国现代文学研究时有了很大的不同。希望老师们在谈这三个名词的意涵时，也能顺便提点出未来中国现代文学研究的课题所在。

藤井省三：作为一个日本学者，对我来说，近现代的日中关系就是最大的事情。那么，现代是什么呢？一般来说，19世纪中叶以来的工业革命以后的社会，就是我们东亚所谓的"现代"，即国民国家的时代。可是国民国家，也就是民族国家，不

一定是最理想的社会,还只是在一种过渡时期的社会。从上世纪20年代开始,现代社会很快地转移到、过渡到新的社会,就是所谓后现代社会。这是我推论"现代"这个概念的一种意象。文学呢,文学依然很伟大!因为它要表现我们国民国家过渡到后现代社会的这样一段时间,我们世界公民的感情和逻辑,是表现感情和逻辑的工具,所以文学现在同样具有非常重要的意义。

陈平原:对于中国大陆学者来说,如何理解"中国现代文学"中的"中国",其实有一个变化的过程。上世纪50至70年代,毫无疑问,指的是中国大陆。改革开放以后,我们把视野延伸到了台港澳。当然,澳门基本上被忽略,因其没有多少文学。这一思路,一直走到今天,并影响到我们的学科建制。至于谈论"中国"的方式,则是内外兼修。所谓"外",最早是指关注文学接触、文学交流,比如鲁迅和果戈理、鲁迅和夏目漱石等话题。还有,中国文学与法国文学、中国文学与俄苏文学、中国文学与日本文学等,可以是综合论述,也可以是作家作品研究。这很大程度上是受上世纪80年代在中国崛起的比较文学思潮的影响。但最近二十年有一个变化,那就是超越"比较"的立场,混合外国文学与中国文学,突破学科边界,以问题为中心,立足东亚,面向世界,或者站在世界文学潮流的角度,反观中国文学。这里有欧美的中国学者的努力,也包含中国国内原先研究外国文学的专家转而关注晚清文学或左翼文学等,如从中国社科院外文所转任文学所所长的陆建德。关键是国际学术交流的增加,年轻一辈的学者有机会接触各种新思潮,从事文学研究时,不再画地为牢,仅仅讨论"中国问题"。

第二,什么是"中国现代文学"中的"现代",对于中国大陆的学者来说,同样是个棘手的问题。先说我们是如何挣扎出来的。新中国成立后,最早谈论"新文学"或"现代文学"的,边界非常清晰,那就是 1917—1949 年,根据是毛泽东的《新民主主义论》。1985 年,钱理群、黄子平和我联合提出"20 世纪中国文学",把所谓的近代、现代、当代打通。这个概念虽有不少争议,但目前基本上被接受了。很多大学中文系开设的课程,就叫"20 世纪中国文学"。课程划定的边界,其实只是假设,随时随地都可以跨越。具体到每个研究者,完全可以根据自己的学术立场及理论预设,将界桩前后挪动。你愿意从 1895 年说起,可以;你认定 1860 年为起点,也没有问题;你固守 1917 年,照样也得到尊重。不再有一个固定的不可动摇的"起点",这是一个很大的变化。你的视野变了,"中国现代文学"从哪里开始,或者哪部作品是划时代的,都可以自己确定。至于这么说对不对,就看你的本事,能"以理服人"最好,至少也得"自圆其说"吧。

比较大的问题是教育部的学科设置,以及其潜藏的"一统天下"的愿望。跟日本或美国的情况不太一样,我们有国家标准学科代码。到目前为止,虽然学界早就"打成一片",但若论学科建制,中国近代文学、中国现代文学和中国当代文学,是各自分开的。而且,近代文学是划在古代文学那边的。如此学科边界,挡不住学者探索的脚步,却让研究生很为难。比如,你要报考硕士或博士研究生,首先就得确定,是考近代文学、现代文学,还是当代文学?一旦申报就不能更改,因试题及改卷的老师不一样。当然,考进来以后,你爱怎么做都可以。官方体制的僵硬与学者立场的灵活,二者形成很大的张力。

这种学术上的"一统天下"与"众声喧哗"的竞争,最近的例子是要不要编写统一的教科书。这方面,中宣部很积极,投入很多钱,在搞马克思主义理论工程。所有主干基础课,像"文学理论""中国古代文学""中国现代文学"等,都用招投标的方式,拉一个队伍,按马克思主义立场来编书,希望能搞出标准教科书来,然后全国各高校统一使用。这明显是在模仿上世纪60年代周扬主持编写文科教材。可今天情况不同了,学界内部基本上是各走各的路。

抵抗"大一统",很多学者立场一致;但具体到什么是"现代文学",学者间仍有很大分歧。关于"中国现代文学",主流声音是不断扩大边界,台湾文学、香港文学必须兼顾,通俗小说、旧体诗词也要纳入,还有电影剧本以及仍然活在舞台上的传统戏曲,似乎也不应该忽视。但也有反对者,包括研究鲁迅起家的王富仁先生,理由是:这么兼收并蓄,等于消解了"五四"新文化人的立场。"新文学"是以打倒"旧文学"为旗帜的,你可以褒贬抑扬,但没必要混淆古今。表面上的博学,掩盖了立场上的动摇;不敢特立独行,其实就是没有自己的趣味。作为文学史家,不能随风转。对于这些固守新文化立场的学者,我不太认同,但充满敬意。他们的提醒很重要,学者必须有自己的价值立场,捡到篮里都是菜,凡20世纪生产的文化产品,全都等量齐观,那不是学者应有的态度。

我做我的新文学,你做你的旧诗词或通俗小说,各走各的路,这样立场鲜明,互相竞争,比眼下颇为时髦的"兼收并蓄"好。如此"意气之争",其实蕴含着对抗最近二十年"回归传统"的大潮。中国经济崛起,无论政府还是民间,都越来越自信,再也听不得批评的声音,更不可能接受鲁迅、胡适等人的激愤之词。很多人甚至将当下中国的"道德沦丧",归因于"五四"新文化人的反传统、批儒家。似乎孔夫子加毛泽东,就是中国的未来。在这个问题上,意识形态绑架了历史论述,"五四"几乎被妖魔化了。我从来不相信"半部《论语》治天下"之类的鬼话,当然,我也会反省"五四"新文化人的偏激、执拗以及知识缺陷等,但对他们的抗争姿态以及反叛立场,我是持肯定态度的。某种意义上,中国越强大,越需要鲁迅、胡适那样的自我反省与自我批判。

谈中国的"现代文学研究",必须面对一个无法回避的困境,那就是这个领域的潜力到底有多大?不说文学成就,就说可供驰骋的空间吧,三十年实在太少了,即便扩展到一百年,也都不是很宽裕。因为,我们的博士教育正迅速膨胀,目前每年大约培养 1500 个文学博士。我手头有 2010 年授予博士学位的准确数字,总数是 1250 名,其中文艺学 172,中国古代文学 229,中国现当代文学 167,比较文学与世界文学 100,中国文学批评史 10。这些文学博士大部分进入高校,从事研究及教学;而这只是整个国家学术人口的一小部分。你可以想象,那么多学者集中在这么小的学术领域,且因学术考核,每个人都要出成果。于是,学者们各出奇招,不要说中心话题,连各种边缘性的话题,也都被一再热炒。正因此,这个领域的研究者,好多不再局限于自家的一亩三分地,逐渐将视野拓展到了古代中国,或者延伸到了思想、教育、文化等领域,比如赵园撰写《明清之际士大夫研究》。

此外,还有一个问题,这个领域的研究者,大都秉承新文化人的习性,不局限于学院研究,而希望介入社会改革。这一点,1980 年代尤其明显;1990 年代以后,我们似乎逐渐回到了学院。最近十年,很多人意识到这个问题,可已经无能为力了。与整个中国的社会转型相适应,社会科学的声音越来越大,人文学者则日渐边缘化。举个例子,中共中央政治局请人讲课,讲法律、讲经济、讲军事、讲城市管理、讲生态问题,但似乎很少请专家讲文学或哲学。对于治国平天下来说,人文学确实不是"当务之急"。那么,不再有"帝王师"担当的人文学者,是否还有关注当下社会的义务与热情?我知道,不少人文学者为了使自己显得"有用",积极参与金融问题、生态问题、边疆问题、民族问题的讨论;但我也相信,大部分人文学者还是会固守阵地,只是对当下中国错综复杂的社会问题表示"关切",而没有能力"介入"。今天中国,经济学家信心满满,懂不懂都敢说,似乎教育、文化、艺术、宗教、考古、旅游等,一切都可以用经济学的眼光来思考、来裁断。一面是经济学家踌躇满志的"独舞",另一面则是人文学者忍气吞声的"失语",二者合成了今日中国思想界的奇观。

　　进入新世纪以后,我们一直在追问:文学到底还有没有力量?也包括从事"现代文学"研究的专家,是否愿意或能够继承鲁迅的传统?所谓新文化人,不仅固守学术阵地,关键时刻,往往跳出来对社会发言。今天北大中文系还有此"余绪",尤其是现当代文学专业的教授,还有介入社会、影响舆论的能力。可另一方面,受大众传媒的影响,其独立性与批判精神某种程度上被扭曲了。每当这个时候,你就知道什么叫"鱼与熊掌不可兼得"。既希望学者们关心国家大事,又要求其说话"不出格",那是很难做到的。

　　王德威:对于我而言,谈到"中国",它牵扯到代表性的问题。这个"代表"有两个意思,用英文来讲,就是 represent:我怎么呈现、怎么再现。第二就是法理上我怎么来代表?所以我们谈中国文学,是谈哪部分哪个朝代的?甚至"中国"不必与"中国文学"做必然的连接。这是一个问题,我们必须把它问题化:中国是一个认同的问题。尽管代表了一个政治地理的方位、论述或者是一套所谓文学的呈现,但是作为一个阅读者、观察者、历史学者,我们怎么去看待它、认同它,则是另一个问题。我觉得在最近的十几二十年里,这两极之间的对话其实需要更进一步的思考、展开。

最近复旦大学的葛兆光教授《宅兹中国》出版,我个人觉得很受启发。这是一个蛮低调的,对于"中国"作为一个词语、作为一个历史观念以及作为一个现代政治地理论述的谱系学的研究,他讲到的是从周朝以来,对于"什么是中国"的讨论。当然他的结论是认为,就算政治地理不断改变,但至少在文化的传承上,中国作为一个词汇,它的"断"和"续",也就是我们所谓的"分裂"和"延续"之间,一直是一个论述,一直是萦绕着每个时代中国知识分子的一个话题、焦点。但是我个人特别欣赏葛兆光教授另一个计划,就是"宅兹中国"之外,他特别提出:中国是从周边看出来的。周边怎么看中国,也就是刚才平原讲到"中国"这个词游动不拘的观点,其实是不断需要用一个外在的观点,或者是一个约定俗成的老话——一个"他者"的观点来看它。所以现在讲到"中国"这个词,必须放在一个广义的语境里,不管是东亚的语境、海峡两岸的语境,或者是两岸四地的语境,或者世界文学的语境来看待这个词。所以怎么样再次去把它"问题化"?我觉得我们这是作为文学研究者的本能。无论从语词、从观念、从论述上,我们的责任是把简单的问题复杂化。怎么样"化简为繁",不让事情轻易地落到某一个论述的窠臼里,这是我们也许可以思考的一个方向。

最近这七八年,从美国兴起的"华语语系文学",有一些相当激烈的做法,就是把中国排除在外,来做汉语、华语写作文学的讨论;当然也有一个立场强调,中国、中国文学也是华语语系的一分子。这些林林总总的问题都是我们所关心的。

再来谈中国的"现代"。"现代"其实也是一个超大的词,我今天在此也没办法有深度地发挥,但是至少就像刚才前面两位所说的,从文学史来看,在传统的定义上,现在是延续着毛泽东1941年的《新民主主义论》作为时间的划分——近、现、当,这样的划分有当时它在政治诉求上的必要性,也有在1949年之后,这个大论述上的必然性,但是我想这个问题已经不断在瓦解之中,这是我怎么看待"现代"。但是我想提出一个议题:就算是把《新民主主义论》视为当然,我们也必须考虑到,这样的"现代"放到一个更广义的所谓"世界的现代性"的追求里,所看到的各式各样的问题。在西方的观点——当然今天"西方"这两个字一定要受到严厉的抨击与检视,从19世纪工业革命以来对于现代化的追求,对于现代性的两种极端呈现——一种当它是文明堕落的表征,另一种是人之所以为人应该去追求的目标等等,这些都必须带到我们对中国的"现代"或者"现代性"的讨论之内。而如果把这些当作我们严肃思考的对象,那"中国现代文学"当然是一个复杂的问题,而不是仅止于文字表现、呈现、审美的问题。

而更基础的,"现代性"其实是一个时间的观念,特别强调在时间的流变里一闪而过的此刻、当下的观念。反讽的是,我们现在有一个"现代文学"的学科,我们试图定义,把它物化成为一个恒久不变的对象。最后谈到"文学",这个词呢,其实有特别多的争论、争议。从20世纪初年,作为一个学科、一个系统的建制开始至今,"中国现代文学"这个词汇的生命也才不过一百年而已,是一个现代的发明。但是如果我们把"现代文学"的"文学"再扩大的话……我其实有个不太成熟的方法想提供出来给大家参考:从西方的观点,"文学"是18世纪以来在欧洲浪漫主义之后一个审美运动的重要呈现方式、产品,这样的一个审美性在最近几十年受到严厉的批评,就是文学以审美为目标的一个看法。尤其是左翼的同事强调,这是在西方扩张主义的萌芽,在资本主义、中产阶级开始的那端,对于所谓"艺文活动"追求所产生的理念。这个有它意识形态的基础,也有它的局限,所以我们必须承认它的批判的力度,以及其意识形态的局限。但是回到中国的文学传统,文学,这是"文"的学,文章之学,今天到了此时此地,这个"文"的观念——我再卖弄一次英文,manifestation——呈现,"文"是一种纹理、脉络,一种形式、形制,是用各式各样符号建立起来的一种辨认世界、让世界表意的体系。从这个观念来讲,我们有一些传统文学的定义,不但不过时,反而可以让我们再一次思考"什么是文学"的观点。也许这是一个契机,在我们提起文学本身的时候可以再一次提出来。

至于"中国现代文学",我们怎样去教它、去学它、去定义它,这是一个众说纷纭的问题。我也接受不论是王富仁式的、钱理群式的、藤井式的、平原式的观点,这本来就是一个存在的众声喧哗的现象。但是谈了太多的众声喧哗之后,也必须要承认历史的局限。也就是今天,我们或许是在一个第三地,在日本这样的环境,反而可以畅所欲言,所以言谈,这个历史的表征,其实是有局限的。怎么去发掘它的局限性,怎么从局限里面找出它更多的可能性?这个我觉得是有潜力的。

所以文学到底有没有用?作为文学系的教授,我们当然要告诉我们的学生,这当然是有用的嘛!否则我们在这边说什么呢?我还挺有信心的。我们讲了很多的虚构性、想象性、论述性等等,最基本的问题就是把简单的东西弄得很复杂,以虚构的形式来回顾、检讨、想象,甚至发明历史所不能及的面向,这就是文学学者他的想象力对于社会的最大贡献。最后一个问题,我要请平原再进一步地说明,你刚才提到的,我觉得没有发展完全的观念:一方面你似乎强调,作为近代文学的研究者,我们必须要关怀社会,必须要让我们的关怀普及社会,甚至广义的政治民生的问题,都有我们发言的立场,但是你刚刚又提到经济系或者其他科系的同仁,他们越界了、跨界了,所以他们讲出来的东西,我们未必视为合理、当然的,是两个不同的论述。尤其是我现在在国外,太多文学系的同仁,他们根本不做文学,不做我们传统定义的,尤其是像日本学院对于"文学"这样基准的定义。我在美国——甚至有时候在中国——的文学领域的同事现在很奇怪的,很少做文学,现在他们都做文化政治、做机器人、做西藏问题等等,这个也是你所谓文学学者关心国计民生的一部分吗?还是从另外一个角度,你觉得这些同事可能是捞过界了?你的疑问似乎有一个悬案,我很想再知道多一点。

陈平原:理论上,文学研究者有权冲出自己的专业领域,谈论经济、政治、军事等话题;反过来说,经济学家也有权利对文学、艺术、宗教等发言。我之所以对当下中国的"经济学帝国主义"很不以为然,是因为他们过度自信,以及公众的盲从。作为人文学者,我们有时也会跨出自己的专业,对某些公共话题发言,但首先我们大都有自我反省的能力,其次也会事先做点功课,不至于说太外行的话。希望保持社会关怀,但一旦涉及专业问题,自己没能力判断,就不应该乱说话。我是两面作战,既反对"躲进小楼成一统",也不喜欢整天在媒体上哇啦哇啦。如果你每天都需要说话,必定是懂的你说,不懂的你也要说。我偶尔会在媒体上发言,但限制在自己比较熟悉的领域。不是胆大胆小的问题,而是你打着专家的旗号,没有知识准备就不该乱说。有自己的专业,但又保持社会关怀,这是学院中人比较理想的状态。

藤井省三:对于中国来说,我是外国人,在外国的中国文学研究者,特别是现代、当代中国文学研究者,就是把中国的、华人的感情和逻辑介绍给日本,这是我们最大的任务。所以对于社会的发言,是为了要让日本国民更了解中国大陆、台湾、香港。对于社会关怀方面还是跟两位不太一样。我们就是跟随你们的活动,你们有什么社会关怀我们就跟随你们的关怀啊。

王德威:"士不可以不弘毅,任重而道远",我同意社会关怀是个重大的议题。尤其是在今天中国这个情况——当然我们立场不一样,我是从台湾来的,又在美国教书,所以我的情形跟藤井一样,我的专业目的是让国外的、没有中国背景的学生,能够用有效的方式去理解什么是中国——广义的中国,当然这个对于中国的关怀,有的时候是蛮分裂的,有的时候客观,有的时候又从不同理念的立场来发言。

我很想再说一句,就是这个文学伦理的问题。当然对于公民社会、公共知识分子,这个我们讲到不能再讲了,但是文学有一个很基本的、文学的伦理的问题。最近讲到在台湾地区和在马来西亚的抄袭啦等等事情,谈到《文心雕龙》的"文心"的问题,听起来都是飘渺、高远、不着边际的问题。但是这个"伦理"不是"道德",两者不能够混淆。你刚刚说的什么是非取舍等等,听起来是很大的很迂阔的一些想法,但是在此时此刻有它的必要性。比如说,越是看起来形势一片大好、越是我们都在做梦的时候,能做什么梦、不做什么梦、你是不是愿意做梦,这类的问题到最后是一个很微妙的判断的问题,这是我所谓的文学的伦理性。

二　文学研究与非文字媒体的关系

主持人:在"文学"的研究上,以非纯文本媒体(电影、戏剧、电视、音乐、网络、漫画、海报等)作为研究对象的比例日渐攀升。当然,像这样所谓"文字+X"式的研究,为文学研究开拓了更多的可能。但也不可否认,向来重视精读文本的研究方式,其重要性则逐渐衰退。可能由于现在许多资料都不必再阅读纸本,可以很轻易地在网络上浏览之故。在此也想请教各位老师,在研究上如何于文字/非文字、纸媒体/电子媒体之间取得平衡?

藤井省三:这些新的领域,也都是被语言构筑的。比如说音乐,演奏会的广告啊评论啊,还是根据语言构筑的。所以,从电影到音乐,对我来说都是文学研究的对象。而且,大学也是文化产业之中的一个行业,不是象牙之塔。"大学是象牙之塔"这样的看法呢,就是国民国家、国族国家制度刚刚开始的时候,大学跟政府勾结而把自我权威化的产物。在国民市场成熟、大众文化发达的社会,大学也是文化产业之中的一个行业而已。所以,根据整个社会的要求,大学教授们的研究对象和方法,也应该变迁。但是,我们还是必须记住,所有的新文化新领域,从电影到海报、网络,都离不开传统。所以对文学文化研究来说,古典文学还是不可缺少的。对于当代华语圈文化研究来说,关于诗文白话的古典文学以及作为 modern classic 的"五四"文学的修养是不可或缺的。

陈平原:为了这次鼎谈,我请学生搜集 2008 年到 2012 年间北京大学中文系研究生的毕业论文题目。只算近代、现代、当代文学这三个专业的研究生,不包含也可能涉足"现代文学"的比较文学、文艺理论等专业的研究生,大概每年 40 篇左右。仔细分析,这些论文中做近代文学或现代文学的,基本上还是以文本为中心;做当代文学的,则很多牵涉文化研究,如电影、电视、网络、漫画等,不再局限于文字。第一感觉是,就像藤井先生所说的,文学研究向文化研究延伸,有它的合理性。需要反省的是,这个潮流的形成,是否凸显了此前的文学史研究的某种缺憾。

这么多年来,我一直关注 1903 年起中国大学之以文学史为中心进行文学教育所导致的问题。以课堂教学为主,希望多快好省地给学生们传授关于中国文学的"系统知识",这一教学思路导致学生们记得了一大堆作家作品、思潮流派,而缺乏最最基本的文学鉴赏能力。我昨天发言时提到了 PPT 的问题,现在各大学强行要求,学生们也习惯于图文并茂。要是你没有这些声音、图像,一味地字斟句酌,讲到幽微之处,发现大家都打瞌睡了,很狼狈的。这就说到一个问题,大众传媒的思路及趣味,对于大学教育的强力介入。

以前大学教授居高临下,希望把自己的思想及知识,借助大众传媒来扩散开去。今天不是的,媒体记者很厉害,他们自己设计话题,包括对大学教育的批判,不少在我看来近乎"污名化"。至于大学生及研究生,每天挂在网上的时间,很可能远多于在教室或图书馆学习。这样一来,媒体生产出来的话题,影响无远弗届。大家坐下来一聊,从政治新闻到黄色笑话,都差不多。连说出来的笑话都差不多,可见媒体的影响力。今天的中国,教授没有能力改造媒体,反而被媒体牵着鼻子走,这是值得高度警惕的。

　　还有一点,今天的大学生,念文学专业的,看不起基本训练,对语言、对文字、对审美、对文体、对文类的那个感觉,基本上丧失了。单看论文本身,好像说得头头是道,把所有的东西都打通了,很好看,可经不起推敲。举个例子,谈鲁迅,要不要考虑文体的差异?因为《鲁迅全集》检索很方便,不管是日记、书信、著作,还是诗歌、杂文、小说,一输入主题词,全都出来了。可检索到的词语,一旦脱离了上下文以及写作心态,你的理解很可能出现偏差。过去说穿衣服,宁可穿破,不能穿错。为什么?就因为每件衣服都有其特殊功能。写作也一样,完全不考虑文类及文体的差异,所有东西一锅煮,那是有问题的。除非作家有意进行"越界"或"混搭"的试验,否则,讨论具体文本时,必须考虑语境及文类。比如,大家都引鲁迅批评郑振铎《插图本中国文学史》的话,可那是鲁迅写给朋友的私人信件,做不得准。而且,你一看时间,那时郑振铎的书还没出版呢,鲁迅明显是受广告的影响。引鲁迅的文字,不要说日记、书信与公开发表的文章不一样,即便都是公开发表,杂文和学术著作也有很大差异。杂文可以"攻其一点不及其余",著作则必须努力做到客观公允。不信你看鲁迅谈《红楼梦》、杂文和《中国小说史略》是不一样的。说到书信,老一辈习惯于讲客气话,你读钱锺书的覆信,都把对方说成一枝花,这绝对不是他的真实想法。夏志清先生曾感叹,某学者拿着他的回信到处炫耀,而且真的得到不少好处。私人信件不是学术鉴定,同样道理,日记与小说不能等量齐观。可因为有了电子检索,一查都出来了,斩断了上下文,孤零零的几句话,任凭作者摆布,这种写作很危险。

我曾经说过,对于文字、文章、文体、文类的细腻感觉,是中文系学生的最大优势。面对同样的文本,历史系学生可能只是作为史料使用,中文系学生则会读出文字背后的心情,以及语气中蕴含着的立场与趣味。这种对于文字的体贴、斟酌、辨析、批判的能力,应该是中文系学生最最基本的能力。可是,今天不谈这些,全部跑到文字以外去了。我们搬弄了一大堆"新式武器",然后突然间发现,找不到自己的立足点。要说大的历史判断,以及搜集数据等,中文系不及历史系。中文系擅长的,本来是对文字、对文章、对文体的感觉,以及审美趣味和想象力。现在就因为这些东西太"旧"了,都丢掉,那么请问,我们的基本训练及专业特长是什么?不在大学教书的人,不太理解我为什么要强调"基本训练"。学术潮流一旦形成,浩浩荡荡,是能成就不少站在潮头的人。可你想依照他"弄潮"的模样比划比划,还没等你学会,大潮已经退去,你的那两下子全都作废。若是教书,我相信胡适的话:"时髦不能动。"这些年参加博士论文答辩,最大的感觉是,题目越来越好看,思路越来越灵活,视野越来越开阔,但有一点,往往经不起再三追问。我在想这是为什么,或许是这些年来我们的教育理念,过于强调"创新",而忽略了"传承"?

王德威:我完全同意藤井的看法,就是文类的变迁一向如此。那么到了21世纪,有了这么多新的各种各样的文学,尤其影音方面的呈现方式,我们就必须正视这样的一个存在,并积极地来策划、参与和思考我们怎么样来诠释这样的一些新的文类。这就好像在晚清的时候小说进入到文学场域,或其他的不同的文类进入到一个场域。我们在另外的一个时空,怎么来看待什么是文学的问题?但晚清和现在有一点不同的是我们现在有文学专业、有一群文学批评者,所以我们必须在这样一个新的建构里边来发展我们这个学科的延续性和脉络。因而在这个意义上,我也不是特别地焦虑。文学批评这样的一个学科或者论述在20世纪以来,其实教给了我们一套方法来看待目前的各种五花八门新的文化生产现象,这是我第一个观察。

第二个观察也是重复刚才的,其实平原有另外的一种表述方式。说到我的语境的限制,我们今天在美国不敢谈"审美",因为一谈"审美"立刻就是小资,对不对?所以我们义正词严的永远站在历史正确面的左派同事呢,就说绝不能只"审美"。但我事实上也理解"审美"这个词本身的局限。所以我就希望用另外一个方式来说明。回到刚才的话,"想象"不是胡思乱想,从十七八世纪以来,联系康德的美学思想,对"想象"跟现代性的关联已经有过很多的批判。但是在中国的传统里面,"神思"的观念等等也一直存在。所以"想象"不是胡思乱想,而是在一个已经有传承和学养根基的基石之下,对于这个世界的各种事物所做出的诠释。我刚才说想象力越强的人,越能够从同中求异、越能从简单的事物里看到复杂的各种各样的变相。这个我认为是文学学者的一个基本功夫。"想象"的另外一部分是判断力。这就是我所谓的文学伦理上的一种能量。那么，合在一起呢，它是不是鉴赏是不是审美？在这个语境看，我都觉得可以是。

我比平原更乐观一点，我认为我们的影响力应该是，至少让其他的人文学科的同事知道，做历史的人难道不需要想象力吗？甚至说做经济的人难道不需要想象力吗？所以在那个意义上，在很多的场合我都企图和我的同事，尤其面对我的学生，我都来说明这个问题，就是文学这个东西，你要问它有没有用，它当然有用的。但是这个不是我们的第一个关怀，而是我们怎么样在这样一个文化语境里面，把各种各样的问题用我们自己的方式来说得更复杂，诠释得更周延，或是提出更多的我们的同行、其他领域的同行所不能够完满回答的内容。所以这里面文字，广义的文字或文本解析的能力，我认为就非常重要，所以这一点我想我是同意平原的。

陈平原：跟这个略有关系，那就是我们都是1950年代生人。最近碰到一个老学生，说了一句话，让我大吃一惊，我确实没往这方面想过。他说，你们把学问做完了——"文革"后登上学术舞台的，这批四五十年代生人，有很强的学术生产力，到今天还很活跃，这就让70后、80后很难出头。你想你们在舞台中心表演了那么长时间，后边的人要上来，就得跟你们"划清界限"，那样才能引起关注。所谓"你们把学问都做完了，我们怎么办"，这里有策略上的考虑，可也是一种"影响的焦虑"。年轻一辈要冲出重围，必须换一套武器，穿一套新的铠甲，这种心情你我必须理解。毕竟,一代人有一代人的学问。

三 关于中国现代文学教学的现状

主持人:在各位任教的大学里,中国现代文学教育占有什么样的地位？是否都能有一定人数的年轻人来修习？硕士论文和博士论文又选择什么样的题目？另外,对于以非研究生的大学本科学生为对象的中国现代文学教育,又是如何进行的？在此也希望陈老师告诉我们香港和北京的差异。

藤井省三:我简单介绍一下东大文学部中文系的情况。我们一个学年的本科学生名额只有7个。学生入学一年半之后再决定自己的学术专业。每年选东大中文系的学生一般只有3个到5个而已,到不了原名额的7个人。这种情况从我在四十年前决定进入中文系之后到现在一直没有变。我想京都大学中文系也差不多。研究院的硕士班名额是5个人,博士班是4个人。可是每年报名应考硕士的人数比名额多3倍到4倍。东大并没有分开录取现代文学、当代文学、近代文学,只有诗文、白话、现代文学、古代语法音韵、现代语法之别。大家一起考,择优录取,录取的是笔试和论文成绩好的前五位,而且这五位中希望做现代文学的人总占多数。所以我自己现在一共有15位研究生,其中博士生有11位。中文系的研究生总共三十几位,差不多一半是现代文学的。另外,在这15位我指导的研究生当中日本学生只有4位;中国大陆同学最多,9位;台湾地区同学这几年少一点,只有2位。看他们的专业的话,研究"五四"文学和文化的只有3位,分别是张爱玲和老舍;做中华人民共和国文学的,所谓当代文学文化研究的有 7 位;做台湾地区文学文化研究的有 5 位,其中研究电影和电视剧的有 3 位。当然我一个人指导不了 15 位各个专业的同学,因此我请东大教养学部的伊藤德也教授和东洋文化研究所的松田康博教授做这些同学的副指导教授。还有每年从校外邀请两位台湾文学专家、华语电影专家当讲师。过去河原功老师讲台湾文学讲了好几年,他退休后,请垂水千惠老师讲台湾文学。关于电影研究,这七八年一直请三泽真美惠老师上课。这是我们中文系的基本情况。做日本和中国大陆、台湾比较文学研究的研究生以及做电影电视剧研究的研究生越来越多,外国同学越来越多,我很高兴。但是我比较担心,做"五四"文学研究的越来越少。这种情况会影响到将来日本的中文系教学。

陈平原:北大中文系的规模比较大,我们总共有九十多位教师,不算职员。现当代文学专业的教师,目前是 18 位。可古代文学教研室的夏晓虹,或者比较文学研究所、文艺理论教研室、民间文学教研室的某些老师,也可能做现代文学方面的课题。至于研究生,每年招收 140 名左右,50 名博士生,八九十名硕士生。中文系有资格带博士生的教授大概 60 人。我们有 10 个专业方向,文学方面 6 个,加上语言学 3 个,古典文献 1 个。同一个专业方向,指导教授好几名,学生的选择空间却很有限。因为要照顾教授们的情绪,故每人每年只招 1 名博士生,最多两名。这么安排,不是学生的愿望,也不是学科的布局,纯属"安定团结"的需要。学制上硕士三年、博士四年,若外出进修,还得延长。这样一来,常年在校的研究生,全系大概 500 人。这么多博士生、硕士生,每年完成 40 篇关于"中国现代文学"的学位论文,很正常。

我同时在香港中文大学教书,港中大中文系的研究生规模虽然远不及北大,但在香港也是最大的。在读的博士及哲学硕士,大约40名。这40名拿奖学金的研究生,分成古典文学、现代文学、语言学、古典文献四大块,四块人数差不多。学生来源,一半本港,一半外地,外地生以中国大陆为主。学生水平很不错,而且专心致志念书。至于研究课题,三分之一谈香港文学,三分之二关注大陆或台湾文学,还有东南亚文学,或者电影、电视、流行文化等。港中大中文系没有比较文学或文艺理论的专业设置,个别老师有兴趣,学生也可以跟着做。但总体而言,港中大学生治学严谨、功底扎实,但理论思维不及北大学生活跃。

我想说句题外话,那就是推荐钱理群教授主编的《中国现代文学编年史》,书刚出版,副标题是"以文学广告为中心"。我看重的不是此书的编辑体例,而是老钱有意识地引入年轻学者的观点。若你想了解最近十年中国年轻一代学者在做什么,可以读这本书。他自己这么做,要求其他人也这么做。这书不是个人著作,老钱是主编。一般来说,著名学者不太看,也不太引年轻学者的著作,而老钱花很多时间披沙拣金,有意识地把最近十几年年轻学者的成果糅进书里,故值得关注。

香港各大学的研究生,不算收费的文学硕士,给奖学金的哲学硕士及博士,越来越向大陆倾斜。港中大中文系是最好的,本港学生占一半;理工科院系,基本上都是大陆学生的天下。很遗憾,北大中文系虽有个别老师做台港文学研究,但力量不强,也不是我们的发展重点。我这几年在香港中文大学教书,发现香港学生对中国大陆的文学及现状越来越关心,越来越有研究的兴趣。

王德威：哈佛大学的东亚系只有三四年级有专业的东亚研究的学生。现在的总数应该是 30 到 40 之间，绝大部分的专业都是社会科学方面。中国文学或日本文学的学生少，如果每年有一个两个就已经是很惊人的事情了。所以就大学本科来讲，也许学生的学位论文就是他们的荣誉学位论文，可能是关于广义的文学，但是专业这个词谈不上。这是第一点。

哈佛大学的东亚系也没有自己的硕士班。它的硕士班是一个所谓的东亚区域硕士项目。以前招收 30 到 35 个学生，现在是招收 20 到 30 个学生，每一年如果能够招收到三四位现代文学专业学生的话，已经是不得了的事情了。目前两位学生都是从中国来的，就跟我做这方面的研究。以东亚系中国文学这个领域来讲，我们有 6 位教授，两位是古典的，现代文学就是我来担任，在去年年底我们终于有了媒体研究的项目，就是广义的电影跟传媒研究。目前也有一位比较文学系的同事跨系担任中日韩东亚研究课题。所以我们现在结构上显然是有一个变化。做现代研究的话，如果包括文本和传媒，就是两个人。从国外的立场来看，我们 6 个人在美国已经算是相当完整的一个项目。以学生的分布来讲，古典的这几年的确式微，我个人看起来是一个危机。过去的那些非华裔学生似乎在人数上有减少的趋势。华裔的学生广义的从大陆、从港澳台来的学生可能现在是占多数。我自己对这个也蛮敏感的，尤其因为现代文学比较容易吸引学生，我们每一年大概有将近 60 位申请者吧，有三分之二的都是希望做现代文学的。那这三分之二里面，又有三分之二是中国大陆的申请者。所以怎么样平衡学生人数永远是一门艺术，因为我又知道这些有中国背景的学生很好,但是你也不能完全收他们。我现在大概有8个学生,在比率上华裔、非华裔应该是一半一半吧。

他们的论文题目很有趣,因为在美国师资有限,我们必须要迁就学生的兴趣,什么都教。有做现代诗的,做现代诗的理论方面的,研究诗的晦涩性、音乐性、翻译性等等。另一个做"群"与"众"的文化文学政治,他从左翼立场,观察从"群"到"民众"到"大众"到"人民"这个观点怎么样在不同的现代中国的文学艺术媒介里呈现:从晚清的梁启超一直做到张艺谋的奥运会大规模演出。这就是所谓跨领域的研究(interdisciplinary)。题目听起来很大,其实他做的是很精准的个案研究。有一个日本学生做美学,美学怎么在19世纪末来到东亚,在中国在日本在韩国旅行的故事,以及这个美学融入中国传统文论之后所发生的现象,我个人觉得是这几年相当出色的一个学生。还有一个则做漫画同人志,看日本的漫画 Hetalia 怎么旅行到日本、韩国、中国大陆及台湾的。也有做戏剧的,做戏剧的舞台装置,做很精准的东西,研究中国的舞台是怎么打造出来的,人民大剧院是怎么建的等等。还有做佛教跟文学的,这个已经超出我的专业,帮她找了两位佛教的宗教系的教授,所以三个指导教授指导一个学生,这个对学生非常好。刚进来一个是做性别跟电影的。今年特别招了一位非华裔的美国学生,做中国文学的文本研究。他有这样的兴趣是很不容易的,做余华这种很细腻的文本分析,所以我特别珍惜这样的一个机会。就论文的方向来看,真是五花八门,学生希望做什么我们就陪着做,这是一个愉快的过程,也是不断的挑战。

陈平原：相对于你们，我们的任务比较单纯。在北大，我算是学术兴趣比较广泛的，但指导学位论文，也还是在现代文学及文化这个领域，不像你们俩，连关于佛教的论文都要指导。你们一个领域只有一两位教授，所以学生们做什么，都要跟着阅读、思考，并给予指导。我们因为专业分工很细，各领域都有合适的指导教授，所以比较轻松。

藤井省三：刚才德威提到华人学生越来越多，我们也一样，可是我们没有平衡上的考虑，好就收，所以有时候5位研究生中会有4位是中国大陆或台湾的学生。因为他们通过日语一级考试，日语水平相当高，可是写论文时要有写论文的审美感，所以"native check"（由日语母语者进行的纠正）是很大的问题。比如，做莫言研究的硕士博士论文的话，还是先需要有对当代文学、莫言文学的了解，如果没有这方面的知识的话就做不了纠正文章的工作，所以可以做"native check"的日本学生也不多。过去，在日本同学的人数比外国同学多的时候，我能找到比较适合的日本学生来给外国同学做论文的纠正，但是现在日本学生的人数比外国学生少了，而且日本学生一般进入博士班之后就到中国大陆、台湾地区或美国留学，所以现在找不到合适的人了。对我们东大中文系来说，这就是最大的危机。

陈平原：我记得几年前王德威说过，如果有一个非华裔的美国学生愿意学中国文学，愿意念博士，你们会很宝贝的，是这样吧？我知道东大本科生中选择中国文学为研究方向的也很少，我在的那一年，只有1名。京都大学的平田昌司教授很得意，说他们比你们好多了，人数多一倍。

王德威：我昨天晚上告诉他，我们从东大招的一个日本学生,真是好,他会五国语言,日文、中文、韩文、法文、英文,在美国的主要研究项目是美学,所以我们对这一类的学生当然觉得很珍惜啊。我觉得中国来的学生多半都有特异功能,像我有一个学生做希腊,她的希腊文和她的英文一样好,做"希腊想象"怎么进到中国,从梁启超一直做到顾准。对这一类学生,希望在某一种策略上找到一个平衡点,就是他来美国一定要有一个对他更有利的客观环境才招收他,否则就不用再浪费我们的精力。

藤井省三:关于刚才所提到的,将来很可能没有日本人做中国文学研究的问题,我倒不担心这个,我比较乐观。因为报名东大中文系研究生院的日本学生还是比中国大陆、台湾的同学多。但问题就是好多日本学生考不过第一次的语言和专业笔试。从其他的大学应考东大中文系的学生因为他们学部的专业老师人数不够,所以显得整个方面修养不足。另外,虽然现在的日中关系在政治上出现了问题,但在经济上两国的关系还是不错,日中双方的贸易量仍然占20%。在这个背景下,在日本的大学里学习汉语的学生越来越多。所以在东大中文系的毕业生里,拿到博士学位的,无论是日本同学还是外国同学,都能找到专任工作,比如当大学专任讲师、副教授和研究机构的专任研究员等等;但是东京大学研究院人文社会系研究科里拿到博士学位以后在三年之内找到工作的只有30%。所以东大中文系的就职情况和其他的学系相比起来要好很多。

四 今后的研究课题

主持人:今后各位关心的研究课题是什么?打算从哪些切

入点来进行研究?

藤井省三：我从2005年之后,与中国两岸三地、新加坡、韩国和美国学者举办以四年为单位的国际共同研究。第一次是村上春树与东亚,第二次是鲁迅在东亚,今年开始的第三次共同研究是现代东亚文学史。根据这三次国际共同研究,今后我有三个研究方向。一个是以鲁迅为主的"五四"文学跟日本东亚的关系。第二个是以莫言、李昂、董启章等为主的当代文学研究,进行华语圈当代文学、电影和日本东亚的影响研究。第三个课题是以村上春树为主的日本现当代文学和中国大陆及港台的关系。另外,我两年前出版的《中国语圈文学史》,明年在中国和韩国分别有汉语、韩国语版,还有1997年出版的《台湾文学这一百年》已经有中文版在台湾出版了。关于电影,我对从张艺谋、贾樟柯到冯小刚的中国大陆导演,从王家卫到周星驰的香港导演,从侯孝贤到魏德圣的台湾导演、从邱金海(Eric Khoo)到梁智强(Jack Neo)的新加坡导演都感兴趣。我希望把以鲁迅、莫言、村上春树以及几位导演为主的这一百多年的东亚文学、电影作为我今后的主要研究课题。

陈平原：我去年写了一篇文章,题为《"现代中国研究"的四重视野》,副标题是"大学·都市·图像·声音",也就是我关注的四个话题或领域。关于中国大学,兼及论文与杂感,我已经出版了四本书,下面还会继续做。在我看来,理解20世纪中国的现代化进程,教育是个关键。所有的"新知",只有体制化了,才能广泛传播,且进入百姓的日常生活。关注教育,是我的一个工作重点。不过,跟钱理群关注中小学不同,我关注的是大学。这些年,谈大学问题,我既面向历史,也关注当下,兼及学术研究与文化传播。

第二个话题与王德威相关，我们一直合作主持"都市想象与文化记忆"系列国际研讨会。我自己也写文章，但更重要的是培养学生。收录在北大版"都市想象与文化记忆"丛书中，已有6种是根据博士学位论文修订而成的。假以时日，我指导的这些研究生，说不定能闯出一番新天地。

第三个话题"图像"，几年前我在香港三联书店刊行了《左图右史与西学东渐——晚清画报研究》，一直在修订，争取明年在北京的三联书店出修订版。关于晚清画报这一块，还有一些别的成果，因纠缠时间太久了，希望明年打住。

第四个话题是"声音"。除了几年前发表在《文学评论》上的《有声的中国——"演说"与近现代中国文章变革》，我还有好几篇讨论"演说"的论文。除了"演说"，还有"课堂""剧场""说唱""朗诵诗"等，这个题目还没做完。

还有一个题目，我做了好多年，也发表了五六篇专题论文，那就是《现代中国的述学文体》。我坚信，现代性是一种思想体系、一种思维方式、一种生活方式，同时，也是一种表述方式。所以，我是从"表述方式"入手，来讨论这个问题的。我理解的"表述"，包括日常生活中的表述、文学家的表述、还有学者的表述。诸位今天所从事的工作，比如说在大学里面教书、写作，以及在学术会议上发言、讨论等等，这一系列的活动，从思路到姿态，从言词到术语，基本上都跟传统中国大相径庭。不只跟先秦不一样，跟宋元明清的书院都不一样。换句话说，我们不仅已经改变了观念与思想，而且改变了思维习惯；不仅改变了学问的内容，而且改变了讨论的方式。很可惜，这书仍在路上，还没想清楚，不想仓促推出。

王德威：我刚刚完成的一本英文书就是《史诗时代的抒情声音》(*The Lyrical in Epic Time*)，这本书源自2006年平原邀我到北大。现在想起来那个时候胆子太大了。我当时没有完成研究就去教课，但毕竟是教学相长，我现在很高兴总算把这本书完成了。它里面探讨的主要是中国的抒情传统的问题。这个课题当然让我必须进入到传统文学和文论的研究。真是一个摸索的过程，我自己特别地好奇，但是也很心虚，未来我会继续做这个题目，就是中国传统的和现代之间的文学的接轨问题。当20世纪的文学已经变成了文学传统的一部分的时候，我们怎么再看现代文学里的传统性的问题，这是一个方向。

我现在正在替哈佛大学出版公司编一个哈佛版的《现代中国文学史》，它完全不是大叙事，因为它迁就到美国的一个客观环境的限制，所以它是用了小文章，而且是有个性的小文章的方式，150个小文章串出来一个文学史。刚才提到钱理群的新书从广告看中国文学史，他发了我一个电子文件，我觉得大部分都非常精彩。但是我误会原来那个广告的意思并不只是商业广告而已，它的广告的意思也包括了学会学社的发刊词等各种各样。哈佛版的文学史起码还得再编两年吧，我在这个过程之中，学了很多，虽然很辛苦，但是这个机会难得。

我一直想做20世纪的中国文论和西方文论的对话问题。因为我想大家都知道我是比较文学出身的，我做西方的文学批评做了很多年，从福柯到巴赫金，到后来的德里达。可是最近这些年特别的自觉，也特别不好意思。我不再觉得我可以坦然地直告我的学生你去念念福柯、念念德里达就知道怎么样做现代中国文学。我觉得我们过了一个世纪之后——尤其在西方的语境里教现代中国文学跟文学批评——特别需要反省。这个不是谁跟谁相比的问题，而是期望至少在一个平等的对话的平台上来思考，中国的知识界在过去的一百年里面，它提供了什么关于文学的看法、文学的论述。我们除了鲁迅和王国维的《摩罗诗力说》《红楼梦评论》，应该还有更多可以呈现。鲁迅有更多东西值得谈，王国维有更多东西值得谈。章太炎的东西我们谈不谈？黄摩西的东西谈不谈？然后一直到梁宗岱和朱光潜，到李泽厚等等。这些我都有兴趣。但我不相信我有那样的能量写一个有体系的东西。但是我想利用西方学界的另外一种方式来探讨很多的"遭遇"，就是各种世代里面这些文论文学观点的遭遇，那么也许我可以做一个穿针引线的工作，尤其是对比较文学系的同事来说。我以为以西方文论为基础的比较文学比较了半天，我们的方法论基本上其实还是一个相当偏颇的方法论。我想在今天此时此地，在美国教中国文学现代文学应该有这样的自觉。除了反帝国反殖民这些种种的大叙述之外，真正回到文本的境遇里面看这一百年中国的知识分子和文人对广义的文学到底有什么看法，此其时也。

藤井省三：让我再补充一点。我今后希望多做一点翻译工作，除了中国两岸三地当代作家的翻译工作之外，想重新翻译鲁迅、张爱玲等现代作家的作品。另外，通过日本的文库本、修正本重新出版新译本，以这样的方式想给更多的日本读者介绍中国文学、华语文学的魅力。

王德威：也许我也可以补充一点，"华语语系文学"这两年特别热闹，但是究竟什么是"华语语系文学"，是个问题。我可能不会花绝大部分的精力去做这个,但这是一个问题。我希望在这里提出来,也希望我的日本同事和我的从中国大陆来的同事注意到这个问题。我未必花太多的时间去做这个,但我认为这个与今天的会谈主题"什么是中国现代文学"相对,"华语语系文学"的存在有没有必要,相对于过去的"华文文学",相对于过去的"海外文学""世界华文文学",更古老的"华侨文学"等等,"华语语系"的观念的提出我觉得是一个现象。藤井教授过去这些年对海外的华语创作以及台湾和香港的华语创作有关怀的话,翻译是很重要的一个面,那么翻译以外的哪一种创作形式更能够呈现华语语系文学的辩证性或者是抗争性呢? 我觉得这个话题是值得注意的。

(中文本初刊《学术月刊》2014 年第 8 期,日文本《中国现代文学の研究および教学:中・米・日における現状と行方[藤井省三×陳平原×王徳威]》,刊爱知大学现代中国学会编、东方書店发行《中国 21》第 42 卷,2015 年 3 月。)

"拼命写,直到写出我想写的一切"

时　　间:2016 年 11 月 5 日
地　　点:北京大学人文社会科学研究院
主持人:陈平原
对话嘉宾:赵园、孙郁、姚丹、高远东、贺桂梅、陈平原、钱理群等
文字整理:王勉

(原编者按:新著《岁月沧桑》汇聚钱理群先生探索知识分子精神史的部分精彩篇章,问世后引发学术界内外的广泛关注。北大人文社会科学研究院2016年11月5日召开新著研讨会,与会学者从不同的角度畅叙阅读体会,本版选登发言摘要和钱理群先生的发言稿,以飨读者。)

当代史研究的伦理问题是一个非常值得讨论的问题

赵　园(中国社科院文学所研究员):钱理群这本新书中有两位作家的材料是我不熟悉的,一个是赵树理,一个是废名,其他5位的材料我还是看过一些,尤其是他们的运动档案。我的

做法可能会和钱理群有所不同,我会把一大堆运动档案放在一起做综合分析,而没有准备把他们做个案研究。我自己在做运动档案的考察时,王瑶先生的材料我没有使用,主要是因为我觉得比较起其他的运动档案分量不够,所以不发表也罢,现在老钱把它们用了出来。

我感觉当代史包括当代文学史研究现在机遇与困境同在。机遇是出来了很多材料,比如很多知识分子的自述、回忆,也有很多党政军要人的回忆录公开出版,很多是"文革"中重大事件的当事人,这在过去很难想象。另外,从《郭小川全集》出版之后,很多运动档案也出来了,有的很有分量。这一部分材料怎么处理,确实是个挑战。

老钱的研究跟我和洪先生不同,他的视野很大,有时携泥沙而俱下,但气势仍在。在我们三个人中,只有老钱的著作是能够诉诸公众的。而老钱的研究有一以贯之的线索,就是知识分子的命运。书名《岁月沧桑》这个题目有些大,涵盖起一个时代不太容易,我更期待他的一些专题研究。

老钱的这些写作也属于广义的非虚构写作吧,介于文史之间。从个人喜好来说,因为我在史学著作中浸淫太久,所以会偏向于史,也可能会有正史情结,所以比如《陈寅恪的最后二十年》和《束星北档案》,我就更喜欢读《束星北档案》。

当代史研究的伦理问题是一个非常值得讨论的问题。怎样对待现在大量出版的回忆录?怎样对待这部分运动档案?怎样对待现在的诸多口述史?工作伦理问题攸关这部分研究的价值。

他将自己摆了进去,借史料谈自己

孙　郁(中国人民大学文学院院长):钱老师的这本书我看完很感慨,钱老师写得很从容,这当然和他的专业背景有很大关系。他在当年研究鲁迅和周作人的时候就形成了对中国现代知识分子最基本的看法。民国到新中国这一段知识分子的变化他特别敏感。

我有两点印象很深:他写带有自由主义倾向的作家废名和早期左翼倾向的诗人邵燕祥。梳理邵燕祥很有意思,他从最开始的左翼到"右派",被别人批判,划"右派",以后获得摘帽。到了"文革"时,他批判别人也被别人批判。他的转变体现了知识分子坚守中的迷途和迷途中的坚守。当他要为自己乌托邦的理想而工作的时候,突然发现自己是"敌人"。我觉得最感人之处是钱老师把他怎样说服自己、慢慢接受对自己的处罚,也就是个人和集体的关系这个逻辑梳理得特别有意思。

这本书中处处都有闪光的思想。对那段历史,钱老师运用了研究鲁迅时的逻辑方法,其中发现了很多我们用正常人逻辑不能解析的东西,这也给了我很大的启发。

有一个不满足的地方,就是文章停留在了邵燕祥的自述中,同时代人对邵燕祥的评述材料用得不多。如果能多找一些的话,可能会写得更好。

从上世纪40年代以来,不同群落的知识分子一直在变,这之中深具复杂性。介绍邵燕祥变化的这一篇文章,我认为是目前为止最饱满的一篇。

另外还有关键的一点是,钱老师在写作时将自己摆了进去,好像借史料谈自己,这是他心史的一部分。赵园老师在《艰难的选择》中曾写过一句话:"我最渴望的是在我对象的世界中体验我的生命。"我觉得钱老师也在做这样的工作,这真是值得我们学习,我自己收获很大。祝贺这本书的出版。

每一个雕像呈现出来的面貌都非常丰富

姚　丹(中国人民大学文学院副教授):作为学生,钱老师的书每本我都是要读的。这本书我觉得是当代中国知识分子精神史的史诗性作品。史诗怎么定义?我想是历史含金量的总量以上,书里边每一个个案研究都是一个人物的雕像,每一个雕像呈现出来的面貌都非常丰富,这十几个雕像又组成一个群体,这个群体里所折射出来的历史构成了1949之后那个时代超越于精神史的价值。这是我自己的一个整体感受。

上学时老师一直交代我们写作要有描述性的描写,不要是一个判断性的,要尽量去呈现历史的复杂。所以我看这本书时觉得非常震撼,尤其是赵树理那一篇。我感到钱老师得心应手,用看到的材料复原着当时历史的复杂,在文章中我们能看到历史皱褶的每一面,不仅仅是赵树理本人的,还有那个时代政治的、经济的、农民的。从我作为学生学习的角度来说,钱老师的写作在这本书中达到了一个高度。

这本书的写作形式是不一样的,比如写赵树理和邵燕祥两人,赵树理内外均有,邵燕祥则主要体现在内部。就整本书而言,文体是杂糅的。

可能因为我的年龄的缘故,我看这本书不像前辈们有非常沉重的历史感。我看到书中人物的磨难有时会想,难道不是我们过去每一次的生存都是这样的吗?可能内在的煎熬是不一样的吧?而我会更去注意老师教我们的一个原则,就是历史的同情。

真正贯彻了同情之理解

高远东(北京大学中文系教授):钱老师的"三部曲",他的写法不是一般意义上的通史的写法,他汲取了纪传体个案的写法,以人物为主,写人物和时代、政治历史的精神研判以及人性的变化。在人物的选择上,可以特别看出钱老师的匠心。

我尤其感慨它应该具有的当代意义。现在文史哲三家中,史学是显学,尤其是最近五六年最受关注。虽然很热闹,但有很多问题,尤其是在当今对峙的学术氛围下。不管左还是右,都有利用历史、用它来衡量自己价值观的问题,我觉得这是非常不好的一种学术。

我看了钱老师的著作之后,觉得他在学术方法上有特别重要的贡献。第一,钱老师对历史的揭示,在尊重一般的史学规范之外,还特别强调不排斥个人的经验,他写的历史带有个人的体验和经历。他自己的经验,即使是主观的,他也不会排斥掉,他会找到一个位置放置它们。为什么这是一个贡献呢?因为如果由没有经历过那一段的人去理解那一段历史的话,只能在字面上、文本上,没有切身体验,这样就会比较隔膜。而这种隔膜是年轻一代意识不到的。所以我觉得把个人的经验和体验带到写作当中是非常重要的。而且钱老师注意到了把这样的体验带到写作当中的问题，所以他做了特殊的处理，不让个人的主观性伤害史学的客观性。钱老师在主观和客观之间找到了一个很好的处理办法。

第二，钱老师的书真正贯彻了同情之理解，或者说理解之同情。这虽然已经是一个烂熟的口号，但怎么样贯彻一个研究者的同情之理解实际上是很难的，你有没有进入对象的能力决定你是不是能够达到同情的理解。这本书中写的几个人，其实左中右都有，钱老师都能够进入理解得深入合适的程度。我觉得这个特别特别不容易，了不起。

第三，历史写作一定要体现出写作者的见识。史学不是史料学，主要是因为它要体现出史家的史识。钱老师这本书就体现出了他卓越的史识，能够说服人让人信服，不仅理解时代、理解政治，也理解人性。

他会特别尊重对象和史料本身

贺桂梅(北京大学中文系教授)：钱老师的"知识分子三部曲"，有知识分子坚忍精神的最重要一步，也有最难处理的一步，很多问题的焦点也都环绕在这儿，钱老师用他独特的方式做了非常好的处理。

首先我想说钱老师的这本书如何定位。钱老师不以第一手史料见长，他的独特性在于系统阅读第一手资料的基础上做准确的梳理、判断以及评价，而很大的问题就是史料。正像赵园老师说的，这方面的史料最近几十年出现了很多，尤其是文学方面的。这些新史料往往以群体方式出现，比如《郭小川全集》《赵树理全集》《沈从文全集》《废名集》。这些全集出现之后,对它们的利用并不是很多。读全集是需要耐心的事情,读过之后还需要有智慧解读。钱老师能够从中梳理提炼出问题。每当我想象钱老师一个人在家一部一部地读这些全集,就觉得他像知识分子精神的一位守护人。

第二,表面上钱老师做的是个案研究,整个读下来会发现有一个史的整体构想。他的个案选择照顾到各个方面,当把这些个案放在一起的时候,几乎就可以了解那个时代知识分子的全景图。

第三,我读的时候觉得钱老师有内在的紧张和矛盾,这涉及他怎么理解知识分子精神史。我觉得他是在两个理解之间,首先他理解成知识分子的"精神历史",从这个层面来看,就意味着对知识分子精神的历史理解,就是知识分子品质的操守,这是主观性的东西,也是阐释性的东西。如果钱老师是从这个层面讨论的话,这个研究的阐释性就会产生问题。但实际上在具体的写作过程中,钱老师把它理解成了"知识分子"的精神史,他是要在这个时代对这样一群叫知识分子的人,对他们的精神状态做客观的处理。在做的时候,关于这一点,他非常明确。

虽然钱老师的研究总是被概括为主体投入式,但我在读的时候觉得他挺老实,特别警惕,不用自己的立场、观点或态度去覆盖研究者。遇到跟他的观点和立场以及预期不一样的史料时,他会特别尊重对象和史料本身。我觉得他一直在遵循方法论的探讨,因为钱老师有强烈地把自己放到探讨对象中去的愿望,所以在研究过程中他在反复和材料博弈,最后他会接受材料自身的丰富性,这是我认为这本书最有价值的地方。

这样一个对知识分子的理解方式打破了好多东西,打破了二元对立式的模式,打破了受难式的叙述。我曾经很担心钱老师如何处理精神这样一个层面,现在读下来,觉得钱老师是做了一个学术性的处理,是一个理念性的阐释和提升。

他们退休后的作品是很让人惊讶的

陈平原(北京大学中文系教授):我就打几个边鼓。第一个关于王瑶先生的资料处理问题。这学期我讲的课是现代文学史料学,总提到一个问题,就是全集如何编撰。曾经就提到我们当年在编撰《王瑶全集》时,大家认为应该把王瑶先生的检讨书放进去,我是反对的,但是我的反对无效。我反对的理由,老钱认为太书生气了。

我觉得全集是对作者负责,举个例子,钱锺书是非常反对别人动他的东西的,他会把动他文字的人告到法庭上。他在所有的书后都会说:我总有把握我自己的书的权利吧!所以我不要的东西,你不要进来。我记得当年王瑶先生对把他的检讨书收入《新文学史料》也非常愤怒。你可以想象杨绛晚年总是销毁各种信件以及各种不要的东西。我从研究者的角度来说:那留下来多好呀,我们可以做多少文章、可以做多少研究?可是反过来我又想想:作者有没有权利不要那些东西?我是想说我们有权利尽可能知道得多,可当研究者了解的欲望跟当事人保护自己著作权的完整和自己形象(冲突)的时候,我们是否比较多地考虑了我们研究的方便?

我觉得这样的东西应该放到档案馆、研究所里供研究者查阅，收到全集里的应该是被对象所认可的、他自己要留给后代的东西。可是我们现在放进去了很多本来不该进去的东西。但老钱的说法也有道理，他说只有全集这一次机会可以让档案公布。所以我一直挣扎是该以研究者为本位还是以作者为本位。

以作者为本位的话，是全集还是档案？我看到王瑶先生在运动中不断做检讨，我心里很难受，这个东西留在天地间是有它的价值的，可是公开出版，我仍然觉得有点不对，我一直很纠结于此。我借此说一下这个事情。

第二，老钱做领导人物的研究，从1980年代就说了。我总是批评和质疑他：做不了。理由就是档案问题。因为我们看不到那些档案。而老钱非常聪明地把自己投进去，也就是刚才高远东先生说的融入个人的体验。历史学家肯定会觉得这样的做法有问题，因为不怎么用档案，用的是很多他们认为不具备权威性的资料。我记得有人说：唐人选唐诗有它特定的价值。那么再过一百年我们再看，老钱是怎么看领导人物的？这是我们要讨论的对象。从某种层面说，很多他没看见，他的判断会有问题。金冲及说：你们就是在猜谜。但是我觉得这个猜谜有价值。老钱走出了一条我想象不到的道路。

第三，退休后的老钱怎么写作？人文学者很怕的一件事就是没书，一个退休教授不可能整天在图书馆，这种情况下，老钱把它转化成了论述中的体贴同情以及对具体文本的解读。我们看资料多了的话，读文本会比较粗。资料少了，没有那么多东西，文学教授的长处反而得到了发挥。几年前我当中文系主任的时候，北大校长曾经认真地跟我谈了一次话。他请我认真回答一个问题：文科教授60岁以后是否还能做研究？因为对于理科教授来说,他不能相信 60 岁以后还能够做研究。我跟他说:中文系的老师在退休以后成果会更好。不只是老钱,还有几位老教授,比如洪子诚老师、孙玉石老师。孙玉石老师快 80 岁了,还经常到图书馆去翻阅旧报纸杂志。谢冕老师退休后的散文写得非常好,他的那篇散文《一个种子落到了未名湖畔》是每年北大毕业典礼必念的一段话。

这些老教授真的值得我们好好了解一下,他们退休后的作品是很让人惊讶的,也许只有中文系做得到。

我追求的是有缺憾的价值

钱理群:今天是 2016 年 11 月 5 日,这让我想起了 2014 年 12 月 12 日,我在三联出版《钱理群作品精编系列》座谈会上的讲话。我说要"退出学术界,而不退出学术",还说到准备写 8 本书。现在,两年过去了,可以向大家汇报的,是我已经写完了其中的 3 本。有两本已经出版,即今年 7 月由河南文艺出版社出版的《一路走来——钱理群自述》,还有就是这本由东方出版中心也是 7 月出版的《岁月沧桑》。另一本主要是进养老院以后写的《爝火不息》,在这个月即可完稿。说"完成",就是说,有些文章是以前就写了的,这两年又集中写了一批重头文章。出版的两本有 76 万字,其中还有近 40 万字没有收入,这或许有些遗憾,但毕竟还是和读者见面了。

或许更可以向诸位汇报的,是这两年的写作,因为一开始就定了"为自己写作,为未来写作"的宗旨,不考虑能不能发表、出版,也不顾及别人会有什么评价,写的时候就毫无顾忌,想怎么写就怎么写。可以说，这两年写作，是我一生中写得最自由、最痛快通畅的。

因此，自己写作的毛病，也暴露无遗。就像讨论中朋友们谈到的，喜欢冒险，写自己未必能驾驭的大题目、大问题；写得太快就比较粗，难免泥沙俱下；最主要的是，我写的这段历史，档案并没有公布，许多原始材料都看不到，我又是闭门写作，没有精力去查更多的史料，这样所做出的许多判断和分析，就未必准确，至少还有待检验。而我这样的历史当事人融入了个人体验和经验的写作，固然有一种强烈的生命气息和力量，但也难免会有遮蔽。还有一点，就是我的研究具有很大的试验性，是一种精神史的写作，又融入了思想史、政治史、社会史等等更复杂的因素，这样的跨界写作，文学研究者的史学写作，也就有一个是否符合原有学科的写作规范的问题。坦白地说，这些问题我在写作过程中都考虑过，是明知有缺憾也要写。前面说的"毫无顾忌"，就包括不考虑是否符合学术规范、学术评价标准，学术界承认与否，自己会不会因此露馅献丑，等等。我就是这样一个人，就只能这么写；我就是这样一个有缺憾的学者，有毛病改不了，也不想改、不必改了，只要保持一个真实的独立的自我就行了。

但任何事都不能说得太绝对，说写得自由与畅快，也不能掩盖内心的焦虑与紧张，主要是担忧由于身体或其他原因，随时都有可能中止写作。于是，就有了类似鲁迅晚年那样的"要赶紧写"的心情与感觉。因此，还要这样拼命写下去，直到写出了我还想写的一切，至少是计划中的5本书，写完就可以无憾地去见上帝了。

（初刊2016年12月7日《北京青年报》）

学术史丛书

中国禅思想史　　　　　　　　　　　　葛兆光　著
　　——从 6 世纪到 9 世纪
士大夫政治演生史稿　　　　　　　　　阎步克　著
中国文学研究现代化进程　　　　　　　王　瑶　主编
中国现代学术之建立　　　　　　　　　陈平原　著
　　——以章太炎、胡适之为中心
陈寅恪先生史学述略稿　　　　　　　　王永兴　著
明清之际士大夫研究　　　　　　　　　赵　园　著
儒学南传史　　　　　　　　　　　　　何成轩　著
西潮激荡下的晚清地理学　　　　　　　郭双林　著
中国文学研究现代化进程二编　　　　　陈平原　主编
文学史的权力　　　　　　　　　　　　戴　燕　著
《齐物论》及其影响　　　　　　　　　陈少明　著
文学史书写形态与文化政治　　　　　　陈国球　著
晚清女性与近代中国　　　　　　　　　夏晓虹　著
北京：都市想像与文化记忆　　陈平原　王德威　编
中国民间文学研究的现代轨辙　　　　　陈泳超　著
触摸历史与进入五四　　　　　　　　　陈平原　著
制度・言论・心态　　　　　　　　　　赵　园　著
　　——《明清之际士大夫研究》续编

近代中国的百科辞书　　　　　　　　陈平原　米列娜　主编
清末民初的晚明想象　　　　　　　　　　　秦艳春　著
德语文学研究与现代中国　　　　　　　　　叶　隽　著
作为学科的文学史　　　　　　　　　　　　陈平原　著
儒学转型与文化新命　　　　　　　　　　　彭春凌　著
　　——以康有为、章太炎为中心（1898—1927）
政教存续与文教转型　　　　　　　　　　　陆　胤　著
　　——近代学术史上的张之洞学人圈
世运推移与文章兴替　　　　　　　　　　　王　风　著
　　——中国近代文学论集
文化制度和汉语史　　　　　　　　〔日〕平田昌司　著
现代中国述学文体　　　　　　　　　　　　陈平原　著
晚清文人妇女观　　　　　　　　　　　　　夏晓虹　著
晚清女子国民常识的建构　　　　　　　　　夏晓虹　著
胡适之《说儒》内外　　　　　　　　　　　尤小立　著
　　——学术史和思想史的研究
﹡现代中国述学文体　　　　　　　　　　　陈平原　著

文学史研究丛书

中国现代主义诗潮史论　　　　　　　　　　孙玉石　著
小说史：理论与实践　　　　　　　　　　　陈平原　著
上海摩登　　　　　　　　〔美〕李欧梵　著　毛　尖　译
　　——一种新都市文化在中国 1930—1945

北京：城与人	赵园 著
中国小说叙事模式的转变	陈平原 著
晚清至五四：中国文学现代性的发生	杨联芬 著
词与文类研究	〔美〕孙康宜 著 李奭学 译
二十世纪中国文学三人谈·漫说文化	钱理群 黄子平 陈平原 著
唐代乐舞新论	沈冬 著
文学复古与文学革命	〔日〕木山英雄 著 赵京华 译
鲁迅·革命·历史 ——丸山昇现代中国文学论集	〔日〕丸山昇 著 王俊文 译
鲁迅、创造社与日本文学	〔日〕伊藤虎丸 著 孙猛 徐江 李冬木 译
被压抑的现代性 ——晚清小说新论	〔美〕王德威 著 宋伟杰 译
汉魏六朝文学新论 ——拟代与赠答篇	梅家玲 著
重建美国文学史	单德兴 著
明代复古派唐诗论研究	陈国球 著
新文学现实主义的流变	温儒敏 著
丰富的痛苦 ——堂吉诃德与哈姆雷特的东移	钱理群 著
大小舞台之间 ——曹禺戏剧新论	钱理群 著
地之子	赵园 著
《野草》研究	孙玉石 著
中国祭祀戏剧研究	〔日〕田仲一成 著 布和 译

韩南中国小说论集	〔美〕韩　南	著
才女彻夜未眠	胡晓真	著
——近代中国女性叙事文学的兴起		
中国现代小说的起点	陈平原	著
——清末民初小说研究		
朱有燉的杂剧	〔美〕伊维德　著　张惠英	译
后殖民理论	赵稀方	著
耻辱与恢复	〔日〕丸尾常喜　著　张中良　孙丽华	编译
——《呐喊》与《野草》		
鲁迅与中国现代文学批评	陈方竞	著
鲁迅：中国"温和"的尼采	张钊贻	著
左翼文学的时代	王　风　〔日〕白井重范	编
——日本"中国三十年代文学研究会"论文选		
中国戏剧史	〔日〕田仲一成　著　布　和	译
上海抗战时期的话剧	邵迎建	著
屈原及其诗歌研究	常　森	著
鲁迅：无意识的存在主义	〔日〕山田敬三　著　秦　刚	译
情与忠：陈子龙、柳如是诗词因缘	〔美〕孙康宜　著　李奭学	译
知识与抒情	张　健	著
——宋代诗学研究		
唐代传奇小说论	〔日〕小南一郎　著　童　岭	译
临水的纳蕤思：中国现代派诗歌的艺术母题	吴晓东	著
美人与书	〔美〕魏爱莲　著　马勤勤	译
——19世纪中国的女性与小说		
近代书局与白话小说	潘建国	著
——以上海（1843—1911）为考察中心		

屈原及楚辞学论考　　　　　　　　　　常　森　著
史事与传奇　　　　　　　　　　　　　黄湘金　著
　　——清末民初小说内外的女学生
物质技术视阈中的文学景观　　　　　　潘建国　著
　　——近代出版与小说研究
王瑶与现代中国学术　　　　　　　　　陈平原　编
古代小说研究十大问题　　　刘勇强　潘建国　李鹏飞　著
文学史的书写与教学　　　　　　　　　陈平原　编

画 * 者即将出版。